Prix : **0 fr. 95 Net** l'ouvrage complet.

# HENRI DE RÉGNIER

# Le Bon Plaisir

PARIS

**MODERN-BIBLIOTHÈQUE**

ARTHÈME FAYARD, EDITEUR

18-20, RUE DU SAINT GOTHARD, 18-20

# Le Bon Plaisir

EN VAIN ELLE LUI MIT
SOUS LES YEUX CE QUE SA BEAUTÉ AVAIT DE PLUS SAVOUREUX.

# HENRI DE RÉGNIER

# Le Bon Plaisir

## ROMAN

*Un peu de crapule se pardonne en ce temps-ci.*

Mᵐᵉ DE MAINTENON.

Illustrations d'après les aquarelles

DE

CONRAD

PARIS

MODERN-BIBLIOTHÈQUE

ARTHÈME FAYARD, ÉDITEUR

18-20, RUE DU SAINT-GOTHARD, 18-20

A

François de RÉGNIER

à

Anne de Hézecques

et

Marie de Pastoureau

ses deux femmes

je dédie

ce récit d'un temps

où

ils vécurent.

## I

M. le maréchal de Manissart avait d'aimer la guerre plusieurs sujets, dont le principal était les occasions où il s'y trouvait de bien servir le Roi et de s'acquérir de la gloire, et dont le moindre n'était pas d'y être loin de M<sup>me</sup> de Manissart. Cette dame, par son caractère acariâtre et sa vertu irritée, se rendait le fléau de M. le maréchal, qu'elle tourmentait d'une jalousie inquiète et tracassière.

Déjà, quand les charmes de son visage lui assuraient encore un grand pouvoir sur quelqu'un d'aussi sensible que son mari à la beauté d'une femme, fût-ce la sienne, M<sup>me</sup> de Manissart ne prenait point à cette assurance de quoi se garantir d'un sentiment dont elle éprouvait, malgré elle, d'âcres piqûres. La cuisson en augmentait avec l'âge. Il est vrai que l'amoureux penchant de M. de Manissart lui donnait raison de s'émouvoir. M. le maréchal était resté jeune et entreprenant, à soixante ans, au delà des limites ordinaires où les hommes cessent de l'être au point où il se le montrait encore. Sa femme l'en surveillait si étroitement que la chance d'échapper à cette vigilance était une des causes qui faisaient M. de Manissart tout joyeux et tout empressé lorsque la saison et le devoir l'appelaient aux frontières. Il obtenait par ces absences quelque répit et il trouvait dans le désordre des camps et des logis de faciles galanteries en dédommagement à la privation où il se devait tenir, d'habitude, de plaisirs auxquels il se croyait encore aussi propre que qui ce fût.

Certes, les plaintes, les soupçons et les dépits de son épouse le suivaient bien sur le Rhin ou sur l'Escaut, mais sous forme de lettres qu'il ne lisait que distraitement, à distance et d'un air fanfaron qui prenait fin dès qu'approchait le moment des retours.

M<sup>me</sup> de Manissart les lui rendait redoutables : il y fallait faire preuve à la revoir d'un empressement que le maréchal devait feindre davantage qu'il ne l'éprouvait véritablement. Les reproches ne lui en étaient point épargnés. M. de Manissart faisait l'humble et le soumis et se lamentait des fatigues de la guerre.

M<sup>me</sup> de Manissart ne se dupait point à ces façons, fronçait le sourcil et pinçait les lèvres. Elle savait que, même en campagne, son mari prenait ses aises malgré tout et portait grand soin à sa santé. L'algarade conjugale était rude. M. de Manissart avait coutume de la terminer en se mettant au lit, à geindre et à pester, et en ordonnant qu'on appelât les médecins. Ils bourdonnaient à son chevet comme des mouches noires. On les rencontrait sur le palier discourant à grands gestes. Les apothicaires montaient les marches à pas lents. Ils portaient en leurs mains des fioles et des trousses ; sous leurs bras luisaient les seringues d'étain.

M<sup>me</sup> la maréchale commençait alors à prendre peur et brûlait des cierges. M. le maréchal parlait de testament et de viatique. Sa mine rebondie démentait ses paroles funestes. Son teint fleurissait à mesure que ses jérémiades redoublaient. Parfois il criait tout haut. On marchait sur la pointe des pieds. La petite Victoire venait dire adieu à son papa. M. le chevalier de Froulaine, son frère, mené par son précepteur, M. de Berlestange, entrait dans la chambre. La bénédiction paternelle les agenouillait sur le plancher et, du fond de son lit, entre deux draps qui lui caressaient mollement le corps, M. le maréchal regardait tout cela de son gros œil narquois et plaisant. Ces scènes se renouve-

d'abord à cette comédie, puis il finissait par alléguer la volonté du Roi et l'ordre du ministre, et il repartait tout guilleret pour l'Escaut ou pour le Rhin.

Il faut croire que la campagne de 1676 fut particulièrement fatigante, car M. le maréchal en revint l'oreille basse. Il est vrai que, tant qu'elle dura, M. de Manissart mena après lui dans son bagage une fort belle fille qui ne le quitta pas et qu'il ramena ensuite à Paris. M<sup>me</sup> de Manissart sut toute l'affaire et sa colère fut inexprimable : elle fit chasser l'intrigante, mais ne pardonna pas l'intrigue, de telle sorte qu'au printemps suivant, quand M. le maréchal dut partir, dès le mois de mars, pour rejoindre son poste sur la Meuse, madame déclara nettement qu'elle ne le laisserait point aller, à moins qu'il ne consentît à prendre avec lui M. de Berlestange, homme sûr et raisonnable, qui aurait l'œil à sa conduite et lui en ferait rapport, à elle.

M. le maréchal dut en passer par là et se résigner à cette tutelle. Ce M. de Berlestange, haut, sec et noir, était un vieux serviteur de l'hôtel de Manissart. Introduit là comme poète râpé, de parasite il y était devenu précepteur, quand M. le chevalier de Froulaine fut en âge d'être instruit du blason et de la mythologie. Berlestange savait l'un et l'autre, car il se prétendait de bonne souche et avait cultivé les Muses. M. le chevalier apprit de ce singulier maître des choses utiles et merveilleuses. Grâce à lui, il sut lire les meu-

IL PARTIT POUR TOULON S'EMBARQUER SUR LES GALÉRES DU ROI.

laient chaque année. De même, chaque année, M<sup>me</sup> de Manissart voulait que son mari demandât à ne plus servir. Il se prêtait

bles d'un écu et distinguer à leurs attributs toutes les divinités marines, pour qui M. de Berlestange professait un culte particulier.

Ce fut à ces leçons que M. le chevalier prit de bonne heure l'idée de servir sur la mer. Il s'occupa dès lors du nombre et de la forme des vaisseaux du Roi et s'ils ressemblaient au coche d'eau ou aux barques qui remontaient la Seine. On ne fit tout d'abord que rire de ce projet, où pourtant il s'entêta si bien en grandissant que, lorsqu'il eut l'âge nécessaire, il déclara que rien ne l'en ferait changer. M. le maréchal, avec ses enfants la faiblesse même, et qui eût laissé sa fille Victoire découper en son cordon bleu des hardes pour sa poupée, était peu propre à s'opposer avec succès au désir maritime de son fils. M. le chevalier obtint donc d'aller faire connaissance avec les Sirènes, les Néréides et les Dauphins ; car c'était à ces personnages fabuleux qu'il comptait bien avoir affaire, lorsqu'il partit pour Toulon s'y embarquer sur les galères du Roi. La chiourme et le comite le surprirent quelque peu, mais il se rassura à voir sculptés en bois doré, sur la poupe où ils soutenaient des lanternes, quatre Tritons qui soufflaient en des conques tordues et lui semblaient de bon augure.

Le départ de M. le chevalier laissait donc M. de Berlestange sans emploi, quand M^me de Manissart lui trouva celui d'accompagner à l'armée M. le maréchal. Berlestange fit tout d'abord la grimace à cette ouverture, mais il n'y avait qu'à obéir, et ce fut ainsi que, le 2 mars 1677, il se mit en route pour le pays de Meuse, dans le propre carrosse de M. de Manissart, qu'il avait ordre de ne point quitter d'un pas et de ne point perdre de vue. Voici comment M. de Berlestange parlait de son voyage dans sa première lettre à M^me la maréchale :

« Si j'ai tardé, madame la maréchale, à vous écrire, c'est qu'aucun événement n'a mérité jusqu'ici que je vous le fisse savoir, ainsi que vous m'avez ordonné de n'y point manquer pour tous ceux qui en vaudraient la peine. Je n'ai rien à vous rapporter à l'endroit de M. le maréchal. Le carrosse lui convient à merveille, car il y ronfle une grande partie du temps, ce qui ne l'empêche point, la nuit, de dormir à poings fermés. Aussi son humeur et sa santé sont-elles parfaites, malgré une courte alarme que nous eûmes en approchant d'une petite ville appelée Fay par les gens du pays.

« Quelque peu avant d'y arriver, monseigneur se sentit épaissi d'une lourdeur à l'estomac, sans doute pour avoir, le matin, mangé trop de quenelles. Aussitôt descendus, nous nous enquîmes des médecins ; on nous en indiqua deux. Lorsqu'ils se présen-

QU'ILS SE RENCONTRASSENT DANS L'ANTICHAMBRE.

tèrent, M. le maréchal s'était délesté par le haut et par le bas des vapeurs qui l'encombraient : aussi se trouvait-il en disposition de plaisanter ; il avait perdu déjà pour les hommes de l'art ce respect que nous donne envers eux le sentiment du besoin où nous sommes de leur ministère. La mine de ceux-là contribua à égayer M. le maréchal. C'étaient des figures de l'autre siècle et qui semblaient fort propres à mener les gens dans l'autre monde. Néanmoins, monseigneur les consulta avec une feinte gravité. Leurs diagnostics ne s'accordaient point, et les remèdes qu'ils prescrivirent furent si différents que M. le maréchal leur témoigna poliment son intention de prendre les doubles drogues, bien résolu à n'en rien faire, puis il les congédia. Ils se retirèrent en se lançant des regards furieux ; mais le plus beau est que chacun d'eux revint en cachette dénoncer l'ignorance de son confrère. Le malheur voulut qu'ils se rencontrassent dans l'antichambre, et il s'ensuivit une bagarre que M. le maréchal put voir du seuil. Les deux rivaux s'adressaient les plus doctes injures, la robe agitée, le bonnet en arrière et les ongles en avant. M. le maréchal avait trouvé déjà assez à se divertir de leur désaccord, mais leur escarmouche et ce surcroît de ridicule l'amusèrent extrêmement. Il en parle encore et ajoute cette anecdote à celles qu'il possède en nombre sur le même sujet et qui augmenteront encore par son habitude de se vouloir guérir de maux qu'il n'a pas.

« Nous ne parvînmes à Groyes que le 7. Nous y rencontrâmes un détachement du régiment de Manissart, qui nous y attendait pour nous faire escorte et qui se mit à la suite du

Ce fut chapeau bas, au milieu de la chambre, que M. de Manissart harangua.

carrosse. M. de Corville, officier de grand mérite, commandait cette troupe. Nous allâmes ainsi les jours suivants, et, le mardi, jusqu'à environ quatre lieues de Vircourt-sur-la-Meuse, où nous devions coucher. Il était à peu près quatre heures de l'après-midi ; nous peinions

à bout de bras, par le **fond** de la culotte, l'imprudent chasseur qui avait tiré si près de la route et il le planta debout à trois pas de nous.

« .C'était un garçon de quinze ans, assez vilainement roux, et qui ne semblait pas plus au regret de son

sur un chemin sablonneux où les chevaux avaient fort à tirer et où le vent soufflait assez aigre en agitant les cosses noires de grands genêts qui bordaient le fossé.

« Juste à ce moment, un coup de mousquet retentit à notre gauche et la vitre du carrosse tomba en éclats. Une petite fumée montait au-dessus du champ. En un clin d'œil, M. de Corville et quatre ou cinq cavaliers lancèrent leurs chevaux au galop, qui sautèrent le fossé. Nous les vîmes revenir presque aussitôt. M. de Corville tenait

action que surpris par la vue du carrosse et par l'aspect de M. le maréchal, devant qui il restait le mousquet à la main et le chapeau en tête, sans penser à se découvrir.

« Son air était si burlesque et si singulier que M. le maréchal ne put se tenir de rire. Cette risée outra de fureur le jeune homme, qui se rua, la crosse levée, vers le carrosse. Il était déjà sur le marchepied, alourdi de plombs, dont les coups étaient dangereux. On s'écarta ; il y eut un moment d'arrêt.

UNE PETITE FUMÉE MONTAIT AU-DESSUS DES CHAMPS.

quand M. de Corville l'en tira rudement par derrière.

« Quelques cavaliers se mirent à pied pour s'assurer de la personne de cet énergumène. Deux valets y voulurent aider, mais celui qui y porta la main d'abord roula par terre. Le rousseau était en défense, la face convulsive et l'air hargneux

« — Allez donc ! cria M. le maréchal.

« La bagarre fut étrange. Le garçon luttait avec fureur. Tantôt il disparaissait dans la mêlée, tantôt y reparaissait le poing haut. Sa chemise sortait de ses chausses déchirées, où une fente montrait la peau. Une main s'y appliqua avec un bruit retentissant. M. le maréchal se pâmait à force de rire. On faisait cercle autour de la bataille.

« Tout à coup, un nouveau personnage s'y précipita et, glissé entre les jambes des chevaux, tomba à revers sur les assaillants. Il ressemblait fort au premier, roux comme lui. Il s'aidait pour frapper d'un filet

« M. le maréchal était descendu de carrosse et, comme le terrain était sablonneux, il y enfonçait jusqu'aux boucles de ses souliers. Il salua les deux combattants :

« — Excusez-moi, messieurs les gentilshommes, de n'avoir point reconnu à temps vos qualités et de ne m'en apercevoir, monsieur, qu'à votre belle défense, et vous, monsieur, à votre belle rescousse. Voulez-vous me dire vos noms et boire un verre de vin pour vous remettre ?

« Pendant qu'on apportait la cave de voyage et qu'on ouvrait la caisse de cuir, M. le maréchal parlementait avec les deux vauriens et faisait de grands gestes d'étonnement.

« — Voilà qui est fort. Berlestange ! — me dit il en retournant au carrosse. — Ces gaillards, que vous voyez là, ne sont rien d'autre que les fils de mon vieil ami M. de Pocancy, et le château dont vous distinguez les tourelles sur la colline est le lieu où il s'est retiré il y a quelque quinze ans.

« Je me souvenais assez bien de ce M. de Pocancy, surtout pour en avoir entendu parler autrefois, mais M. le maréchal paraissait s'en souvenir mieux encore :

« — Pocancy, Pocancy . . . répétait-il

entre ses dents. — Vraiment l'aventure est
singulière et je la veux pousser à bout. A
moins de ce plomb dans ma vitre, je passais
là sans m'arrêter. Il y a en tout ceci je ne
sais quoi de préparé et d'imprévu tout à la
fois dont je veux savoir la fin.

« Et il adressa encore quelques questions
à MM. Jérôme et Justin de Pocancy, qui,
d'un air sournois, se concertaient entre eux
à voix basse.

« M. le maréchal nous déclara alors qu'il
n'était pas d'avis de franchir les quatre
lieues jusqu'à Vircourt dans un carrosse où
l'on se trouvait exposé à l'aigre bise et qui
vous livre traîtreusement à tous les airs ;
qu'il valait mieux coucher à Aspreval.
C'était le nom du château de M. de Pocancy. De là on enverrait réparer la vitre
à Vircourt et l'on repartirait le lendemain.

« L'idée de revoir son M. de Pocancy
l'avait mis de belle humeur, car il ajouta :

« — Le service du Roi ne veut pas la
mort du serviteur et il convient de garder
pour les vraies occasions une santé que de
plus petites suffisent à rendre impropre à
l'usage qu'en veut ensuite le bien de l'État.
Allons, Corville, en selle ! Et vous, Messieurs, montez là.

« Comme M. Jérôme mettait la semelle
au marchepied, un chien accourut à lui. La
bête portait à sa gueule la perdrix, cause de
tout l'événement. M. Jérôme la prit, et, avec
ce gibier sur les genoux, s'assit à côté de
son frère, sur la banquette en face de M. le
maréchal, qui les regardait curieusement. Si
M. Jérôme n'avait point renoncé à son gibier, M. Justin avait gardé avec lui son filet
encore humide et vaseux et un sac plein de
poissons qu'il en sortait, un à un, sans se
gêner et qu'il touchait de ses mains écail-
leuses, tandis que son frère passait, en silence, ses ongles terreux dans la plume rouge
et grise de la perdrix dont le bec laissait
pendre une petite goutte de sang.

« Ce fut ainsi que nous nous dirigeâmes
par la traverse sur Aspreval, où M. de Pocancy ne s'attendait guère à notre visite, car
il la devait au hasard par où arrivent toutes
choses qui doivent être et même plus d'une
qui aurait pu tout aussi bien n'avoir pas
été... »

## II

M. de Manissart se lia jadis avec M. de
Pocancy dans une circonstance assez singulière et dont la particularité vaut d'être rap-
portée puisqu'elle fut le nœud de leur amitié.

Il y avait à Paris, au temps de leur jeunesse, vers 1643, une jeune dame du Marais, galante, gaillarde et bien faite, et qui
non seulement aimait à le faire voir, mais
aussi à faire éprouver, à ceux qui lui semblaient le mériter, que la vue ne suffisait
point à ce qu'on se rendît un compte exact
de ses charmes. Elle accueillait donc volontiers les hommages que lui attirait sa
beauté. Des façons aussi ouvertes lui donnaient beaucoup d'admirateurs qui, chacun
à son tour, recevaient d'elle la récompense
de leurs désirs.

Au moment dont nous parlons, l'heureux amant se trouvait être M. de Pocancy,
plus connu dans les sociétés sous le surnom
du bel Anaxidomène, et qui était alors dans
tout le feu de son âge. Contre toute attente,
Pocancy s'attardait à cette affaire, si bien
qu'un murmure en commençait contre lui. Le
plus pressé à souhaiter le terme de cet engagement était justement M. de Manissart, et
ce fut à lui que revint l'honneur de rétablir,
par un plaisant stratagème, l'ordre de suc-
cession, suspendu trop longtemps par les
longueurs de M. de Pocancy.

Voici comment s'y prit M. de Manissart
pour arriver à ses fins :

On fit partie d'aller à la campagne dans
une maison d'agrément que M. de Manissart avait près de Rueil. Sans être d'une
extrême magnificence, cette maison était
fort bonne pour passer l'après-midi à con-
verser ou se divertir, et c'est à quoi il y avait
convié ce jour-là MM. de Nonencourt et de
Borpré, sans oublier M. des Sigaux, dont la
mine joufflue et béate réjouissait et poussait au plaisir par sa seule vue. Pocancy et
sa belle furent du voyage. Elle éprouva
quelque étonnement à être la seule femme de
toute la compagnie et de n'avoir devant elle
aucun visage à qui elle pût comparer le sien
pour le préférer à celui des autres. C'est de
cette préférence qu'elles font d'elles-mêmes
à ce qui les entoure et de l'avantage qu'elles
s'y accordent que les femmes tirent le principal plaisir d'être ensemble. Elles y ren-
forcent, chacune pour son compte, le bien
qu'elles pensent déjà de ce qu'elles se
croient : car elles ne se reconnaissent de ri-
vales que pour en être mieux assurées qu'il
n'en est point qui ne leur cèdent en grâce et
en beauté. Pocancy ne remarqua pas cette
singularité ou la voulut bien considérer pour
un hommage à sa maîtresse, à qui ces messieurs redoutaient sans doute d'opposer les
leurs.

Avant la collation, on se répandit dans

les jardins. Manissart en fit les honneurs à ses hôtes et les mena partout, jusque dans un bosquet de treillage où la table était servie. Les violons ne cessèrent de jouer, durant tout le repas, des airs et des branles que M. des Sigaux accompagnait en fredonnant, ce qui lui gonflait les joues et lui donnait l'aspect d'une cornemuse à figure humaine. Les violons s'étaient tus qu'il bourdonnait encore.

Soit par l'effet d'une pointe de vin ou de quelque chaleur naturelle, M. de Pocancy, à peine hors de table, se souvint d'avoir remarqué dans la maison une fort belle chambre avec un lit commode. Aussi fut-ce là qu'il se retira, avec la dame, à l'écart de sa compagnie. Tout le monde semblait si bien occupé à un jeu de bagues que le galant Anaxidomène se mit en devoir d'en jouer un plus vif ; mais à peine avait-il agité le cornet, et avant qu'il eût jeté les dés, la porte s'ouvrit brusquement, et il vit se refléter du seuil, dans le miroir placé au fond du lit, la figure de M. de Manissart et derrière lui, en perspective et à la file, MM. de Nonencourt et de Borpré, au delà de qui on pouvait distinguer le bon M. des Sigaux.

Ce fut chapeau bas, au milieu de la chambre, que M. de Manissart harangua.

Son discours fut admirable. Il représenta à M. de Pocancy le tort qu'il leur fairait, à lui et à ces messieurs, en outrepassant aussi effrontément la durée que l'usage consent à une liaison dont le caractère même est d'être passager. Il contrevenait ainsi aux règles particulières de la galanterie. Une pareille conduite les obligeait tous à la cruelle alternative d'user de subterfuges pour se procurer un bien qu'ils ne voulaient tenir que du cours naturel des choses et qu'il leur répugnait d'acquérir autrement qu'à leur tour successif et légitime. M. de Manissart ajouta à ces propos mille folies si burlesques que Pocancy, qui tout d'abord avait paru rechigner au procédé, se dérida. Tout finit par des rires et la dame se prêta si bien à la plaisanterie que, ce jour même, aucun de ces messieurs n'eut à se plaindre, tant la belle mit d'empressement à réparer un retard dont elle eut, en une fois, tout le profit.

Cette facétie fut la cause de l'amitié qui se fit entre M. de Manissart et M. de Pocancy. Le galant Anaxidomène rappelait volontiers comment son ami l'avait sauvé du ridicule qu'il y a, en bonnes fortunes, à croire sa fortune faite et à s'en vouloir tenir là. Et M. de Pocancy poursuivit les siennes

dont le nombre eût pu lui valoir le titre de débauché, s'il ne s'en fût toujours défendu avec chaleur, alléguant qu'en son cas il y avait plus de tempérament et de curiosité que de parti pris. « Est-ce ma faute, disait-il volontiers, si la nature m'a fait naître avec un goût prononcé pour les femmes, et si Dieu les a rendues si diverses de couleur, de forme et d'odeur qu'il en faut avoir beaucoup pour avoir eu ce qu'il y a en elles de différent ? Pour peu, ajoutait-il, que l'on soit seulement sensible à la variété de leur peau, l'étude est déjà bien étendue. J'en sais qui l'ont satinée et d'autres douce ou velue, et humide ou sèche ; quelques-unes l'ont presque transparente et certaines plus nue que d'autres. Mettez qu'aux unes le poil est dru, et à d'autres couché ou ras, qu'il boucle ou qu'il frise, cela vous donnera une idée des recherches où de telles différences vous obligent. La connaissance des caractères n'est pas moins longue ni moins difficile. Elle est de plus nécessaire. Chacune a ses particularités d'esprit qu'il importe de bien démêler, car elles sont la clef par où l'on pénètre dans leur complaisance avant de s'établir dans leurs faveurs. Rien que de savoir à peu près le corps des femmes est un travail, surtout en France, où on ne les a qu'une par une et au risque d'y prendre la réputation d'un suborneur et même d'un perfide, puisqu'il faut être infidèle à quelques-unes pour être fidèle à toutes, tandis qu'en Orient, avec les trois cents épouses d'un sérail, on peut en arriver au même point et mériter en outre le renom d'un sage. »

Ce ne fut pas celui-là que sa conduite acquit à M. de Pocancy, mais on s'accordait à le trouver homme de bonne compagnie et de belle tournure. Il était grand et bien fait, avec un air de hardiesse et de force. Ces mérites eussent pu le pousser loin, mais il avait préféré toujours ses plaisirs à ses devoirs, de quoi les hommes le blâmaient, mais dont les femmes lui savaient gré jusqu'à lui en passer beaucoup, même de s'être marié, ce qu'il fit en 1650, au moment où il venait d'avoir quarante ans. Du reste, Marie-Ursule de Bourglieu ne fut guère M<sup>me</sup> de Pocancy que le temps de donner à son mari un fils qu'on nomma Antoine et dont elle mourut, en leur laissant de fort beaux biens.

M. de Pocancy n'épargnait guère le sien. L'amour est coûteux. Sa dépense est considérable tant en parure qu'en cadeaux, et le bel Anaxidomène était recherché en sa personne et généreux en ses façons. Il aimait le linge et les habits et ne négligeait aucune des nouveautés qu'impose la mode à ceux qui se veulent conformer à ses caprices. Il ne paraissait ni un ruban ni une essence qu'il n'en fît aussitôt les frais. C'était ainsi paré, oint et musqué que le bel Anaxidomène courait la ville du matin au soir,

roirs étaient de Murano et il y mirait de près sa coiffure et son visage, il leur attribuait la raison de la constante faveur des femmes. Il n'était guère une de ces belles dont il n'eût conservé quelque boucle dérobée, quelque éventail ou quelque gant par-

LE BEL ANAXI-
DOMÈNE COURAIT LA
VILLE DANS SA CHAISE À
PORTEURS.

de la Place au Cours, des ruelles aux étuves, en sa chaise à porteurs galonnés ou en son carrosse attelé de chevaux pommelés, partout où il y avait quelque chance que sa bonne mine fût remarquée. Il employait le temps qu'il passait au logis à méditer la couleur d'un pourpoint ou le nœud d'une aiguillette ou à faire peindre son portrait au fond de boîtes qu'il offrait ensuite en présent.

Sa maison était fort bien ordonnée et riche, surtout en meubles de toutes sortes et de toutes provenances et principalement en cabinets et en coffres incrustés, propres à enfermer en leurs tiroirs et sous leurs clefs des objets précieux et rares. Il aimait sur sa table des faïences singulières et des porcelaines coloriées, qu'il préférait à l'argenterie ; et rien ne le réjouissait davantage que certaines verreries persanes ou vénitiennes, transparentes et fragiles, et qui semblent une eau solide et façonnée. Ses mi-

fumé, pour se rappeler les plaisirs qu'il avait goûtés de leurs complaisances. Il gardait ces reliques amoureuses dans un grand meuble florentin dont l'édifice et le fronton étaient soutenus par des nymphes et des satyres engaînés à mi-corps et qui s'entre-regardaient voluptueusement.

Ce fut justement ce goût des raretés qui amena l'illustre Anaxidomène à connaître le sieur Corlandoni. Ce personnage, qu'on appelait plus communément, à la française, Courlandon, avait, d'être né à Venise, une langue zézayante et l'habitude des voyages. A voir les galères de la Sérénissime République aborder au quai des Esclavons, il avait souhaité l'étendue des mers et n'avait pas craint de s'y risquer. Il avait été chez les Barbaresques acheter des tapis et de l'essence de roses. Le trafic des pierres fines le conduisit dans la Perse, d'où il en rapporta de fort belles. Tant d'exploits ne l'avaient guère enrichi : il habitait à Paris une sorte de taudis où il vendait des verreries, des miroirs et des cosmétiques. M. de Pocancy visitait parfois sa boutique, où il choisissait quelque bagatelle. Quelle ne fut donc pas sa surprise de trouver un jour le vieillard en compagnie d'une personne dont la beauté lui causa une vive impression ! Elle portait un turban à la turque et montrait une gorge divine. Elle s'appelait Zanetta, pouvait avoir seize ans, et Courlandon la disait sa nièce.

A la première vue, M. de Pocancy fut éperdu d'amour, et, trois mois après, il épousa la belle Annette.

La belle Annette pensait faire figure à la ville : aussi ressentit-elle quelque dépit d'être condamnée entre quatre murs à la compagnie de son mari. Pocancy avait alors, en 1662, cinquante-cinq ans, et il éprouva pour la première fois des sentiments qu'il s'était, jusqu'alors, contenté d'inspirer. Il devint jaloux, soupçonneux et loup-garou. Il s'éveillait la nuit pour veiller sur son trésor et, quand il remontait de sa ronde nocturne, il s'étonnait de se voir dans ses glaces de Venise, la chandelle à la main, avec la mine de quelqu'un qui s'est levé du lit pour assurer le volet et visiter les serrures.

La vieillesse amoureuse porte à l'amour une fougue qui lui est propre et qui a sa source en ses limites mêmes. L'âge est un aiguillon à jouir du présent. C'est ce que faisait furieusement notre Anaxidomène. Annette était sa seule occupation et, pour s'y mieux borner, Pocancy résolut de quitter Paris et de se retirer aux champs. La Vénitienne résista tout d'abord, puis elle prit son parti d'assez bonne grâce. La jeunesse a des accommodements inattendus : elle ne doute guère de sa propre durée : la belle Annette pensait que la sienne serait la fin de celle que le bel Anaxidomène avait retrouvée auprès d'elle et dont il lui faisait hommage avec une ardeur trop généreuse pour pouvoir être éternelle.

M. de Pocancy avait choisi, pour s'y établir, son manoir d'Aspreval, qui lui venait de sa première femme, Ursule de Bourglieu, et qui était situé au pays de Meuse. Avant de s'y rendre, il convint avec M. de Manissart que son fils Antoine resterait aux soins de Mlle de Manissart, sœur de son ami. L'enfant avait une douzaine d'années et se montrait simple et docile, quoique ayant vécu fort abandonné ; son père n'avait guère eu le temps de s'occuper de lui et l'aurait eu moins encore, maintenant que la belle Annette lui prenait toutes ses heures. Manissart promit de pourvoir à l'éducation du jeune Antoine et, l'affaire ainsi réglée, M. de Pocancy fit ses paquets et dit adieu à une ville d'où il emportait, en sa nouvelle épouse, de quoi oublier les femmes des autres, auxquelles il avait tant de fois recouru pour son plaisir, sans qu'on pût lui rendre la pareille.

Pendant les trois jours qui précédèrent le départ de M. et de Mme de Pocancy, on entassa sur des chariots des meubles et des hardes de toutes sortes. Les caisses de verreries tintèrent sur le pavé de la cour. Un coffre tombé des épaules des porteurs se disloqua en mille pièces ; des tapis se déroulèrent. Enfin, tout fut chargé, et M. de Pocancy, pour ne pas perdre de vue un train si précieux, le voulut suivre au petit pas de son carrosse.

Le voyage dura plus de dix jours, à cause des mauvais chemins. On allait lentement ; de temps à autre, Pocancy passait la tête par la portière pour observer si tout se comportait à son gré : il voyait la file des charrettes branlantes gravir la côte ou descendre la pente. Parfois il riait d'aise à regarder la belle Annette endormie aux coussins. Ses mains longues, abandonnées sur ses genoux, laissaient aux plis de sa jupe glisser l'éventail ou couler le masque. Et l'amour du bel Anaxidomène s'augmentait à ces grâces inattendues.

Les nuits d'auberge ne suffisaient pas toujours à satisfaire le désir de tant d'appas. Souvent le carrosse s'arrêtait court à l'angle d'un pré ou à la corne d'un bois ; M. et Mme de Pocancy en descendaient. Ils disparaissaient derrière une haie ou passaient la lisière. Les feuilles caressaient la robe de la belle Annette et les brindilles chatouillaient les bas de Pocancy, puis les branches se refermaient sur eux.

Comme on était en été, les oiseaux chantaient dans les arbres et les grillons dans l'herbe. On entendait crier l'essieu des chariots, qui continuaient leur route, tandis que le carrosse, arrêté en plein soleil, craquelait son vernis. Un petit vent éparpillait la crinière des chevaux. L'un d'eux frappait du sabot, et cela faisait un grand bruit dans le silence de l'air tranquille où des mou-

ches volaient en bourdon autour de l'attelage suant.

Ces mouches incommodaient fort M. et
M^me de Pocancy à l'intérieur du carrosse où
ils avaient repris place, d'autant plus
qu'Anaxidomène tirait du coffre un en-
cas de pâtisserie et de bouteilles. Le sucre
appelle les mouches : aux miettes
dont elles se nourrissaient, elles
prenaient une fâcheuse audace, et
plus d'une fois M. de Pocancy,
le gobelet aux lèvres, devait cesser de boire pour chasser les im-
portunes, pendant que M^me de
Pocancy les éloignait du
battement de son éventail.

Le voyage continuait
ainsi, sans embarras que
les plus ordinaires. Mal-
gré la lenteur, on avait
vu du chemin. Aux plai-
nes de la Champagne suc-
cédèrent d'autres terroirs.
Enfin, on atteignit le
pays de la Meuse.

Elle coulait entre des
herbages et des forêts.
Aspreval était proche.
On y arriva vers le soir,
juste avec assez de jour pour voir que le château était à la vieille mode. Les fossés entouraient une muraille renflée de tours. Les grenouilles coassaient dans les joncs. Les flambeaux troublèrent les chauves-souris.

On aménagea tant bien que mal la meilleure partie du bâtiment. Les beaux meubles de M. de Pocancy y prirent place. Les
tapis de couleur cachèrent les bosses et les
creux du pavage, et Anaxidomène connut le
bonheur d'être à l'abri des curieux, des galants et des larrons, et il s'applaudit d'avoir
conduit la belle Annette en un lieu aussi sûr
pour sa vertu que profitable à son corps et
où le bon air ajouterait aux nuances de ses
joues, à la santé de sa chair et au poids de
sa gorge.

L'ennui de M^me de Pocancy en cette solitude conjugale fut sans remèdes. Elle
l'épancha d'abord en de longues lettres ita-
liennes au vieux Courlandon, mais le bonhomme cessa d'y répondre, étant mort au
bout d'un an. Ce fut à ce moment qu'Annette de Pocancy devint enceinte. Sa fureur
fut inexprimable, et deux jumeaux qui lui
vinrent au terme de sa grossesse ne la cal-
mèrent point. Jérôme et Justin étaient gros
et chauves. M^me de Pocancy, chaque matin,
en peignant ses cheveux au miroir, bâillait

d'avance sa journée. Anaxidomène, jovial
et empressé, était heureux de chacune des
siennes. Trois ans de bonheur s'achevèrent.
Bien disposé à vivre et pour s'entretenir à
point et garder sa taille, chaque après midi,

ILS DISPARAISSAIENT DER-
RIÈRE UNE HAIE.

M. de Pocancy sortait prendre l'air. La
belle Annette l'accompagnait rarement en
ces exercices, qu'il faisait seul, toujours
vêtu à la meilleure mode, le jarret tendu,
le corps souple, l'œil vif, comme s'il eût pa-
radé au Cours ou fait le beau sur la Place
Royale.

Ce fut au retour d'une de ces promena-
des qu'ayant cherché sa femme au lieu où
elle se tenait d'ordinaire, il ne la trouva
point. Les servantes ne l'avaient pas vue.
On parcourut le château. Tout le monde
s'agitait. On fouilla le puits et l'eau des
fossés. Sur le soir, M. de Pocancy commença à craindre quelque accident. C'est
alors qu'ayant ouvert les rideaux de son lit
il y aperçut les vêtements habituels de Zanetta. Ils étaient disposés en ordre humain
et figuraient une forme étendue. Sur l'oreiller, le masque de velours semblait ricaner
un visage incomplet.

Le pauvre Anaxidomène battit en vain
le pays sans découvrir aucune trace de la
fugitive. Au bout de plus d'un mois, il revint à Aspreval. On lui présenta pour le
consoler Jérôme et Justin. Les maillots va-
girent. Il les fit reléguer aux combles et
monta à sa chambre. Là, il réunit en paquet les habits de Zanetta, qui étaient en-

core sur le lit. Il les enferma dans un coffre qu'il envoya jeter à l'étang du Val-Notre-Dame. Cela fait, il prit un de ses miroirs de Venise, s'y regarda longuement et le brisa.

Le lendemain, il écrivit à M. de Manissart de lui renvoyer son fils Antoine. Antoine avait quinze ans.

### III

A l'époque où M. de Pocancy laissa son fils Antoine à la garde de M. de Manissart, celui-ci n'était plus le galant de 1643 et du plaisant discours de Rueil. Les années avaient fait une sorte de personnage de M. le marquis de Manissart, l'un des meilleurs lieutenants du Roi. Marié en 1660, il avait eu, deux ans de suite, un fils et une fille. L'impérieuse M^me de Manissart signifia à son mari qu'elle n'entendait point s'embarrasser d'Antoine. On convint qu'il serait confié à M^lle de Manissart. Le jeune Pocancy franchit la porte du bel hôtel de l'île Saint-Louis, proche du Pont-Marie; il admira la hauteur des plafonds et surtout une grande cheminée au-dessus de laquelle Manissart était peint sous la figure de Mars, mais il eut peu l'occasion de revoir ces merveilles, car la marquise le congédia sèchement et il ne descendit guère des combles de la maison où M^lle de Manissart, reléguée par sa belle-sœur, s'était accommodée tant bien que mal et vivait à part, à sa façon.

M^lle de Manissart avait alors près de quarante ans. Elle était haute de taille et de manières. Son teint, éclatant dans sa jeunesse, s'était abîmé avec l'âge, mais il lui restait de son premier visage de quoi en montrer un second fort présentable, s'il est assez pour une femme d'avoir de beaux yeux et une bouche à dents saines. Elle joignait à cela une gorge ferme et des mains un peu grandes, mais d'une forme à ne se point lasser à les considérer. Il est vrai qu'elle ne rehaussait cet attrait naturel d'aucun artifice. Son habit était négligé et la saison en changeant l'étoffe sans en varier la coupe, réglée, il semblait, une fois pour toutes.

Instruite plus que ne le sont d'ordinaire les filles, elle se contentait d'esprit sans prétendre au bel esprit. Son galetas était encombré d'herbiers et de globes terrestres, car, si elle sortait peu de chez elle, elle aimait à apprendre comment est faite la figure de notre planète et les plantes qu'elle produit. C'est ce qui expliquait dans son escalier la présence de gens hétéroclites. Elle se faisait amener des voyageurs et des botanistes et les interrogeait. Ils lui parlaient de contrées lointaines et d'herbes rares. Outre ces vaga-

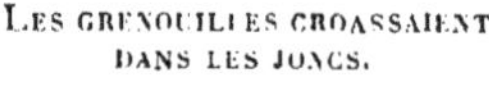

LES GRENOUILLES CROASSAIENT DANS LES JONCS.

bonds, on voyait là aussi de grosses perruques et des rabats de lingerie sentant d'une lieue la paperasse et la chandelle fumeuse. Elle ne haïssait point les pédants, pourvu qu'ils fussent gueux et que leur grec ou leur latin ne les nourrît guère, disant d'eux qu'à défaut d'autre science ils savent au moins ce qu'il en coûte d'avoir voulu vivre d'un métier qui prétend tirer sa subsistance d'alimenter les esprits de ce que le leur a acquis, au commerce des anciens, de plus sain et de plus substantiel. Sa bienfaisance s'étendait à ces pauvres hères. Elle leur donnait ce qu'elle pouvait et ils l'en remerciaient en composant à sa louange des distiques et des épigrammes.

M^lle de Manissart avait constamment refusé de se marier. On en donnait pour raison un amour de jeunesse que les circonstances avaient entravé. Quelques langues bien informées ajoutaient que l'objet de cette grande passion était de si mince état que la demoiselle avait cédé aux remontrances de son orgueil. On disait aussi que, tout en refusant sa main au galant, elle lui avait donné mieux ; ce qui est bien possible, car les filles ont de ces fantaisies, et ce qui pouvait aussi ne pas être, car elles ont de singulières délicatesses et d'étranges réserves qui leur font préférer à leur bonheur l'honneur de leur maison. Quoi qu'il en fût, M^{lle} de Manissart tombait, à certains jours, en de longues rêveries d'où elle sortait la gorge oppressée, avec aux yeux on ne sait quel feu vif et mélancolique, où se mélangeaient peut-être du désir et du regret. Ces abandons duraient peu et elle reprenait bientôt sa manière d'être accoutumée, c'est-à-dire active, brusque, distraite et bonne.

Antoine eut fort à se louer de cette bonté. M^{lle} de Manissart le tint beaucoup auprès d'elle. Il apprit en sa compagnie à parler et à écrire convenablement. Chaque semaine, il écrivait à son père, qui lui répondait une fois l'an. Antoine reçut ainsi trois lettres de l'illustre Anaxidomène ; la quatrième fut pour M. de Manissart : Pocancy lui redemandait son fils. Cette nouvelle, qui fut accueillie avec assez d'indifférence par le marquis et la marquise, tint M^{lle} de Manissart dans une grande agitation. Toute la journée qui précéda le départ, elle rôda, bousculante et grondeuse, autour d'Antoine, qui voyait ses hardes s'entasser dans le coffre. Il était triste. Le nez à la vitre, il regardait couler l'eau de la Seine. Sur la berge, les chevaux remontaient de l'abreuvoir ; un chien aboyait. Enfin le soir arriva.

La chambre d'Antoine était juste à côté de celle de M^{lle} de Manissart. Elles communiquaient par un petit couloir dont on laissait, en été, les deux portes ouvertes pour que l'air circulât plus librement. Antoine aimait beaucoup cette communauté ; avant de s'endormir, il écoutait M^{lle} de Manissart se retourner dans son alcôve. Parfois, la lumière se rallumait : M^{lle} de Manissart avait battu le briquet pour éclairer sa chandelle. Un rais de clarté glissait par le passage, et Antoine entendait un mouvement de paillasse et de linge et deux pieds nus sur le pavé. M^{lle} de Manissart tuait ses puces ; et Antoine, en se rendormant, les comptait, une à une, qui craquaient sur l'ongle, d'un bruit sec et irrégulier.

Cette dernière nuit, Antoine dormit mal, quoiqu'il dût partir au petit jour et qu'il s'efforçât de fermer les yeux : il se sentait envie de pleurer. Après un somme, il se réveilla. Tout était tellement silencieux qu'il ne se contint plus et il se mit à sangloter tout bas. Les larmes lui coulaient aux joues. Tout à coup, il distingua un léger bruit : on marchait dans le passage, et M^{lle} de Manissart, la chandelle à la main, parut. Elle était en costume de nuit et, sans doute à cause de la chaleur, fort découverte. Sa chemise laissait nue une de ses épaules et quand, sans façon, elle se fut assise au bord du lit d'Antoine, il vit l'étoffe se tendre à la pesée de la cuisse.

La voix qui lui parla était si changée qu'Antoine la reconnut à peine. Il continua à pleurer tout doucement. La main de M^{lle} de Manissart penchée sur lui lui caressait les cheveux. Il en éprouvait un peu de langueur. Il inclina la tête, et sa joue rencontra l'appui frais et charnu d'un sein dont il sentait le souffle inégal et doux. Alors il ne bougea plus et resta là, poussant par fois un léger soupir.

Ils demeurèrent longtemps ainsi. La chandelle brûlait droit avec de grosses larmes de cire. M^{lle} de Manissart regardait au fond de la chambre où la fenêtre blanchissait vaguement. Un doigt grattant à la porte la fit sursauter : c'était le valet matinal qui venait réveiller Antoine ; elle s'enfuit en courant sans qu'il pût la retenir.

Quand Antoine fut habillé et qu'avant de descendre il voulut dire adieu à M^{lle} de Manissart, il trouva le verrou fermé et dut partir sans la revoir. La maison était encore endormie. Il traversa la galerie. Sur la haute cheminée se cambrait, peint en Mars, M. de Manissart. La cour pavée était humide. Le mascaron de la fontaine s'égouttait dans le bassin de pierre. Antoine s'y lava les yeux. Une cloche sonna à une église voisine. Les coqs chantaient à plein gosier dans l'air frais.

Les premiers temps qu'Antoine passa à Aspreval lui parurent longs et monotones, non qu'il ne fût de nature à s'habituer à une vie sans événements, car il était de caractère tranquille et régulier, mais encore faut-il quelque loisir pour s'accoutumer à n'avoir affaire qu'à soi-même. Antoine, en effet, était son maître en tout. Il n'avait avec son père de conversations que les plus courtes et sur des sujets de politesse et de santé que d'un commun accord ils ne dépassaient pas. C'était à se demander pourquoi M. de Pocancy avait fait revenir son fils d'où il se trouvait.

Il ne le savait sans doute pas lui-même, car il ne se sentait rien à lui dire et rien à lui apprendre, à tel point qu'il demeurait parfois plusieurs jours sans le voir. M. de Pocancy ne sortait guère de son appartement. Lorsque Antoine y pénétrait par hasard, il surprenait son père occupé à fouiller en des tiroirs ou à fureter au fond d'un coffre. Antoine apercevait dedans des éventails, des gants, des rubans, des boîtes ou des liasses de lettres jaunies. M. de Pocancy revivait là son passé d'Anaxidomène. Il se préoccupait fort peu du présent et de ce qui l'entourait. Il ne songeait pas à réparer Aspreval, qui menaçait ruines : cela plus par indifférence que par avarice, car Antoine obtenait de lui tout l'argent qu'il lui demandait. Antoine pouvait donc se croire aimé, surtout s'il considérait de quelle façon son père en usait avec les jumeaux. Il ne les voyait que rarement et avec dégoût. Du reste, ils étaient malpropres et criards, mais vigoureux. Antoine les tolérait. Il leur rapportait de Vircourt des pains d'épices et des moulins à vent en papier.

Vircourt-sur-Meuse était la ville la plus proche d'Aspreval. Du château, on distinguait ses toitures et ses clochers. Elle comptait cinq ou six mille habitants, tant bourgeois qu'artisans, avec la justice nécessaire pour les administrer.

Avec Vircourt l'autre voisinage était celui de l'abbaye du Val-Notre-Dame, riche de terres et de forêts, et qui possédait de beaux étangs et des viviers poissonneux. Antoine trouva dans les moines une compagnie qui ne lui déplaisait point. Il y avait d'abord parmi eux ce qu'on pourrait appeler le troupeau, c'est-à-dire le gros des convers, des portiers, jardiniers et sacristains, qui n'était qu'une masse commune, vêtue de bure et sentant le fauve, d'où se distinguaient quelques religieux de grand mérite et de bonne doctrine, parmi lesquels l'abbé, M. de Chamissy.

M. de Chamissy avait d'abord vécu dans le siècle et il avait conservé au cloître des habitudes de qualité, dont celle du vin et de la bonne chère. Il parlait bien et de toutes choses, surtout de celles de la cour et de la guerre, où il avait été mêlé. Il était à la fois dur et poli comme sa crosse de bois et il menait ses ouailles à la baguette. La discipline du couvent était admirable. Personne ne bronchait.

Aucun écart ne dérangeait l'ordre établi. L'abbé de Chamissy était craint et vénéré au Val-Notre-Dame et, s'il lui arrivait de se lever de table, la tête un peu chaude et les jambes un peu lourdes, nul ne se permettait la moindre plaisanterie. L'abbé aimait à bien manger et à boire sec. Antoine s'en aperçut souvent, car il devint peu à peu le commensal de M. de Chamissy, qui l'avait pris en amitié, on ne savait trop pourquoi, car il y a de grandes distances d'esprit entre un moine et un jeune homme de vingt ans, timide, bon et naïf.

Les visites d'Antoine, qui dataient de la troisième année de son retour à Aspreval, devinrent de plus en plus fréquentes. Une ou plusieurs fois par semaine, Antoine prenait le chemin du Val-Notre-Dame, quel que fût le temps ou la saison. En hiver, le sol gelé ou neigeux sonnait ou craquait sous ses pas ; l'étang gelé miroitait. Parfois Antoine arrivait mouillé jusqu'aux os ou boueux jusqu'à l'échine, car le pays de Meuse est pluvieux. Le printemps, par contre, y est charmant : les prés reverdissent, les branches bourgeonnent, ce semble, plus agréablement qu'ailleurs. En été, Antoine marchait à travers les blés jaunissants. Les bœufs le regardaient passer, leur tête baveuse et cornue posée sur la traverse des barrières ; les carpes de l'étang sautaient au-dessus des eaux. L'automne, vers le soir, en revenant à Aspreval, il entendait rappeler les perdrix, tandis qu'un lièvre coupait la route et montrait son ventre moussu et ses longues oreilles en feuilles mortes. Toujours, le jeune Pocancy trouvait l'abbé avenant et dispos, tantôt à se chauffer à la cheminée devant un beau feu de sarments et de bûches, tantôt à prendre le frais sous une tonnelle du jardin avec un livre, un pot de vin et une longue pipe de terre où il fumait du tabac.

L'abbé mit Antoine au courant de bien des choses, entre autres de la fuite inopinée de la belle Annette Courlandon. Il lui raconta comment il avait reçu la visite du triste Anaxidomène cherchant sa femme introuvable. A la fin du récit, il secoua la cendre de sa pipe d'un air narquois. Outre ces événements domestiques, Antoine apprit là le peu qu'il sut des choses du siècle et du règne. L'abbé n'ignorait rien de ce qui se passait au dehors, tant en guerres qu'en faits de toutes sortes, et il en raisonnait fort librement. Souvent aussi la conversation suivait un tour plus gaillard, et les anecdotes des dames de Vircourt y tenaient place.

Parmi celles dont parlait l'abbé le plus volontiers se trouvait une certaine dame Dalanzières, épouse d'un sieur Dalanzières, commissaire des guerres. Elle demeurait à Vircourt, où son mari avait du bien. Il voyageait souvent aux frontières pour son métier, ce qui est commode à une femme et dont la sienne s'accommodait le mieux du monde.

Chaque fois qu'il nommait M^me Dalanzières, l'abbé remarquait la rougeur d'Antoine. La vérité est qu'il l'avait vue quelquefois et qu'il était à un âge où la vue des femmes trouble les sens. Antoine avait alors vingt et un ans. Et il s'en fût aperçu davantage, sans doute, s'il avait eu plus d'occasions d'occuper ses pensées à un sujet où celles des jeunes gens sont fort tournées d'habitude. Les siennes ne trouvaient guère autour de lui de quoi se prendre, car des bergères et des servantes sont peu propres à faire rêver quelqu'un de délicat et de bien né. Par contre, il ne regardait jamais M^me Dalanzières sans penser qu'il serait agréable d'être avec elle entre deux draps.

Un jour, qu'il allait au Val-Notre-Dame, il remarqua justement dans la cour un carrosse arrêté : l'abbé avait visite. Antoine traversa le réfectoire, où une collation desservie montrait par ses fruits et ses gelées entamés qu'on venait d'y faire honneur. Il se dirigea vers le cloître, où il entendait des voix.

Le cloître était carré; au milieu était installé un jeu de boules. M^me Dalanzières et le reste de la carrossée entouraient les joueurs. Elle était belle et un peu grasse. Sa chevelure brune et frisée avantageait son visage. Sa guimpe découvrait la naissance de sa gorge. Elle chuchotait coquettement. L'abbé allait lancer la grosse boule qui lui remplissait la main et son regard disait clairement à la visiteuse qu'il eût certes préféré tenir entre ses doigts un globe plus élastique et plus voluptueux. La boule, jetée en bombe, tomba juste à deux pouces du cochonnet.

La venue d'Antoine interrompit la partie, et l'abbé proposa aux dames d'aller faire un tour au jardin et jusqu'à l'étang.

Le jardin était vaste et bien orné de fleurs et de buis qui y répandaient un parfum amer et doux. De là, on voyait la maison abbatiale. Elle était de pierre blanche et de brique rose avec de larges balcons ouvragés comme des grilles de chœur. Des fenêtres, la vue s'étendait sur les étangs. Celui où l'on se rendait était une assez vaste pièce d'eau en plein bois. En y arrivant, on vit de loin, à travers les arbres, que le bord en était occupé par un assez grand nombre de moines, les uns debout, les autres couchés sur l'herbe. Plusieurs commençaient à délacer leurs sandales. Des jambes poilues apparaissaient sous les robes retroussées. M^me Dalanzières s'enquit des raisons de ce déchaussement et l'abbé lui répondit que c'était l'heure du bain.

L'abbé en prescrivait de fréquents et, l'été, en ordonnait de communs en plein air pour combattre les odeurs des bures surchauffées. Pendant qu'il parlait ainsi, les baigneurs se dévêtaient sans s'apercevoir qu'ils étaient observés. Il y en avait de tous les âges et de toutes les tailles. Certains portaient sous leurs frocs des chausses compliquées et de longues chemises ; beaucoup avaient leur laine à même la peau, de sorte que, les manches enlevées et l'étoffe passée par-dessus les épaules, ils étaient prêts d'un seul coup.

Les moines attendaient le signal du bain. Ils marchaient, contents de l'air tiède sur leurs corps. Il y en avait qui s'étiraient ou se grattaient. Un grand gaillard se roulait dans l'herbe, les jambes en fourche, et la plante de ses pieds était si coriace et si jaunie qu'on eût dit qu'il portait des semelles de cuir. Un gros croisait béatement ses mains sur son ventre énorme. Deux, très maigres, jouaient à se pincer.

Soudain, à un son de cloche, le gaillard aux jambes en l'air fut debout et sauta le premier dans l'étang. L'eau rejaillit autour de lui et il reparut tout ruisselant. Les autres l'imitèrent avec précaution ou hardiesse. Les nageurs s'éloignèrent, les barboteurs restèrent au bord. L'eau remuée pétillait au soleil, dans un clapotement de chairs nues où se croisaient de gros rires et des cris aigus. Tout à coup, ils se turent.

A la vue de la compagnie qui s'approchait, un vif émoi se produisit : les moines s'enfonçaient de leur mieux dans l'eau jusqu'au menton ; on ne voyait plus à la surface émerger que l'ivoire poli et humide de tonsures qui ressemblaient à des fleurs de nénufars éparses.

La cloche tintait la sortie.

Il y eut un moment d'hésitation. Enfin le plus brave prit son parti et courut à son vêtement. Les autres firent de même. Ils jetaient aux dames des regards sournois. Le dernier qui quitta l'eau était le gaillard qui y avait sauté le premier tout à l'heure. Son froc était demeuré juste où se trouvait

M^me Dalanzières. Il vint à elle pour le ramasser. L'homme était grand et bien fait. L'eau lui coulait du corps. M^me Dalanzières le regarda. Antoine, qui était auprès d'elle, eût bien vu pourquoi elle rougissait, même si elle ne lui avait montré du bout de son éventail la preuve de ce qui la faisait rougir.

L'abbé s'amusait fort du trouble de ses ouailles et de la gaieté des dames. Elles le suivaient à regret comme il s'éloignait de l'étang. M^me Dalanzières ne cessait de tourner de temps en temps la tête, et elle se reprenait à rire. Le rire montrait ses dents, qui étaient belles, et gonflait son cou rond et frais. Le soleil lui teignait les joues d'une couleur rose et, à l'ombre, elles se rembrunissaient délicatement. On était rentré dans la maison abbatiale. M^me Dalanzières se mit au balcon. Les moines revenaient à la file, les mains aux manches. Les pauvres gens semblaient tout penauds d'avoir été surpris en leurs ébats lacustres. Leurs sandales bruissaient sur le gravier.

Cette rencontre avec M^me Dalanzières fut d'heureuse conséquence pour Antoine de Pocancy. De ce jour, il s'attacha à cette dame, et lui rendit des devoirs assidus. L'abbé, qui était bonhomme, souriait de leurs manèges. Celui d'Antoine était simple et consistait à regarder M^me Dalanzières avec l'air de voir en elle toutes les perfections. De son côté, M^me Dalanzières ne semblait pas trouver qu'Antoine manquât de ces qualités dont une femme aime assez être la première à s'apercevoir. Elle favorisa donc sa recherche et reçut bien ses hommages. Désormais, le temps parut court à Antoine, car il apprit à l'employer à ce qu'il y a de mieux à en faire, c'est-à-dire au plaisir, et particulièrement à celui, non le moindre, qui consiste à se baiser à pleine bouche et à se prendre corps à corps pour bien s'étreindre et goûter les jeux naturels de la chair où se satisfont, outre le plus intime de nous, les yeux, les mains et toute la peau. M^me Dalanzières, sur ce point, était du même sentiment qu'Antoine. Ils furent vite d'accord pour se prouver leur entente et ils en vinrent rapidement où l'on met souvent trop de détours à arriver ; l'inexpérience d'Antoine le servit et M^me Dalanzières l'aida à conduire à bien une affaire qui les intéressait tous deux.

Il ne fallait, d'ailleurs, pas d'autre conduite avec M^me Dalanzières, car elle n'était point raisonneuse. Son esprit se contentait d'inventer les expédients et les stratagèmes utiles à ce que le bonhomme Dalanzières la crût la plus vertueuse des femmes. Cela fait, elle ne pensait plus qu'à son agrément. Elle en faisait consister une bonne part à être bien portante et bien parée. Elle était contente d'elle même et n'aimait personne autant qu'elle. Sa naissance lui semblait la meilleure du monde, puisqu'elle lui avait donné la vie et qu'elle aimait à vivre. Elle se ménageait fort en toute autre chose que l'amour et suivait volontiers des régimes, car elle croyait à la médecine et même aux médecins, surtout à un certain Corvisot, qui habitait Vircourt et qu'elle consultait souvent. Elle l'avait fait connaître à Antoine qui, au besoin, l'amenait à son père dont la santé commençait à sentir les atteintes de l'âge et que tourmentaient diverses incommodités.

M. de Pocancy avait fort changé ses manières à l'égard d'Antoine, depuis que celui-ci avait pris ce je ne sais quoi que donne l'amour. Il le considérait avec bienveillance quand il partait pour Vircourt, bien vêtu et parfumé. Le vieil Anaxidomène savait par les bavardages de Corvisot, le médecin, l'aventure de son fils. Il ne lui en parlait pas, mais l'en traitait mieux. Au lieu de le congédier brièvement, il le retenait auprès de lui par quelque anecdote ; avec le temps, même, il vint à lui en dire dont il avait été le héros, et de fort crues. M. de Pocancy allait loin en ses propos et Antoine prenait de son père une idée toute nouvelle, à penser qu'avant d'être dans son fauteuil un vieillard renfermé, il avait pu être un homme comme un autre et même un jeune homme comme lui. Et cette découverte l'attendrissait.

Antoine vivait donc heureux à Aspreval. L'abbé du Val-Notre-Dame lui continuait son amitié. M^me Dalanzières lui prouvait son amour. Son seul souci était ses frères, Jérôme et Justin. Dès l'enfance, ils avaient manifesté les plus mauvaises dispositions qui, maintenant qu'ils grandissaient, devenaient d'autant plus dangereuses que personne n'avait l'autorité nécessaire à les réprimer. M. de Pocancy ne souffrait pas qu'on lui parlât des deux garnements, et Antoine craignait leurs poches pleines de pierres, leurs bâtons aiguisés, leur sournoiserie et leur brutalité.

Il réfléchissait à ces choses, parfois, le soir, en s'endormant, puis il se retournait dans son lit et finissait par souffler la chandelle et par fermer les yeux. Il avait mieux à songer qu'à ces affaires domestiques, fastidieuses à un jeune homme de vingt-six ans. Tantôt, c'était pour le lendemain une partie de boules au Val-Notre-Dame, tantôt d'autres sujets plus tendres. Ne devait-il pas donner les violons à M^me Dalanzières ? Sans doute, il y aurait compagnie, mais il aurait au moins le plaisir d'admirer sa maîtresse en ses atours. Elle ne manquerait pas de lui adresser à la dérobée quelque sourire particulier ou l'un ou l'autre de ces petits signes par où les amants croient communiquer en public sans être vus, et qui sont aussi clairs à qui les voit que s'ils ne voulaient point être secrets. Et il se plaisait à se l'imaginer nue, avec cette belle gorge dont il savait le poids à la main et dont le double bouton, doux et grumeleux, laissait à la langue un petit goût de sel.

## IV

Le matin même du jour où le carrosse de M. le maréchal de Manissart entra à l'improviste dans Aspreval, Jérôme et Justin de Pocancy étaient assis côte à côte sur les douves du château. L'eau qui les remplissait ne coulait guère et les conferves en verdissaient la surface d'où sortaient, çà et là, des touffes de roseaux. De l'autre côté du fossé, s'élevait à pic la muraille de pierre grise percée d'étroites fenêtres. Au corps renflé d'une grosse tour ronde grimpait un lierre nombreux qui l'enserrait de son filet verdâtre, cordé de brun. Un vent intermittent mouvait les conferves et y découvrait des plaques d'eau noire. Les feuilles du lierre rebroussées luisaient, à l'envers, d'une verdure plus vive. Des pies volaient avec des cris aigus dans un ciel ardoisé. Elles montaient haut, puis redescendaient piétiner l'herbe du pré dont la pente dévalait vers la Meuse, qu'on apercevait en bas et, au delà de sa courbe, les toits de Vircourt. La ville occupait les deux rives, reliées par un pont de pierre.

Les deux garçons étaient fort silencieux, Justin attentif à réparer un filet étendu à plat devant lui sur le talus. L'herbe pressée passait en pointes vertes à travers les mailles tannées. Le bas de l'engin trempait ses plombs et ses lièges dans le fossé. Les doigts de Justin cherchaient les trous, et le filet tressaillait, comme vivant. La besogne terminée, Justin se mit debout. Ses mains levèrent l'échiquier de mailles à travers lesquelles les choses apparurent rembrunies d'un carré de crépuscule, puis le filet re-

tomba flasque et en amas comme une bête morte. Justin se rassit, puis se coucha à plat ventre, les coudes à terre, sa tête jaune dans ses mains, immobile.

Il reniflait avec plaisir l'odeur poissonneuse du tissu de cordes. La douve y mêlait celle de son eau stagnante avec un goût de vase tiède, car le soleil avait percé et chauffait doucement. Justin flairait avec complaisance ces relents paludéens. Il aimait l'eau et la boue, le fleuve et l'étang. Il connaissait la moindre flaque du pays d'alentour et les rives de la Meuse en amont et en aval. Il était pêcheur patient, et dès l'enfance, où les crapauds des mares et les grenouilles des fossés n'avaient point eu de pire ennemi. Ni les têtards, ni les salamandres ne le dégoûtaient. Plus tard, il essaya la vraie pêche. Les viviers des moines en savaient quelque chose. Les mariniers de la Meuse le prenaient avec eux dans leurs barques. Il était devenu singulièrement habile à cette pratique. Rien ne l'arrêtait, ni l'été, ni l'hiver, quand le fleuve charrie des glaçons ou que ses eaux noires coulent entre deux rives de neige. Il était sournois et grossier, avec de brusques colères qui le faisaient trépigner de rage pour un poisson perdu ou une nasse vidée. A se pencher sur l'eau, pour en sonder la transparence, ses yeux avaient pris une couleur glauque et incertaine. Il relevait souvent une mèche limoneuse qui lui tombait sur le front et il la repoussait d'une main où l'ongle pâle semblait une écaille de poisson durcie.

Son frère, par contre, avait, dans la rousseur de son visage, l'œil vif et petit comme celui d'un oiseau, et en toute sa personne je ne sais quoi d'inquiet et de tapi, avec un nez à l'affût.

Le vent justement venait de changer et il apportait une odeur de terre, de pré et de forêt. Les roseaux du fossé tressaillaient comme à une fuite de bêtes surprises. Jérôme achevait son travail, qui était de nettoyer un long mousquet. Il faisait luire le bassinet et introduisait la baguette dans le canon.

L'arbre et l'herbe avaient toujours intéressé Jérôme. Pilleur de nids et fouilleur de terriers, il avait toujours été guetteur de bêtes et suiveur de pistes. Il excellait à fabriquer toutes sortes de traquenards et d'embûches à prendre les animaux, mais, depuis qu'il avait pu se procurer de la poudre, il battait le pays et abattait le gibier avec une adresse peu commune. Comme Justin, il était sournois et patient et, comme lui, bouleversé de subites colères qui, parfois, les faisaient en venir aux mains et se gourmer avec fureur jusqu'à se blesser au sang. D'ordinaire, ils s'entendaient assez pour se réu-

AU CORPS RENFLÉ D'UNE GROSSE TOUR RONDE GRIMPAIT UN LIERE NOMBREUX.

nir contre les autres, car ils avaient en eux l'instinct de nuire et ils l'employaient selon leurs forces. On les redoutait comme dangereux et malfaisants. Leur langage était farci d'ordures. Avec cela, hautains et pleins de morgue. En tout ignorants, et, en maintes choses, crédules et naïfs plus qu'on ne l'est à leur âge. Sales et les habits en lambeaux, ils avaient plutôt l'air de tire-laine que de gentilshommes, bien qu'ils ne manquassent jamais entre eux de s'appeler monsieur.

Ils s'étaient levés.

— Où allez-vous, monsieur ? dit Jérôme.

— Monsieur, aux eaux des Moines. Et vous ?

— Tirer des perdrix aux Sablonnières. Le petit berger des Poncettes les a vues...

A ce moment ils entendirent un bruit de voix.

Par le sentier du pré, Antoine s'avançait en compagnie d'un cavalier. Jérôme et Justin décampèrent, l'un le mousquet sur l'épaule, l'autre traînant son filet derrière lui. Il ne restait plus de leur présence qu'une place d'herbe foulée.

Antoine à pied et M. Corvisot sur sa mule venaient côte à côte. A l'endroit qu'avaient quitté Jérôme et Justin, ils s'arrêtèrent. Corvisot se moucha et Antoine caressa de la main le museau de la mule.

M. Corvisot était un petit homme fort laid, vêtu de noir, avec un rabat blanc fripé et un chapeau pointu. Des besicles de corne cerclaient ses yeux. Il avait le visage jaune, la bouche tirée, un sourcil plus haut et moins fourni que l'autre, des pieds et des mains énormes. Sa tête était ronde sous une grosse perruque, son cou goitreux et court, et ses épaules hautes touchaient presque à ses oreilles longues et poilues.

— Ce que vous me dites, Monsieur, ne m'étonne point! disait M. Corvisot. C'est la faute du temps si monsieur votre père est ainsi. Notre corps n'est point déjà trop bon quand il est dans toute sa force et nous rend assez mal les services auxquels il est destiné. Aussi son déclin ne peut-il qu'en augmenter l'infirmité congénère. C'est la loi de nature, Monsieur, et tous les simples que foule le pas de ma mule ne pourraient y fournir remède.

Corvisot débitait cela d'une petite voix aigre et d'un air satisfait, comme s'il eût pris plaisir à constater la vanité de son art. Il se pencha sur sa selle. Son bras était si long qu'il put ramasser une herbe qu'il se mit à mâchonner.

— D'ailleurs, Monsieur, — reprit-il, — il s'y faut résigner. Tout passe; et ce qu'il y a de seul durable en nous est cette disposition naturelle qui fait que nous ne durons point. Tout se conforme à cette règle Monsieur votre père vieillit et son château tombe en ruines; pour dire vrai, Monsieur, je ne vois rien de mieux, car cela vous enlèverait toute raison de demeurer ici davantage. Y resterez-vous donc votre vie à bayer aux corneilles? Croyez-vous qu'il n'y ait au monde d'autre horizon que celui-ci et d'autre femme que la Dalanzières? Pensez-vous donc que moi-même je doive rester sans fin à Vircourt à prescrire des clystères aux bourgeoises du quartier? Que faire en un lieu où tout est médiocre, même la maladie, et où il faut persuader aux gens qu'ils sont malades pour avoir, sinon la peine, au moins le profit de les guérir!

Antoine l'écoutait parler. L'abbé du Val-Notre-Dame lui tenait parfois des propos semblables et lui reprochait aussi une retraite du monde qui ne convient guère à un jeune homme. Corvisot continua :

— Non, non, Monsieur, foi de Corvisot, je ne demeurerai pas en ce trou! Nous verrons bien. Je sais que de la bonne besogne se prépare; on dit que l'armée va passer la Meuse et que la campagne sera dure. La guerre, Monsieur, est, avec l'amour, la meilleure amie des médecins. Je ne parle pas de l'entaille des piques et du ravage des balles, qui sont matière à chirurgie et qui, comme telle, ne m'intéressent point, mais j'entends les effets de la fatigue militaire. Rien ne développe mieux dans les corps les germes mauvais qu'ils contiennent, sans compter les épidémies qui en résultent souvent et qui sont une aubaine qu'il ne faut pas dédaigner.

Corvisot ricana. Il leva le nez et tendit l'oreille comme s'il eût quêté dans le vent un bruit de mousqueterie et une odeur de miasme, mais rien ne vint que le cri des pies qui se querellaient dans un arbre. Sa mule remua la queue; il sortit de sa tabatière une pincée de tabac.

Corvisot raillait volontiers; sa plaisanterie était diverse, mais le plus souvent basse et cynique. Il y avait du bouffon en ce médecin, ce qui ne l'empêchait point de parler quelquefois avec suite et raisonnement, et même avec une sorte de philosophie, qui devenait assez vite triviale et ordurière. Il disait volontiers que « le corps de l'homme n'est point bon et que c'est une ordure dont il est honteux de dépendre ». Il y ajoutait que « l'esprit ne vaut pas mieux et que le tout est un misérable assemblage de laideur et d'ignominie dont il est fou de faire cas et d'être vain ». Tout aurait été bien s'il s'en fût tenu là, mais il ne manquait pas d'appuyer ce discours des plus dégoûtants exemples et de gâter vilainement cette vérité : or si l'on a droit de tirer le mépris de l'homme de ce qu'il est, encore le faut-il faire avec quelque décence et sans se réjouir ouvertement de son infirmité Corvisot s'y complaisait. Il aimait la maladie, non seulement pour elle-même, mais parce qu'il y voyait la source de son pouvoir. Il prétendait que le plus petit mal rend celui qui le souffre une étrange bête et qu'en cet état il n'est de lourdes qu'on ne puisse faire accroire au plus avisé et au plus fin. L'esprit se ressent des dommages du corps et donnerait tout pour en être soulagé. Aussi l'empire du médecin est-il incalculable et, comme disait Corvisot, le monde devrait être à eux au lieu qu'ils soient à tout le monde.

Il n'en avait pas moins fallu appeler un beau jour à Aspreval ce
bizarre personnage pour des coliques sèches dont M. de Pocancy fut
saisi inopinément. Corvisot venait alors depuis peu de s'établir à Vircourt. Il y avait loué une petite maison avec un
bout de jardin sur la Meuse. On le voyait souvent descendre
au fleuve remplir des cornues de verre ou des ves-
sies flasques, car il faisait le savant et quelque peu
le spagirique et composait des mélanges. On le ren-

contrait dans la campagne, ramassant des plantes et des
cailloux dont il chargeait ses poches, tandis qu'il tenait les
herbes au frais sous la coiffe de son chapeau. Il portait
les ongles extrêmement longs et noirs, et l'un d'eux cassé,
dont les bourgeoises à qui il tâtait le pouls sentaient la
pointe s'enfoncer dans la peau de leur poignet. Malgré
cela, il réussit bien à Vircourt, encore qu'il prescrivit des
remèdes d'un goût atroce, car la grimace du patient lui
causait au moins autant de plaisir que l'écu qu'il recevait
pour salaire.

Il avait, à son arrivée, exhibé les diplômes nécessaires, bien
qu'il n'eût été ni philiatre ni licenciende à la Faculté de Paris

UE DE LA COMPAGNIE QUI S'APPROCHAIT, UN VIF ÉMOI SE PRODUISIT.

et qu'il n'y eût point soutenu la thèse et l'acte pastillaire, non plus que reçu le bonnet de docteur à Montpellier. Il avait pris ses grades en Hollande, à Leyde ou à Amsterdam. Il parlait volontiers de la ville aux cent canaux dont les eaux, divisées ou réunies, circulent comme le sang au corps de l'homme. Il vantait les fromages gras et farineux, les

On le voyait souvent descendre au fleuve remplir des cornues.

bières pisseuses et les vaisseaux aux panses rebondies qui ballonnent sur les ondes leurs carènes hydropiques. Il avait soigné là des marchands, des échevins, des gardes civiques et des marins qui rapportent des deux Indes des maux étranges et curieux, et il tirait vanité de ce qu'il avait vu de mieux en ce genre.

Bavard sur autrui, Corvisot était fort réservé sur lui-même et n'en laissait rien voir que par de brèves échappées. Jeune, il avait dû naviguer sur les mers, sans doute à bord de quelque vaisseau hollandais et comme médecin de l'équipage ; mais il prenait soin de mêler à ce qu'il racontait mille extravagances et mille balivernes, autant par calcul que par bouffonnerie, et il était difficile de démêler en ces propos leur part de mensonge et de vérité. On pouvait supposer qu'il avait parcouru les mers des Antilles, à moins qu'il n'eût jamais quitté la terre ferme : car tout de lui demeurait confus et incertain.

Ces récits lui avaient mérité l'admiration de Justin et de Jérôme de Pocancy que les histoires de voyages et d'animaux fabuleux fascinaient comme si les deux vauriens eussent eu en eux un peu de l'humeur vagabonde du vieil oncle Courlandon et d'Annette la fugitive. Auprès des contes de Corvisot, les carpes que Justin pêchait aux étangs des moines et le gibier que Jérôme abattait autour d'Aspreval leur semblaient peu de chose. Il leur eût fallu des poissons volants et des oiseaux à tête d'homme : Corvisot en avait vu, disait-il, sur la rivière Baratunda et sur le mont Coppodycuo.

Corvisot s'amusait fort de la crédulité des deux jeunes garçons et leur débitait ses sottises, fier qu'elles fussent crues, car il était vaniteux à l'excès et ne négligeait rien de ce qui pouvait contribuer à l'admiration qu'il désirait qu'on eût de lui. Celle que lui montraient Jérôme et Justin lui plaisait assez. Il ne la dédaignait point et leur en savait gré. Elle fut cause pourtant d'un événement d'où il conçut contre eux une haine sournoise et durable.

Un jour, Justin, en fouillant dans l'étang des moines, en retira un coffre de bois. Il contenait une robe de femme et un masque noir. L'étoffe était rongée par l'humidité. Les deux gaillards songèrent à utiliser cette trouvaille. Ils ne se doutaient guère avoir là les derniers vêtements portés par leur mère et que M. de Pocancy avait jadis fait immerger. Ils imaginèrent donc de construire avec ces lambeaux une des têtes que leur décrivait souvent Corvisot. Comme ils étaient fort industrieux, ils réussirent assez bien, au moyen de carcasses d'osier, à figurer une espèce de chauve-souris aux ailes étendues. Le masque de velours noir y imitait une sorte de visage funèbre. Au crépuscule le mannequin était assez effrayant. Ils le pendirent à une branche où il oscillait au vent. Puis, ils partirent et le laissèrent là.

Or l'objet se trouvait juste à un arbre du chemin qui mène de Vircourt au Val-Notre-Dame, d'où M. Corvisot s'en retournait. Il cheminait doucement, à la lune levante, quand il arriva en face de ce fantôme ailé qui semblait lui barrer la route. Fut-ce surprise, fut-ce peur? Corvisot tomba sur le nez, et y fût resté longtemps si le frère jardinier, qui allait à Vircourt

le fortifiaient dans son idée que l'homme est une misérable poupée, gonflée de poussière et de vent, que les femmes dirigent à leur gré. Comment croire qu'où elles réussissaient, lui, Corvisot, échouerait, puisqu'il

avait pour l'aider au maniement des esprits un levier plus puissant que des sourires et des mines : la crainte qu'ils ont du mal en leur corps, et l'avantage de passer pour posséder le pouvoir d'en soulager les misères?

porter un panier de fruits à M^me Dalanzières, n'avait chargé M. Corvisot sur son âne et ne l'eût ramené au couvent où un cordial le fit revenir à lui.

Corvisot sut que cette aventure s'était répandue et quels en étaient les auteurs, aussi leur jura-t-il une rancune dont il ne leur en montra rien, car il continua, comme par le passé, à leur fournir l'esprit d'histoires saugrenues, réjoui de les voir chaque jour plus intraitables et plus dangereux. Antoine le suppliait de parler d'eux à M. de Pocancy, mais le vieil Anaxidomène détournait la conversation et reprenait ses historiettes favorites et ses propos d'autrefois. Corvisot les écoutait avec complaisance et profit ; elles

Corvisot était ambitieux et il voyait dans le vieil Anaxidomène quelqu'un de fort propre à exercer la puissance qu'il se prétendait. Non que M. Corvisot vît quoi que ce fût à entreprendre à Aspreval qui méritât ses soins. Il ne s'appliquait, en cherchant à y acquérir du crédit, qu'à se faire la main, si l'on peut dire. La belle matière, en effet, qu'un bonhomme que l'âge et la maladie lui livraient à merci : encore aujourd'hui, Antoine l'était venu chercher à Vircourt pour M. de Pocancy. Quant à Antoine, il ne valait pas qu'on s'y attachât. Il n'y avait guère d'espoir à fonder sur lui. Il ne montrait aucune envie de tenter la fortune du monde, et, quand Corvisot l'engageait à es-

sayer d'y faire figure, il faisait la sourde
oreille et ne montrait aucun empressement
à s'aventurer à quoi que ce fût qui ne fût
pas le train ordinaire de sa vie, et celle qu'il
menait n'avait rien où l'on pût augurer
qu'un jour il y eût pour lui matière à prendre importance dans le siècle.

— Allons, Monsieur, — dit enfin Corvisot, — nous voilà rendus sans encombre.
J'ai toujours peur que ma mule Gloriette ne
s'entrave aux traquenards que vos frères sè-
ment partout et qui font le sentier peu sûr.
Mais, grâce à Dieu, nous y sommes ! Quant
à eux, que le diable s'en occupe ou non, ils
trouveront bien à se faire pendre quelque
jour, tout gentilshommes qu'ils soient, ce
qui ne manquera pas d'être un grand em
barras pour vous et votre maison, dont vous
êtes, Monsieur, le tronc sain et vivace, et
eux la branche tordue et bifurquée.

Antoine marchait en effet, lui aussi, avec
précaution, car, la veille, il s'était pris dans
un lacet tendu par ses frères et avait manqué de s'y rompre le cou ; et il allait sans
rien répondre, tandis qu'on entendait le vent
froisser le lierre de la grosse tour. Il leva
les yeux, à la voix sèche de Corvisot.

Eh ! eh ! — disait le médecin, ce vent
de mars est bien aigre et j'en ai les oreilles
froides. Que penseriez-vous d'un verre de
vin ? Je crois qu'il serait bon, avant de monter
chez monsieur votre père, de passer par la petite cave, d'autant mieux que je serais curieux
de voir si le muscat d'Espagne est arrivé.

Cette petite cave était une réserve où
M. de Pocancy avait rassemblé quelques
vins de choix. De temps à autre, le vieil
Anaxidomène éprouvait le besoin de se ré-
chauffer d'une lampée. L'âge refroidit. Au
goût du nectar sur sa langue, M. de Pocancy sentait une légère flamme lui courir par
tout le corps et lui monter au cerveau. Une
fine rougeur lui fardait les joues. Sa mémoire
tressaillait. Le passé lui semblait s'illuminer
d'une lumière renouvelée ; les souvenirs en
étaient plus vifs et plus aiguisés. Anaxidomène en renaissait galant et amoureux.

Aussi veillait-il lui même sur ce dépôt
particulier. Il le visitait régulièrement et en
humait l'air frais, souterrain et vineux. Nul
n'y pénétrait que lui et Corvisot à qui il
avait confié une clef où le petit homme voyait
une des preuves de sa faveur. Et ce fut la
tête haute et l'air important qu'il mit pied à
terre de sa mule dans la cour et qu'il entra
au château, sans attendre Antoine qui frottait au décrottoir les semelles poussiéreuses
de ses souliers.

V

Antoine de Pocancy était occupé à rêver sans doute aux beautés de M^me Dalanzières, quand, ce jour même, vers cinq heures, le petit laquais qui le servait poussa
brusquement la porte de sa chambre, sans
y gratter comme de coutume, et y entra,
tout en désordre, en s'écriant :

— Monsieur, monsieur, les soldats sont
dans la cour !

Le petit laquais en bourrasque bégayait,
essoufflé d'avoir grimpé vite l'escalier. Antoine s'empressa de le suivre.

D'une fenêtre du long corridor, il vit,
en effet, en bas, une vingtaine de cavaliers
qui faisaient demi cercle autour d'un grand
carrosse à caisse peinte et à soupentes de
cuir rouge, dont l'attelage achevait de tourner et d'où s'élancèrent, par la portière ouverte, Jérôme et Justin, qui s'esquivèrent
prestement.

Le spectacle était singulier. Les chevaux
frappaient du sabot. Les corneilles et les
pigeons effarouchés volaient en rond dans
le ciel. Les chiens aboyaient. L'un d'eux,
fort hargneux, sa chaîne rompue, sautait au
poitrail des montures et à la botte des cavaliers. Quelque crosse de mousqueton appa-
remment le mit en fuite, car Antoine, en
débouchant dans la cour, le reçut aux jambes et faillit tomber.

Il lui fallut un bon moment pour sortir
de sa stupeur, et ce ne fut guère que lorsqu'il eut conduit M. le maréchal dans la
grande galerie du château qu'il se retrouva
complètement. Bien que M. de Manissart
eût pris de l'âge et du corps depuis le temps
où Antoine, enfant, avait demeuré chez lui,
à l'hôtel de l'île Saint-Louis, il le reconnut
aussitôt. Il savait par l'abbé du Val-Notre-
Dame sa fortune militaire, et M. le maréchal se rappelait fort bien le galopin qu'il
avait hébergé jadis et dont sa sœur prenait
soin dans ses mansardes. Aussi Antoine sen-
tit-il à sa joue la râpe d'une barbe rasée.
On s'embrassa. Puis Antoine écouta de la
bouche de M. le maréchal le récit de la vitre
cassée et de tout ce qui, enfin, tant la crainte
de la fraîcheur du soir que le désir de revoir
un ami, avait amené à Aspreval M. de Manissart.

Le maréchal, étalé dans un fauteuil, les
semelles au feu, sa perruque à son poing,
qui, enlevée, laissait voir au crâne un poil
ras et gris, se demandait déjà s'il avait eu
raison de suivre la fantaisie de sa curiosité.
Le lieu lui paraissait quelque peu délabré,

La flambée rougissait le dallage disjoint, les murs nus et le visage maigre et empourpré de M. de Berlestange, qui, faute du soufflet crevé, avivait la flamme, de son haleine. M. de Manissart s'inquiétait des commodités qui pourraient lui manquer à Aspreval et se rassurait un peu à penser que ses coffres contenaient de quoi faire face au plus urgent. La vue et l'odeur d'un bouillon qu'on lui apportait le rassérénèrent. Le bagage de M. le maréchal avait, à vrai dire, fourni le bol de vermeil travaillé, mais le consommé provenait de la marmite de M. de Pocancy. M. de Manissart s'éclaircissait. Il commençait à se louer de ne pas courir les routes au crépuscule avec une vitre cassée et exposé aux vents de Meuse qui sont, au mois de mars, aigres encore et tout aiguisés de l'hiver.

— Il faut ménager sa santé, — disait-il, — et la toute conserver pour le service du Roi, et il vaut mieux mourir d'un coup de canon que d'un coup de froid.

Cependant les laquais s'occupaient à dresser le lit. C'était celui-là même sur lequel M. de Pocancy avait jadis trouvé étalés les vêtements de la belle Annette Courlandon, le soir de sa fuite d'Aspreval. On l'avait relégué dans une chambre inoccupée, proche de la grande galerie. M. le maréchal se leva pour y aller voir mettre de bons draps en toile de Frise. Il tâta le matelas et la couverture. Elle était de la plus fine soie de la Chine. M<sup>me</sup> Dalanzières la convoitait depuis longtemps. Elle avait peu à peu habitué Antoine à s'occuper des soins domestiques, et parfois elle venait, en cachette du vieil Anaxidomène, s'assurer si tout n'était pas en trop mauvais ordre à Aspreval. M. le maréchal s'égaya à l'idée de bien dormir, car il aimait le linge fin.

— Ah! Monsieur, — dit il familièrement à Antoine, — votre père n'est point si changé que vous voulez bien le prétendre et je le reconnais bien à cette toile-là. Nul n'aimait plus que lui le bon coucher. Ah! quel homme ce fut entre deux draps! Je ne dis point cela pour vous offenser, mais vous êtes d'âge à savoir que votre père fut de notre temps un homme à aventures. C'est même à ce penchant que vous devez la naissance de vos deux frères, ce dont je ne vous complimenterai pas, quoique leur mère ait été la plus belle femme du monde!

Antoine se souvenait d'avoir vu deux ou trois fois la seconde M<sup>me</sup> de Pocancy : il s'inclina :

— Morbleu! — continua le maréchal, en frappant du poing l'oreiller où sa main enfonça dans la plume, — si je l'avais tenue là, je vous aurais bien fait, Monsieur, un troisième cadet!

M. de Berlestange toisait M. le maréchal d'un air de blâme et de reproche. Sa longue figure jaune ne riait jamais. Des rides orangées fronçaient son teint de safran. Sa grosse perruque à coiffe de crêpe tombait sur ses épaules étroites. Un justaucorps verdâtre étriquait la maigreur de son corps.

— Ah! diable, Berlestange! tu ne vas pas au moins mander ce propos à la maréchale et me dénoncer auprès d'elle comme tu en as accepté le métier? D'ailleurs, il n'y a pas de femme au château et celle dont je parle n'est plus là, car j'ai su, Monsieur, — ajouta-t-il en s'adressant à Antoine — par une lettre que vous écrivîtes à ma sœur, comment la Courlandon avait décampé d'ici.

Antoine profita de l'occasion pour s'enquérir de M<sup>lle</sup> de Manissart. Il le fit en rougissant. Pendant plusieurs années il n'avait point manqué de lui écrire, sans en recevoir aucune réponse. Néanmoins il n'avait pas cessé de penser à elle, avec beaucoup de douceur et quelque reproche. Souvent, le soir, dans sa chambre solitaire, il avait regretté le voisinage de M<sup>lle</sup> de Manissart, le rais de lumière et le bruit des puces tuées sur l'ongle, que remplaçait désormais pour lui le craquement d'insecte de quelque vieux meuble. Il se sentait, surtout au début de son séjour à Aspreval, isolé et mélancolique. Alors, en s'endormant, il mettait sa main sous sa joue pour se rappeler un autre appui plus tendre et plus moelleux. Puis tout cela avait pris fin. La belle gorge de M<sup>me</sup> Dalanzières avait remplacé pour Antoine le souvenir du sein tiède et lointain de M<sup>lle</sup> de Manissart.

— Ma sœur est toujours la même, — répondit le maréchal. — Vous la retrouveriez comme jadis avec ses cartes, ses globes et ses herbes. C'est elle qui a donné à M<sup>me</sup> la maréchale M. de Berlestange pour son fils, quand il eut sept ans : il l'instruisit à merveille et je m'étonne qu'il n'ait point suivi son élève sur les galères où il sert à présent. Mais non! M. de Berlestange a mieux aimé s'attacher à mes pas. Il a préféré Mars à Neptune! C'est mon Argus.

Berlestange grimaça un sourire qui déplaça ses rides.

— Je crains bien pourtant, Berlestange, reprit le maréchal, que vos oreilles ne s'échauffent quand M. de Pocancy sera là. Anaxidomène est gaillard, et gare à vous, si nous nous risquons, comme il arrive à de vieux amis qui se revoient, aux souvenirs de notre jeune temps ! Mais vous n'écouterez point : vous avez grand appétit, et je vous engage à l'occuper avant que nous entrions en campagne. Et vous, Monsieur, voulez-vous faire prévenir votre père de notre arrivée ? Car il me tarde de l'embrasser !

Antoine trouva son père au lit. Une camisole de nuit à fleurs découvrait son cou décharné. Une cire brûlait au chevet. La robe de chambre de soie s'étalait au dossier d'un fauteuil. Sans perruque, le bel Anaxidomène avait le crâne nu et luisant. Le drap était couvert de liasses de lettres jaunies. Un vieux gant s'y recroquevillait comme une main flasque et désossée. Il avait sans doute vêtu jadis quelque paume charmante et parfumée. Un éventail peint déployait à demi son aile cassée. Il s'exhalait de ces antiquailles une odeur triste, tendre et baroque. A l'entrée d'Antoine, M. de Pocancy voulut retenir l'éventail qui glissait. Au mouvement que fit le vieillard, un bras maigre sortit de la manche. Et Antoine regarda avec mélancolie cette peau vieillie, ce crâne chauve et ces bagatelles amoureuses éparses là, tout ce qui restait à M. de Pocancy du bel Anaxidomène.

Antoine s'était assis près du lit. A mesure qu'il parlait, M. de Pocancy montrait une grande agitation. Il répétait à mi-voix :

— Manissart... Manissart...

Soudain son œil s'alluma comme lorsqu'il buvait un doigt du vin de sa petite cave, dont le feu liquide mettait aux pommettes une flamme passagère. Il fit mine de sauter du lit, puis il ferma les yeux et se tut. Antoine attendait sa réponse.

Elle fut que son fils l'excusât auprès de M. le maréchal et qu'il se sentait trop faible pour supporter l'émotion de l'entrevue : Corvisot lui avait trouvé le pouls inégal. M. de Pocancy recommanda à Antoine de procurer à son hôte toutes les satisfactions possibles. Depuis longtemps Antoine exerçait une sorte d'intendance. Mme Dalanzières l'avait guidé dans cette tâche. Grâce à elle, il savait ordonner un couvert. Mme Dalanzières rêvait qu'Antoine reconstruisît Aspreval à la mode du jour, avec un jardin d'agrément et des salles de verdure. On en était loin ; mais si la demeure était délabrée, les murailles étaient encore assez solides pour que, grâce à leur épaisseur,

M. de Pocancy n'eût rien entendu de l'arrivée de M. le maréchal. Antoine laissa le vieillard dans sa chambre, après avoir posé sur son lit, à sa demande, une écritoire et des plumes taillées.

Il fallut donc qu'Antoine se rendît seul devant M. le maréchal et lui fît agréer l'absence et les excuses de M. de Pocancy. Il en ressentait quelque embarras : aussi les exposa-t-il d'un seul trait en en rejetant la faute sur la santé de son père et sur une certaine hypocondrie qu'engendrent volontiers dans l'esprit l'âge et la solitude.

M. de Manissart le laissait dire, le sourcil un peu froncé, si bien qu'Antoine craignit quelque dépit de sa part et termina sa harangue avec rougeur et confusion et les yeux baissés. En les levant, il vit avec surprise à M. de Manissart un air d'aise et de contentement.

— Ma foi, Monsieur, — lui dit le maréchal, — je ne sais pas si votre père ne prend pas là un sage parti. Des rencontres comme la nôtre n'ont rien de bien divertissant, car on s'y aperçoit trop que le temps a sur nous des effets dont il vaut mieux ne point se rendre compte. J'aime autant me représenter le bel Anaxidomène comme aux jours où j'étais moi-même ce que je ne suis plus. Ainsi donc, Monsieur, allons à table et portons-y la santé de M. de Pocancy. Je regretterais fort par ma présence de contribuer à son malaise, car je ne connais pas de plus grande misère au monde que celle que nous devons à notre corps.

La table était servie dans la galerie et sa longueur avait bonne mine. L'argenterie tirée des coffres de M. le maréchal y rehaussait ce que le service de M. de Pocancy avait d'un peu dépareillé. Il était en effet des provenances les plus diverses. Des plats de la Chine y rencontraient des verreries de Venise. L'usage avait détérioré plus d'une pièce et des fêlures craquelaient l'émail des fleurs peintes. Néanmoins M. le maréchal avait devant lui une coupe de cristal dont le reflet imitait qu'on y eût bu de l'or potable. Une bonne odeur de marée et de venaison emplissait la salle : grâce à Jérôme et à Justin la pêche et la chasse fournissaient abondamment le garde-manger. Les deux garçons s'étaient glissés au repas. Ils complétaient, avec M. de Berlestange et M. de Corville, le nombre des convives. Le maréchal n'avait pas d'autre suite. Il voyageait ainsi pour ne pas donner l'éveil, allant rejoindre en tapinois un corps de troupes placées en rideau au delà de la Meuse et dont il fallait que l'ennemi ne devinât point la véritable importance

Ces propos firent les premiers frais de la conversation. M. de Berlestange s'y mêlait de loin en loin pour répondre aux pointes que lui lançait M. le maréchal. Jérôme et Justin mangeaient gloutonnement, sans mot dire. M. de Corville restait silencieux.

M. de Corville ne paraissait guère avoir plus de quarante ans, quoiqu'il eût la face durcie et tannée et le corps épais et lourd. Ses yeux étaient d'un bleu clair dans son visage brun. M. de Corville était distrait, et sa distraction perpétuelle venait de la singularité de sa destinée. Né aux champs et nourri dans la gentilhommière paternelle, au pays beauceron, il y avait pris le goût des plantes et des fruits. Rien ne lui semblait plus beau qu'une salade ou qu'une poire, sinon un jardin ou un verger. La moisson ou la récolte l'enchantait également et il éprouvait un plaisir charmé à voir germer l'épi ou bourgeonner l'arbre. Il n'avait jamais désiré d'autre occupation que celle d'assister tout le long de sa vie à l'ordre des saisons et à leur retour alternatif. Il était simple et obstiné comme tous ceux qui aiment la terre et se contentent de ce qu'elle offre aux yeux de naturel et de certain. M. de Corville était rustique. La forte volonté de son père l'obligea au métier de la guerre. Il lui fallut quitter l'horizon familier des prés et des labours, chausser l'éperon et ceindre l'épée. Il le fit par obéissance et le continua par habitude. Il s'y résignait, mais, en marche, on le voyait parfois s'arrêter pour cueillir une fleur. A la bataille d'Ermelingen, il chargea à la tête de son escadron, avec un brin d'herbe au coin de la bouche. Cela ne l'empêchait pas d'être un bon soldat et un officier expérimenté, quoiqu'il soupirât après le temps où il rentrerait dans ses terres et où les belles citrouilles rondes qui rampent au sol lui remplaceraient entre les jambes les boulets qui vous les rompent.

— Eh bien, monsieur de Corville, ne sommes-nous pas mieux ici qu'à travers champs? lui cria M. de Manissart. — Aurons-nous au moins beau temps pour partir?

M. de Corville connaissait admirablement les chances de pluie, de vent ou de soleil. Cet art intéresse les cultures et il n'y était pas étranger. Il avait tout un répertoire d'indices et de signes qui le trompaient rarement et il se renseignait autant par la forme des nuages et la qualité de l'air que par le vol des oiseaux ou la course des limaces.

— Faudrait voir, monsieur le maréchal, répondit M. de Corville d'un ton traînard et patoisant. Le vent n'est point mauvais, mais le mois est traître, monsieur le maréchal. Il y a de tout dans l'air, du bon et du mauvais, et plus de mauvais que de bon

Depuis quelques instants, M. le maréchal semblait inquiet et sérieux, et, quoiqu'il parlât haut, il ne paraissait point à l'aise. Il se tâtait le ventre sous la table. Il l'avait délicat et sensible aux changements de temps et il prenait soin de le garder en bon état pour pouvoir le charger outre mesure de mets et de friandises. Aussi était-il attentif au moindre tiraillement. Sans doute que son inquiétude cessa, car il vida son assiette de ce qu'elle contenait, mais, à la dernière bouchée, il se renversa dans son fauteuil et se mit à grimacer fort douloureusement.

Toute la table avait fait silence pour l'observer. Antoine s'agitait. Le sourire revint sur la grosse figure de M. de Manissart. Il avait déboutonné son justaucorps et se trouvait mieux.

— Allons! Messieurs, ce n'est qu'une alerte. Mais n'y aurait-il pas aux environs quelque médecin? J'aime fort à les consulter sur ces petites alarmes : ils en peuvent tirer de salutaires avertissements.

Antoine nomma M. Corvisot, de Vircourt, et offrit de l'envoyer prévenir.

— Ma foi, Monsieur, répondit le maréchal, — j'accepte : il ne faut négliger personne, et des gens de rencontre nous peuvent donner de bons avis. En effet, ceux qui nous soignent avec suite s'habituent à nous et finissent par n'y plus prendre garde, tandis qu'aux nouveaux venus la vue de notre corps est un spectacle tout neuf où le moindre désordre leur apparaît, à quoi il importe de veiller pour assurer le jeu et la conservation de notre machine. J'ai vu beaucoup de médecins, Monsieur, et c'est en mettant en commun le peu qu'ils savent que j'ai pu savoir quelque chose de ce qu'il faut faire pour se bien porter.

Antoine promit que le lendemain, avant son départ, M. le maréchal aurait M. Corvisot.

Le repas achevé, M. le maréchal ne voulut point qu'on quittât la table sans avoir bu à santé de M. de Pocancy. Comme il levait son verre, le petit valet d'Antoine entra avec une lettre. Elle était pour M. de

Manissart. Le cachet rompu, il la tendit à
Antoine.

— Ah! ah! — s'écria M. le maréchal
en riant de bon cœur, — voilà une plaisante
façon, où je reconnais bien mon Anaxidomène. Allons, Monsieur, faites nous lecture
de son message!

Antoine déploya le papier. M. de Corville s'accouda sur la table, à la paysanne,
M. de Berlestange croisa ses longues jambes. Jérôme et Justin avaient dé-

ET M. LE MARÉCHAL
PRIT LE BOUGEOIR.

campé. M. le maréchal s'étendit au dossier
de son fauteuil, les mains sur son ventre, et
Antoine commença :

« Vous ne vous étonnerez pas, Monsieur,
que j'aie pu manquer à un devoir qui, en un
autre temps, eût été un plaisir, quand vous
saurez la raison qui m'a retenu ce soir, loin
de l'honneur d'être auprès de vous, et je
gage qu'au lieu d'excuser mon tort envers
vous, vous eussiez été heureux de vous le
pouvoir, à ma place, reprocher envers vous-
même.

« Vous apprendrez donc que j'attends,
ce soir, la visite d'une dame dont le nom
vous rappellerait la galante façon que vous
mîtes à nous traiter un jour en votre maison
de Rueil. Cette personne, dont vous n'avez

certes pas perdu le souvenir, puisqu'il est lié
aux débuts de notre amitié, veut bien venir
distraire ma solitude, et, quoiqu'elle ne soit
plus guère à la mode d'aujourd'hui, elle
n'en est pas moins en gré à ma mémoire.
Ses attraits ont toujours leurs charmes. Vous
voyez, Monsieur, que bien que je vive à
l'écart je ne suis point délaissé et que j'ai
bonne compagnie. Le passé m'en fournit une
excellente et ce sont ses figures les plus
agréables qui m'entourent et me reviennent,
non point en fantômes vaporeux et vains,
mais en apparences véritables et pareilles à
celles qui furent en leur
temps le plaisir de mon
cœur et de mes yeux.
Aussi ma chambre est-elle
pleine de soupirs langou-
reux et tendres. On y
cause et on y rit. C'est
ainsi que ma vie s'est arrêtée à ce qu'elle eut jadis
de plus exquis. Je m'en
tiens là et j'en recommence
indéfiniment le fort et
gracieux souvenir.

« Aussi suis-je peu au
fait du siècle qui continue.
J'ai su seulement, monsieur le
maréchal, que vous y tenez
un état digne de votre mérite.
Le monde en reconnaît la valeur : ne me permettrez vous
pas d'en solliciter un secours?

« J'ai un fils, monsieur,
que je ne voudrais point garder plus longtemps loin de
tout. J'aimerais qu'il apprît
le monde et les choses, afin
qu'il eût à son tour de quoi se remémorer.
Il n'est point sot et il risquerait de le devenir. Il faut qu'il voie du pays. Avec vous
il serait en mesure de bien servir le Roi.
Puis-je vous prier d'en accepter la charge?
J'espère que, par son obéissance et par
son empressement, il vous la rendra légère.
C'est ce que je demande à votre amitié.

« Quant à mes deux cadets, je vous aurais mille grâces de les vouloir bien emmener aussi. Il faut aux armées des gens pour
s'y faire tuer et ceux là sont tout ce qui
convient à cet usage... »

M. le maréchal rit fort de la missive.
Quand il eut fini de s'en divertir, il se leva
et, la main sur l'épaule d'Antoine, il se dirigea vers son appartement. M. de Berlestange l'éclairait et M. de Manissart dit à
Antoine en le quittant qu'il serait heureux

de l'avoir avec lui et de lui fournir les occasions de se distinguer.

Antoine remerciait, le rouge aux joues. L'idée de laisser Aspreval pour courir les camps lui bourdonnait dans la tête. La voix de M. le maréchal le tira de ces pensées :

— Allons, Messieurs, il est tard, et il faut se coucher. Berlestange, tu pourras dormir sur les deux oreilles sans craindre pour ma vertu, car je ne suppose pas que les ombres qui charment les loisirs de M. de Pocancy me fassent l'honneur d'une visite. D'ailleurs, je ne suis guère en goût de me divertir de ces aubaines : j'aime le naturel, et la moindre chambrière me conviendrait mieux que le plus voluptueux fantôme. Libre à Anaxidomène de se contenter à sa guise. Mais tout cela prouve que nous sommes peu de chose, et que l'âge et les circonstances troublent l'esprit le plus sain. Adieu, Messieurs.

Et M. le maréchal prit le bougeoir à Berlestange et lui tourna son large dos, galonné aux coutures d'une tresse d'or sur un fond de velours gros bleu.

Antoine sortit avec M. de Corville pour voir si tout était en ordre. Un grand feu illuminait la cour du château. Deux cavaliers faisaient sentinelle. Les autres ronflaient sur la paille. On entendait, par la porte ouverte des écuries, un cheval qui s'ébrouait. Un valet passa avec une lanterne. Antoine s'enquit si le carrosse de M. le maréchal avait bien été envoyé à Vircourt pour y être réparé. M. de Corville achevait sa ronde. Il s'arrêta, mouilla son doigt de salive et le tint levé en l'air. Antoine l'observait. Enfin M. de Corville baissa la main et lui dit :

— Le vent, tout de même, n'est pas mauvais, Monsieur, et je crois qu'il fera beau demain.

Puis il ajouta, après un silence, et comme se parlant à lui-même :

— C'est un bon temps pour la terre. Voici qu'on va labourer pour les semailles de printemps et herser. Il va falloir abattre les taupinières et tailler la vigne. On peut transporter les ruches. C'est l'instant de bouturer les rosiers.

Il siffla entre ses dents.

— Oui, Monsieur, j'aime la terre et ce qu'elle produit, et, pourtant, il nous va bientôt falloir marcher à travers champs au risque de tout gâter. Vrai, Monsieur, j'ai regret quand le pied de mon cheval écrase ce qui pousse sous son sabot. Bah ! la guerre est la guerre et je m'en console à penser que le sang nourrit le sillon et que l'herbe croît

mieux où la bataille a passé. Le vent est bon.

Et M. de Corville haussait le pouce mouillé de sa main qui paraissait noire sur le feu rouge.

VI

Il y eut, ce soir-là, beaucoup de monde autour du carrosse de M. le maréchal de Manissart. Son arrivée à vide, escorté de deux laquais à cheval, avait retenti sur le pavé pointu de Vircourt. Les gens se retournaient après s'être garés de son passage. Ils le virent s'arrêter sur la grande place, devant l'enseigne du sieur Lobinet, qui vendait aux bourgeois de la ville de la vitre pour leurs carreaux en même temps qu'aux dames du miroir pour qu'elles s'y vissent. La nouvelle de l'événement courut de proche en proche et se répandit assez pour qu'à l'heure du souper il ne fût guère de table où l'on ne commentât cette venue ; ceux qui s'en trouvaient le plus curieux prirent le parti d'aller sur la place se rendre compte de la chose par eux-mêmes, quoique la nuit fût tombée et qu'un vent assez aigre soufflât. Quelques personnes, peu confiantes aux lanternes à cordes ou à potence qui devaient éclairer les rues, avaient apporté les leurs. Elles en dirigeaient le rayon sur la lourde caisse armoriée. On en admirait fort la structure et l'ornement. A la courte échelle, deux des plus enragés parvinrent à se hausser jusqu'à regarder dans l'intérieur. Il était tendu de satin. Le bruit en circula de groupe en groupe. On se poussait. Il y avait des rires de femmes pincées. On disait que les chevaux étaient à l'*Écu Bleu* et l'on se répétait qu'ils avaient la crinière tressée et la queue longue, ce qui disait l'équipage d'un seigneur d'importance.

A ce moment, un gros homme fendit la presse. Ses quatre mentons s'étageaient. Il était vêtu d'un habit rouge galonné d'argent, devant qui l'on s'écarta. Il prit une lanterne et en tourna la lumière sur le panneau.

— Parbleu ! grogna en soufflant M. Dalanzières, ce sont bien les armes de M. le maréchal de Manissart.

Elles étalaient sur le vernis reluisant une croix de gueules sur un champ d'or. Les deux bâtons d'azur fleurdelysés se croisaient en sautoir derrière l'écu.

— Et alors, monsieur le commissaire, — interrogea timidement M. Ginorieux, — cela veut dire ?...

— Cela veut dire, Ginorieux, répon-

3

dit M. Dalanzières, en rendant au tailleur
de la rue aux Oies sa lanterne qu'il lui avait
prise, — cela veut dire... Mais je crois que
vous voulez me faire parler, Ginorieux !

Et M. Dalanzières croisa les bras et rabattit son chapeau sur ses yeux comme quelqu'un qui en sait long, et il ajouta, en se
retournant vers les personnes qui l'entouraient :

— Ceci est proprement le carrosse de
M. le maréchal de Manissart.

Le nom du maréchal se répéta de groupe
en groupe, avec des exclamations diverses :

— C'est donc que la guerre vient par
ici ?

— Mais non ! elle est en Flandres.

— Tout de même, ce n'est rien de bon,
mademoiselle Denise, et peut être bien que
les Impériaux ne sont pas loin.

Mᶫᶫᵉ Denise, qui était grasse et rose, ne
semblait guère redouter leur approche. Elle
pensait sans doute que sa bonne mine n'au
rait à souffrir d'eux que ce qu'elle lui atti-
rerait, et elle y songeait avec un petit frisson à la nuque et entre les épaules. Elle
voyait devant elle se presser des figures ru-
des et balafrées, sentant le vin et la poudre
et parlant un jargon qu'elle ne comprendrait
pas. Et, comme pour se rassurer, elle ajouta
en riant, car le rire creusait dans ses joues
deux fossettes inégales et mouvantes :

— Eh ! mademoiselle Vinette, ils ne pas-
seront pas la Meuse !

Mᶫᶫᵉ Vinette hochait la tête. La Meuse
ne la rassurait point. Elle était sèche et ma-
lingre. On la disait riche. Elle avait une de
ces figures rétrécies qui ont l'air de se rap
peler où sont leurs écus. Mᶫᶫᵉ Vinette risquait
fort de ne point exciter la soldatesque à
d'autres entreprises qu'à lui chauffer la
plante des pieds pour apprendre la cachette
de son argent.

— Allez, ma belle, — répondit aigrement Mᶫᶫᵉ Vinette, — vous en tâterez

M. Dalanzières pérorait dans un cercle
de lanternes. Elles éclairaient son habit
rouge et en faisaient briller les galons. Il
vantait les actions de guerre de M. le maréchal de Manissart, et comment, avec sa cavalerie, à la bataille d'Ermelingen, il avait
enfoncé l'aile gauche de l'ennemi et décidé
du sort de la journée, de même qu'à Borge-
stricht il avait si bien soutenu l'effort des
troupes alliées qu'il avait donné le temps à
M. le maréchal de Vorailles de les prendre
à revers et de les mettre en fuite. Ce double
exploit lui avait valu le bâton. Aussi, selon
Dalanzières, la présence de M. de Manis-

sart annonçait de grandes choses. D'ailleurs,
tout était prêt pour la campagne. Les dépôts
abondaient de vivres et M. le commissaire
se déclarait en mesure de fournir au soldat
ses dix onces de pain par jour et sa viande
trois fois la semaine. Et chacun le croyait
d'autant mieux que lui même en son habit
d'écarlate faisait penser à une pièce de
bœuf au croc d'un boucher.

M. Dalanzières frotta l'une contre l'autre ses larges mains pour marquer son contentement ou pour les dégourdir du froid.
Il soufflait, en effet, un vent glacé qui, non
moins que les rassurantes paroles de M. Dalanzières, aida à disperser les curieux. La
place se vida ; les lanternes coururent à ras
de terre, seules ou deux à deux, et il ne resta
plus d'éclairé que la boutique du miroitier
qui travaillait à tailler dans le vitre de quoi
réparer le dégât fait au carrosse de M. le
maréchal.

Ce fut sur ses coussins que M. Corvisot
s'assit de bon matin pour se rendre à Aspreval, où Antoine l'avait averti de venir visiter M. de Manissart, en y joignant la per-
mission du carrosse. Corvisot, en toute autre
occasion, eût certes crevé d'orgueil à se voir
et surtout à être vu en pareil équipage, mais
il était préoccupé de la conduite à tenir en
une circonstance si nouvelle pour lui.

Il abordait pour la première fois un personnage de l'importance de M. de Manissart, car il considérait M. de Pocancy
comme un simple extravagant et Antoine
comme un sot. Autrement, il n'avait guère
soigné que les bonnes gens de Vircourt ou
les bourgeois d'Amsterdam ou de Harlem,
et le plus souvent, sur les vaisseaux, de pauvres diables qui sentaient la saumure et le
goudron. Cette fois la matière changeait et
il échafaudait une fortune sur cette rencontre inopinée.

Il s'imaginait arrêtant le voyage du maréchal et le retenant à Aspreval ou même le
suivant à l'armée, car il se pouvait que
M. de Manissart voulût attacher à sa personne les soins ordinaires d'un Corvisot.
Quant à la maladie qui lui valait cet appel
inattendu, Corvisot hésitait s'il devait
souhaiter qu'elle fût une fièvre éruptive, une
fièvre maligne ou une fièvre putride, ou quelques-uns de ces désordres intérieurs qui dé-
routent la science du médecin et la patience
du malade et sont de telles durées et de
telles suites qu'elles asservissent à celui qui
les peut soulager. Les cas brusques où le mal
montre son audace et son arrogance paraissaient bons aussi à Corvisot. Il y a à les

vaincre un mérite presque guerrier. Et Corvisot se figurait M. le maréchal suant la fièvre ou criant le délire et, de toutes manières, entre ses mains, puis sauvé et bénissant son sauveur : car il ne doutait point de ses remèdes, et aucun embarras ne lui venait de sa courte expérience et de son peu de savoir.

M. Corvisot s'excitait à ses propres visions. Il en avait la gorge sèche et l'oreille bourdonnante. Son gros sourcil se levait et se ramassait tour à tour, et il tracassait son rabat d'une main fébrile, où pointait son ongle noir et cassé.

La vue de M. le maréchal le déconfit : ce visage plein et coloré portait tous les signes d'une santé indiscutable ; un air de bonhomie qui y était répandu rassura Corvisot. Aussi pensa-t-il le pouvoir aisément intimider et lui en conter de belles. Il se rengorgea, retroussa ses manchettes sales et commença l'examen.

A mesure, Corvisot se rembrunissait et avec lui M. de Manissart. Qu'allait donc découvrir en lui ce petit homme tortu et silencieux qui le palpait sans mot dire, d'une mine sombre et renfrognée. Habitué au bavardage doctoral, M. de Manissart était plein de respect pour cet observateur muet. Il s'apprêtait à le considérer comme un Hippocrate, et si Corvisot eût soutenu ce rôle de taciturne, il est probable que M. le maréchal en eût été la dupe. Mais Corvisot était fier de sa faconde ; la mine inquiète et mortifiée de M. de Manissart lui fit croire qu'il avait affaire à quelqu'un de ces niais illustres dont l'esprit se laisse émouvoir par des paroles : il parla.

Ce qu'il dit, dans un mélange effroyable de latin et de grec et avec un débit de charlatan, revenait à avertir M. le maréchal de ne se point fier à l'apparence où il était de se bien porter ; que la nature est fort traîtresse et que rien n'est plus près de la maladie que l'instant où nous nous en croyons le plus loin. Corvisot ne tarissait point. Il allait. Son goître soulevait son rabat. Ses longs bras s'agitaient. M. de Manissart le regardait d'un air narquois et clignait de l'œil à Berlestange. Décidément, le médecin de Vircourt valait les médecins de Fav et ne leur cédait en rien pour le ridicule. Corvisot ne cessait point.

— Arrêtez, Monsieur, arrêtez ! — s'écria le maréchal. — Je vois que mon cas n'est point bon, mais vous n'auriez certes pas eu le cœur de m'en faire part, si vous n'aviez à m'y proposer quelque remède.

Celui de Corvisot était simple.

Il s'agissait pour M. le maréchal de sortir de ce fâcheux état de santé où il se trouvait par l'excellence même de la sienne et il fallait pour cela profiter de la chance qu'il avait d'être justement entre les mains d'un habile homme, afin que celui-ci pût choisir avec soin la maladie la mieux propre à débarrasser un corps aussi vigoureux d'un excès de force et de bien-être qui ne manquerait pas, quelque jour, de lui devenir funeste. Il importait avant tout d'y provoquer cette crise inévitable, afin d'être à même d'en régler le caractère et de faire choix, pour un homme si dangereusement bien portant, de la façon la meilleure et la plus profitable d'être malade. Il fallait donc devancer à propos ce qui ne manquerait pas d'arriver dans la suite par l'opération même de la nature, qui, livrée à elle-même, est souvent maladroite, tandis que lui, Corvisot, se chargeait de ménager juste à point à M. le maréchal un petit mal, qui aurait l'avantage de le préserver d'un plus grand, et de détruire en lui cette sorte d'arrogance et de fatuité corporelles dont témoignaient l'embonpoint de sa personne et le teint de son visage. Il était temps, selon Corvisot, d'abattre cet orgueil, et si l'art n'y mettait pas du sien, la nature agirait à sa guise, à sa fantaisie et à son heure. Corvisot ajoutait qu'aucun lieu ne se prêtait mieux qu'Aspreval à une pareille précaution, et que lui, Corvisot, se faisait fort, en dix ou douze jours d'un traitement suivi, de mettre M. le maréchal dans un état convenable et qu'il vaut mieux payer sa dette par acomptes que de la solder d'un seul coup.

M. le maréchal écouta sans broncher le discours de Corvisot.

— Certes, Monsieur, — lui répondit-il fort poliment. — je sens bien du vrai à ce que vous dites et j'aurais bonne envie de suivre votre conseil, mais le temps me presse, et le service du Roi me réclame. Il vaut mieux que je me confie aux risques de la guerre. Ils se chargeront peut-être de ce que vous eussiez fait avec plus de ménagement et ils vous épargneront sans doute une peine que je ne veux pas vous donner. Pourtant, Monsieur, je recourrai volontiers, avant de partir, à vos bons offices. Tout à l'heure, en vous écoutant, je me sentais à l'hypocondre gauche un point qui me tracasse et qu'il faudrait bien attaquer d'un petit lavement. Je sais que c'est là une besogne d'apothicaire, mais il m'est arrivé, tout maréchal de France que je suis, de faire office de simple soldat,

et je pense que vous ne me refuserez point
de m'imiter.

Corvisot dut s'exécuter.

On tira des coffres un étui de cuir gau-
fré. Il contenait une grande seringue d'argent aux armes de M. le maréchal et à sa
mesure. M. de Manissart ne voyageait point
sans elle. Quoiqu'elle ne fût remplie que
d'eau tiède, elle brûla les mains de M. Corvisot, tant il enrageait de s'être si grossiè-
rement mépris. C'était la faute des pam-
phlets de Hollande. Il avait puisé à leur
lecture habituelle de fausses idées des
grands. Les libellistes ont l'habitude de
peindre les personnages les plus considérables de l'État comme indignes d'occuper les
fonctions qu'ils exercent. Il suffit que quelque charge d'importance rehausse un homme
pour qu'ils veuillent le rabaisser en l'en dé-
clarant incapable. Ils n'admettent pas que
parfois la fortune ne se trompe point et
qu'elle ait de justes faveurs. Pour eux, quiconque s'élève le doit à son néant et quiconque ne se distingue pas s'en doit prendre, non à lui même, mais aux circonstances
qui lui ont manqué. Tout est donc à refaire
dans la distribution des honneurs, et ils le
refont. Il ne faut pas trop croire aux ga-
zettes de Hollande.

M. le maréchal ne quitta la compagnie
que pour aller à son carrosse. M. de Corville était déjà en selle. Les cavaliers formaient la haie. M. de Manissart, avant de
monter, embrassa Antoine et lui promit de
l'avertir où il faudrait le venir rejoindre avec
ses frères. Corvisot, qui s'était glissé à quelques pas, pointa l'oreille en entendant
qu'Antoine, Jérôme et Justin allaient s'éloigner d'Aspreval. Le départ des deux jumeaux le remplit d'aise ; celui d'Antoine
l'étonna agréablement, d'autant plus qu'il
favorisait certains projets. Le cocher toucha
les chevaux ; les soupentes de cuir rouge gé-
mirent, les roues frôlèrent les bornes de la
poterne.

Antoine et Corvisot coururent sur la
douve. Ils virent le carrosse gagner la route
de Vircourt. L'escorte suivait. En bas, la
Meuse luisait sous le soleil. Les clochers de
la ville dressaient au dessus des toits leurs
pointes lumineuses. Il faisait beau : M. de
Corville avait eu raison.

Corvisot ôta son chapeau et salua bur-
lesquement, puis, se retournant vers Antoine :

— Voilà, Monsieur, un pauvre homme
qui n'ira pas loin.

Il avait repris sa façade pour raconter à
Antoine qu'il avait dû exprès déraisonner
devant le maréchal pour éviter de lui dire
la vérité. C'était, selon le médecin, un
homme perdu, quoiqu'il eût bien encore un
peu de temps devant lui :

— Juste celui, Monsieur, de vous mettre le pied à l'étrier, car vous êtes maintenant au service du Roi et je vous félicite d'y
être. Nul ne saurait s'y montrer plus propre
que vous et je sais quelqu'un qui ne manquera pas de prendre grande part à votre
nouvel état, car c'est une personne qui
vous est trop attachée pour ne point entrer
dans votre intérêt même aux dépens du
sien.

Corvisot touchait là un des embarras
d'Antoine, qui ne savait trop comment
M^me Dalanzières accepterait l'annonce de
son départ. Il lui tardait de s'en éclaircir :
aussi prit-il, côte à côte avec Corvisot, le
chemin de Vircourt. Par la traverse on y arrivait en un peu plus d'une heure. Ils se
quittèrent sur la place du Pont de Pierre,
en vue de la maison de M^me Dalanzières,
lui pour y heurter et Corvisot pour regagner
son logis.

Antoine profita de ce qu'il y avait compagnie chez sa maîtresse pour y déclarer sur-
le-champ sa résolution. Ce ne fut de toutes
parts qu'un bouquet d'éloges. M^me Dalanzières y mêla les siens. Quand on fut parti,
Antoine et M^me Dalanzières passèrent dans
le cabinet.

Antoine, au fond, s'attendait à des reproches, à des cris et à des larmes ; il fut
un peu déçu, au lieu de cela, de trouver en
sa maîtresse un tendre intérêt et un contentement sincère. Il était dit qu'il n'éprouve-
rait par elle aucun de ces sentiments for-
cenés qui sont le partage des amants et le
sort habituel de l'amour. Il n'y avait jamais
eu entre eux ni brouilles ni querelles d'aucune sorte, tellement qu'Antoine se demandait parfois s'il avait véritablement aimé.
M^me Dalanzières l'avait pris sans simagrées,
elle semblait aujourd'hui le perdre sans chagrin.

Pourtant ils se regardaient avec complaisance tous deux, et il leur venait en même
temps un petit regret à penser au peu de
jours qu'il leur restait à se voir ; ils se pro-
mettaient bien de trouver les occasions nécessaires à profiter de ce délai, tandis qu'au-
dessus de leur tête ils entendaient le pas
lourd du gros Dalanzières qui devait partir
le lendemain pour l'armée et laisser ainsi les
deux amants user à leur guise de son absence.

## VII

Antoine commença dès lors à se préoccuper de son équipage et de celui de ses frères. Il aurait aimé consulter là-dessus M. Dalanzières, qui avait l'habitude des camps, mais le commissaire était déjà loin. Il se résolut donc à recourir à l'abbé du Val-Notre-Dame qui avait porté l'épée dans sa jeunesse.

retint qu'il avait pu être de son temps un fort brave mousquetaire, mais il dut se régler en tout sur son bon sens naturel. D'autre part, il ne fallait rien espérer de M. de Pocancy. Le vieil Anaxidomène déclara à Antoine qu'il n'entendait point ce sujet : il l'eût pu conseiller, s'il se fût agi d'un ballet ou d'une mascarade, mais les usages de la guerre lui étaient demeurés étrangers.

L'abbé laissa là sa pipe de tabac, prit une grosse clé et conduisit Antoine jusqu'à une porte qu'il ouvrit. La pièce était pleine d'armes et d'habits de toutes sortes. Il y avait au mur des casques de buffle racornies de la sueur qui les avait trempées, des vestes courtes, de larges feutres à panache, des mousquets et des pétrinals et même deux armures, dont l'une presque complète, avec des cuissards à queue d'écrevisse. Tout cela envieilli de rouille et de poussière.

— Je portais celle-là, au combat de Vorli, Monsieur ! — dit l'abbé. — Ce fut une belle journée, mais les modes ont changé et vous feriez mauvaise figure sous ce harnois : j'ai ouï dire qu'on ne boucle plus guère la cuirasse que pour descendre à la tranchée qui est, comme vous le verrez, Monsieur, un endroit exposé et dangereux.

De tout ce que lui débita l'abbé, Antoine

Antoine se munit donc, de son cru, pour lui et ses frères, de fortes épées et de longs pistolets. Il acquit trois solides couriauds, un bon carrosse et un chariot à bâche de cuir pour le bagage. Il manda M. Ginorieux, le tailleur de la rue aux Oies, pour fournir à ses frères des habits convenables, et leur fit prendre perruque. Jérôme et Justin y consentirent. Ce départ les amusait. Corvisot leur en vanta les avantages et leur fit mille contes absurdes. Ces préparatifs durèrent une semaine.

Chaque jour, Antoine montait son couriaud et l'exerçait à des voltes et à des tours. M^me Dalanzières le venait admirer en selle. Elle le complimentait de sa tournure cavalière : Antoine se redressait. Sa nouvelle destinée lui semblait la plus belle du monde et le temps passé à Asprevil lui paraissait d'un emploi médiocre en comparaison de ce qui n'allait pas manquer de lui arriver. Il nourrissait des pensées ambitieuses et se voyait déjà grand homme de guerre. Quelle différence entre ces glorieuses perspectives et l'existence monotone qui avait été la sienne jusqu'à présent ! A peine si quelque regret

LE PASSAGE DES TROUPES A VIRCOURT DURA CINQ JOURS.

lui venait de quitter des lieux familiers pour un horizon inconnu.

Il rêvait à cela, une après midi qui était celle du jeudi. La journée était douce et si plaisante qu'Antoine alla s'asseoir dans un lieu qu'il aimait beaucoup. C'était une pente de pré, à quelque distance du château. L'herbe y poussait longue et on y avait une belle vue du pays, sur ses champs, ses coteaux et ses forêts. Le dos à la Meuse, Antoine découvrait, un peu à sa droite, Aspreval, et, devant lui, les étangs du Val-Notre-Dame avec les bois qui les bordent. La grande route de Foignies passe auprès et rejoint celle des Sablonnières, qui longe la Meuse et va vers Vircourt. L'air était léger et transparent. Une herbe se balançait. L'ombre fugitive d'un oiseau glissa sur la prairie.

Tout à coup, Antoine, à cause du soleil, mit la main au-dessus de ses yeux et regarda avec attention.

Une grosse charrette traînée de trois chevaux débouchait sur la route des Sablonnières, juste à l'endroit où elle sort de la forêt de Larpaigne. Un second chariot suivait, puis quatre, puis un groupe d'hommes à pied, dont le dernier portait une marmite au bout d'un bâton. Le défilé continuait. Antoine en distinguait tout le détail. Les attelages tiraient. Une bande de mules et de chevaux bâtés se montra. On entendait des bruits d'essieux et des claquements de fouets. Le nombre des chariots augmentait toujours et descendait lourdement vers Vircourt.

Antoine, debout, s'était tourné vers la route de Foignies. Elle était couverte depuis l'horizon d'une masse mouvante. De brefs éclairs pétillaient au soleil dans la poussière. Peu à peu Antoine comprit. C'était la cavalerie du Roi. La petitesse du spectacle n'enlevait rien à sa grandeur. Les cavaliers minuscules s'avançaient au pas des montures diminuées par la distance. C'était un plaisir de les voir grandir à mesure qu'ils approchaient. Les escadrons et les régiments faisaient des taches de couleurs diverses par la différence des uniformes. Déjà ils avaient repris stature d'hommes, car l'avant garde touchait à la pointe de l'étang des moines.

A ce moment, un parti se détacha du gros de la troupe et la devança. Le trot agita les jambes distinctes des chevaux. Le choc de leurs sabots retentit sourdement. Antoine l'écoutait venir, sonore et régulier, battant le terrain sec de la route qui coupait juste le bas de la prairie où il se tenait.

Ils passèrent devant lui au galop.

Ils étaient au moins deux cents, vêtus d'un habit gris à parements bleus et montés sur des chevaux bruns. Le chapeau à trois gouttières coiffait les têtes. Le vent de la course remuait les perruques à boucles et les plumes frisées. Solidement assis sur des housses de drap, ils pressaient leurs bêtes de la botte. Antoine les suivit du regard : ils atteignirent le carrefour où la route de Foignies joint celle des Sablonnières, y laissèrent un piquet pour maintenir les charrettes qui commençaient à arriver, puis disparurent derrière les arbres dans la direction de Vircourt.

Alors Antoine ramassa son chapeau et rentra à Aspreval, laissant la campagne, déserte tout à l'heure, maintenant remplie des soldats du Roi. Il se voyait déjà parmi eux. Son cœur battait d'une vie nouvelle. Les cloches de Vircourt sonnèrent. Le branle en arrivait à travers le ciel, sonore, joyeux et guerrier.

Le passage des troupes à Vircourt dura cinq jours, tant par le pont de pierre que par un des bateaux que les pontonniers construisirent sur la Meuse pour aider à l'opération et qu'utilisèrent les équipages de toutes sortes, car une armée en comprend de fort divers, non seulement les charrettes des officiers généraux et l'immense bagage des officiers, mais l'hôpital et la pharmacie, sans compter la subsistance en viandes et en farines et les avoines de la cavalerie.

Ce fut elle qui passa d'abord. Sa vue excitait l'admiration des habitants de Vircourt. Jamais les régiments du Roi n'avaient paru plus beaux. Le colonel général se trouvait justement l'un d'eux : il campe toujours à droite et sa cornette blanche ne salue que le Roi et les Princes ; sa compagnie colonelle est montée sur des chevaux gris et ceux des escadrons sont noirs. Il fut suivi de beaucoup d'autres également bien vêtus et au complet. Un à un, ils défilèrent sur le pont de pierre dont les parapets étaient cou-

verts de monde qui les acclamait à mesure. Le spectacle était magnifique. Tous les officiers portaient l'uniforme. Beaucoup d'hommes avaient des moustaches. Les gendarmes et les chevau-légers se succédèrent. Le pavé étincelait sous les sabots. Quelques bêtes cabrées firent pousser de grands cris aux femmes et aux enfants amassés et qui se pâmaient d'aise au bruit des trompettes militaires et au roulement des timbales, surtout quand les timbaliers étaient nègres et joignaient à leurs livrées chamarrées le turban africain et l'aigrette. Il fallait les voir rire à dents blanches en frappant de leurs mains noires sur la peau tendue des caisses armoriées. Les dragons mêlaient à ce concert le grondement des tambours que perçaient les sons des hautbois.

Après eux, les fifres de l'infanterie déchirèrent les oreilles. L'air retentit de leur aigreur pointue. Les compagnies des gardes françaises vinrent les premières. Leurs justaucorps gris blancs étaient galonnés d'argent sur toutes les tailles. A l'épaule bouffait un nœud de rubans. Les officiers se distinguaient par leurs habits d'écarlate brodés aussi d'argent. Le hausse-col doré leur levait le menton. Ils avaient l'épée et la pique.

Chaque compagnie des autres régiments comptait des piquiers, des mousquetaires et des grenadiers. Les mousquetaires en gris, bleu ou blanc. A leurs baudriers pendaient les coffins qui contenaient les charges de poudre. Les grenadiers, en bleu, avec des parements rouges, portaient la gibecière à grenades, avec une petite hache.

Vircourt bourdonnait d'une rumeur continuelle, d'autant plus que pareilles cohues n'ont pas lieu sans désordre, malgré les efforts des officiers qui, plus d'une fois, durent lever la canne sur le dos de leurs soldats. Il y eut, çà et là, quelques dégâts d'étalages et de filles. M<sup>lle</sup> Denise, qui eut l'honneur de loger les trompettes du régiment de Roubillière et ses timbaliers nègres, en garda les joues rouges durant plus d'une semaine, comme le fit remarquer M<sup>lle</sup> Vinette. M<sup>me</sup> Dalanzières reçut à sa table fort belle compagnie. Antoine y fit la connaissance de plusieurs officiers qui l'assurèrent de leur amitié et lui empruntèrent pas mal d'écus. Tous lui vantèrent les avantages du métier où ils le considéraient d'avance comme un des leurs. Le nom et la protection du maréchal de Manissart firent grand effet. Antoine étudiait sur ces

messieurs comment on attache son épée et la façon de mettre le chapeau pour ne pas avoir l'air d'un novice. Il ne quittait plus Vircourt. Le soir, quand il s'en retournait à Aspreval, il voyait les feux allumés, et le silence des champs l'étonnait après le tumulte du jour.

On crut que les vitres des maisons allaient se fendre et tomber en morceaux quand l'artillerie écrasa de ses fortes roues le petit pavé des rues. De lourds attelages tiraient les pièces. Les canons allongeaient sur leurs affûts leur bronze orné de lauriers et de devises. Les mortiers passèrent, obèses et béants. Puis le pont de pierre redevint désert ; les bornes de tête montrèrent des écorchures blanches. Les amas de crottin frais séchèrent au soleil. Vircourt reprit son calme habituel. On entendit de nouveau aboyer les chiens.

A Aspreval, Antoine put constater que le poulailler était vide : les traînards avaient fait leur œuvre. La route des Sablonnières restait défoncée d'ornières énormes. Les prairies étaient rases : les fourrageurs avaient passé là. Les fermiers se lamentaient de leurs bergeries ravagées. On trouva dans les bois du Val-Notre-Dame, un moine pendu à une fourche d'arbre. Mme Dalanzières remarqua avec chagrin qu'une de ses meilleures pièces d'argenterie avait disparu.

Restait à savoir si le Roi passerait par Vircourt et s'y arrêterait. L'événement paraissait incertain. On 'en préoccupait pourtant. Irait-il rejoindre l'armée des Flandres que commandait M. le maréchal de Vorailles, ou viendrait-il à celle, de la Meuse que dirigeait M. le maréchal de Manissart ? M. Dalanzières l'ignorait. Du moins, c'est ce qu'il écrivait à sa femme, du camp où il se trouvait alors et ce qu'Antoine apprit d'elle.

Il ne manquait guère chaque jour, de descendre à Vircourt. A Aspreval, tout avait repris le train ordinaire. M. de Pocancy avait quitté le lit, réendossé sa robe de chambre à fleurs, et coiffé sa perruque et son bonnet. Le vieil Anaxidomène continuait à fouiller en ses coffres et ses armoires et à y respirer l'odeur du passé, qu'il ravivait de quelques gobelets de muscat d'Espagne qu'il allait chercher lui-même à sa petite cave. Rien n'empéchait donc Antoine d'être assidu à Mme Dalanzières, d'au-

tant que son départ prochain lui en faisait un devoir. L'un et l'autre s'accordaient pour se rencontrer le plus souvent possible. C'est ainsi qu'environ une semaine après l'éloignement des troupes, elle avertit Antoine de venir le lendemain chez elle, au soir tombant. La nuit ne leur semblait pas trop longue pour tout ce que deux amants ont à se dire.

Pour attendre l'heure du rendez-vous, Antoine se dirigea vers la maison de Corvisot. Comme il entrait, il croisa M<sup>lle</sup> Denise, qui le salua en rougissant : elle le connaissait de l'avoir vu chez M<sup>me</sup> Dalanzières, pour qui elle faisait des ouvrages de broderie.

La porte fermée, Corvisot s'écria :

— Tenez, Monsieur, voici déjà la suite du travail des gens de guerre. Cette fille qui sort d'ici en est toute alourdie et porte en elle un fardeau qu'elle ne déposera point de neuf mois. Elle y perdra peut-être sa santé et son visage ; tout cela à cause de ce feu que met au cœur des filles le bruit des trompettes, la rumeur des tambours, le sifflet des fifres et l'appareil de la guerre... Et à qui croyez-vous que la belle ait voulu faire honneur ? A un dragon avec des moustaches ou à quelque solide mousquetaire ? Non, Monsieur, vous n'y êtes point ! Mais à un de ces timbaliers d'Afrique dont la figure est toute charbonnée. C'est contre ce cuir noir qu'elle a frotté sa peau blanche. Les filles sont ainsi faites. Elles ont des goûts étranges et des caprices singuliers. En amour, le plus galant gentilhomme n'a pas toujours l'avantage sur le plus vilain magot. Ainsi va le monde, Monsieur.

Corvisot ricanait. Il s'examina avec fatuité dans un morceau de miroir qu'il tira de sa poche. Sa face contrefaite y grimaça, hilare et narquoise. Depuis quelque temps, Corvisot remarquait que M<sup>me</sup> Dalanzières ne paraissait pas indifférente à sa figure. Elle le faisait mander à tout propos et sans nulle autre raison que le plaisir de le voir et sans autre utilité que de se faire tâter à des endroits du corps sur qui les femmes sont d'ordinaire fort retenues. Elle le consultait sur des riens. Il est vrai que ces riens sont beaucoup pour les femmes. M<sup>me</sup> Dalanzières avait le teint charmant et y tenait. Aussi fallait-il que Corvisot le regardât de fort près, à la plus petite rougeur qui s'y montrait. Sous son regard, M<sup>me</sup> Dalanzières minaudait. A peine parti, elle trouvait à son miroir de quoi le rappeler de nouveau. Devant ces manèges et ces

gentillesses, Corvisot ne bronchait pas. Il ordonnait un onguent et tournait les talons en sifflotant entre ses dents ébréchées.

Antoine le considérait avec surprise. L'idée que Corvisot pouvait plaire à une femme le divertissait. Il se contenta de plaindre M<sup>lle</sup> Denise et parla du beau défilé de ces jours derniers. Corvisot ricana plus fort.

— Oui, parlons-en, Monsieur ! — dit-il en haussant les épaules. — Voilà un beau spectacle de folie ! Y a-t-il là, dans le nombre de ces hommes que nous avons vus portant des piques ou menant des canons, y en a-t-il un qui ne compte vivre jusqu'au bout sa vie, si médiocre qu'elle soit ? Pas un qui, au moindre mal qui le prend, ne songe aux suites et aux conséquences et n'appelle à son secours le médecin ou l'empirique. Tous, plus ou moins, s'inquiètent de leur machine, et leur humeur dépend de son malaise ou de sa santé. Ils ne pensent qu'à l'emplir de nourriture et à la bien évacuer. Il y a autant de seringues dans les bagages que de canons dans le parc. Qu'ils soient malades, ce sont des cris et des lamentations, il n'y a pas assez d'onguents et d'emplâtres. Et notez, Monsieur, que les mieux en point ne le sont que par hasard. Où est celui qui n'ait en son corps quelque secrète faiblesse, toute prête à en arrêter l'une ou l'autre des fonctions les plus utiles ? Croyez-moi, Monsieur, la bile et le pus attendent leur heure. Les places sont disposées où s'amasseront les humeurs. S'ils savaient leur état, ils ne penseraient qu'à s'assurer de quoi le guérir. S'ils étaient raisonnables, ils seraient aux genoux de ceux qui portent le bonnet et le rabat. Mais non ! et ils en vont jusqu'à plaisanter la médecine et les médecins.

Corvisot repensait à sa fâcheuse histoire avec le maréchal. Il reprit :

— Au lieu de cela, voyez les faire ! Ils s'assemblent en régiments, en escadrons et en compagnies, battent des tambours et des timbales, soufflent dans des fifres ou des hautbois, prennent l'épée, la pique ou le mousquet, préparent la grenade, traînent après eux des bombardes et des mortiers, endurent les marches les plus fatigantes et les travaux les plus pénibles, dorment sous la tente ou couchent dans la tranchée, se hâtent, courent, galopent, s'évertuent jusqu'à ce qu'ils trouvent devant eux d'autres gens de la même façon, qu'ils ne connaissent que par la forme de leurs habits et par la couleur de leurs étendards. C'est là, Monsieur, qu'est alors le plus beau et qu'il

IL FUT SUIVI DE BEAUCOUP D'AUTRES ÉGALEMENT BIEN VÊTUS ET AU COMPLET.

faut les voir se précipiter les uns sur les autres sans savoir pourquoi et avec un acharnement incomparable, de manière qu'en quelques heures le plus grand nombre possible d'entre eux soient étendus morts et navrés, les jambes et les bras rompus, les entrailles hors du ventre, le crâne défoncé, en proie à des maux volontaires, qu'ils ont cherchés à plaisir et dont, en toute autre occasion, ils eussent évité le moindre avec le plus grand empressement. Je vous le dis, Monsieur, n'est-ce point là une insigne folie? Encore que je ne dusse pas vous le dire, puisque vous allez bientôt y avoir part; mais je serai tout à votre service au cas où vous auriez besoin des miens.

Antoine quitta Corvisot avec d'assez sombres pensées que le médecin se félicitait sournoisement de lui avoir données. « Il est vrai, se disait Antoine, que je n'ai rien à faire là dedans. Le Roi se passerait fort bien de moi et rien ne me force à lui faire l'hommage de l'un de mes membres. » La guerre lui apparaissait pour la première fois sous son véritable jour, car, en voyant tous ces gens le mousquet à l'épaule et le pistolet à l'arçon, il ne s'était guère préoccupé de ce qu'ils allaient faire là bas. Il commençait seulement à en avoir quelque vue et il se sentait une médiocre envie de se trouver parmi eux au moment où les boulets se mettraient à tomber dans leurs rangs et où les balles couperaient les plumets des chapeaux et déchireraient le drap des justaucorps. Une fumée traversée d'éclairs lui sillonna l'esprit. Mais il s'était trop avancé pour se dédire.

Tout en raisonnant, il avait mis la clé à la serrure du jardin de M^me Dalanzières. Le crépuscule y ranimait l'odeur du buis. En montant l'escalier à la dérobée, Antoine remarqua combien son pas était souple et prudent et il songeait au dommage que quelque balle perdue ou quelque éclat de grenade

gâtât cette heureuse démarche. Les batailles, au surplus, ne sont point si meurtrières qu'on n'en revienne, se disait-il en manière de consolation. L'abbé du Val-Notre-Dame se plaignait qu'elles eussent épargné son frère, M. de Chamissy, le lieutenant général, qu'il détestait. M. le maréchal de Manissart avait échappé aux plus dangereuses. Et Antoine revit sa bonne mine, ses grosses joues rasées, sa perruque gris de maure et s'en sentit tout rassuré. Le maréchal semblait la réponse même aux paroles de Corvisot et aux craintes d'Antoine.

M^me Dalanzières l'attendait et l'accueillit fort tendrement. Un en-cas chargeait une table dans un coin de la chambre. Les servantes écartées laissaient aux amants une heureuse liberté. M^me Dalanzières était galamment parée et elle avait fait mettre des draps frais.

Elle aimait le beau linge, et le plus fin ne le lui paraissait jamais assez. Son raffinement à ce sujet était sa seule querelle avec son mari : le gros homme était fort indifférent à la toile dans laquelle il dormait; l'épaisseur de son sommeil lui était toute délicatesse à cet égard. Il se fût aussi peu soucié de beaucoup d'autres,

C'EST CONTRE CE CUIR NOIR QU'ELLE A FROTTÉ SA PEAU BLANCHE.

mais sa femme ne l'entendait pas ainsi : elle était fort propre et imposait qu'on le fût autour d'elle. Aussi fallait-il voir comme elle envoyait au bain le gros Dalanzières, quand il rentrait de quelque achat de bœufs et de moutons, fleurant l'étable et l'enclos. Où était-il, à cette heure, le pauvre Dalanzières; peut-être en pays ennemi, couché sur le foin ou sur la paille? L'essentiel, du reste, était qu'il ne fût pas là.

Antoine se félicitait de son absence et M^me Dalanzières ne s'en plaignait pas. Si parfois elle songeait avec complaisance à la laideur de Corvisot, la figure d'Antoine prévalait en ses pensées. Elle lui montra, ce soir, qu'elle n'y était pas insensible. Aussi Antoine se mit-il en devoir de mettre sa maîtresse en un état à ce qu'elle ne pût

guère rester sur le fauteuil où elle était,
sans crainte de voir imprimées en sa peau
délicate les fleurs du velours qui couvrait le
siège. Bientôt le lit craqua sous le genou
appuyé de M^me Dalanzières, charmante
ainsi, sa croupe grasse sous une chemise
fine et le talon nu quittant la mule qu'elle
retenait de l'orteil.

Tout annonçait une nuit obscure et tranquille. Le couvre-feu sonna. Les lumières
s'éteignirent aux fenêtres voisines. Un chien
aboya.

M^me Dalanzières avait déjà la nuque sur
l'oreiller. Antoine, son soulier à la main,
écoutait un bruit de pas inusité dans la rue
et sur la place, car la maison faisait le coin
de l'une et de l'autre. Il entendait courir et
parler. Un heurtoir retentit avec fracas à
une porte. Les coups s'acharnaient : on
frappait chez M. Landrageot, l'échevin.
Les voix devinrent plus bruyantes. Des vitres s'éclairèrent de nouveau. Évidemment,
il se passait quelque chose de singulier. La
rumeur augmenta.

Antoine alla au carreau. Il y avait près
du pont un groupe d'hommes avec des lanternes. Ils gesticulaient. Au bout de
la rue, un cavalier au galop criait
quelque chose d'indistinct. L'homme
montait un cheval à cru et agitait un
flambeau. Sous la fenêtre, il leva la
tête ; sa bouche s'arrondit.

A son cri : « le Roi ! le Roi »
s'ouvraient les volets clos et les fenêtres fermées. Il s'y penchait des
visages d'hommes en coiffes de
nuit et de femmes en cornettes.
Des dormeurs, qui se frottaient
encore les yeux, se montraient
au seuil des portes. Vircourt
s'éveillait, stupéfaite et ahurie.
Les pieds nus couraient aux pan-
toufles, les jambes aux chausses.
Les chandelles rallumées vacil-
laient. M^me Dalanzières, debout
sur son lit, piétinait les oreillers et
dansait de joie, en battant de ses
deux mains ses fesses rebondies, et en
criant :

— Le Roi vient, le Roi vient !

Vircourt a trois clochers qui contiennent
sept cloches, dont un bourdon. Les petites
commencèrent à sonner. Une première tinta
à Saint-Étienne : celles de Sainte-Nicole
s'y joignirent. On les entendait s'entre-ré-
pondre. Antoine fit signe à M^me Dalanzières d'écouter. Un trot de chevaux martelait
le pavé. M^me Dalanzières s'élança à la fe-

nêtre. Antoine et elle, pour n'être pas vus,
soulevèrent un carré de persienne. Le trot
s'approchait.

C'étaient des coureurs en livrée et des
pages de la petite et de la grande écurie. Ils
tenaient à la main des torches allumées. Ils
se postèrent, en échelons, tout le long de la
grand'rue, sur la place et à l'entrée du
pont. Plusieurs, descendus de leurs montures, grimpaient sur des bornes. Les plumes rouges de leurs chapeaux semblaient
brûler à la lumière ; il faisait clair comme
en plein jour.

M^me Dalanzières écarta la persienne
pour mieux voir. Une foule compacte s'ins-
tallait le long des maisons. La place grouil-
lait, quoique beaucoup de monde se fût
porté au faubourg de la ville. Le vent cis-

UN EN-CAS
CHARGEAIT UNE
TABLE DANS UN COIN DE LA CHAMBRE.

persait les étincelles des torches. Soudain,
au bout de la rue, dont ils occupaient presque la largeur, les gardes du corps débou-
chèrent.

Les galons d'argent de leurs habits
bleus étincelaient. Ils passaient, droits en
selle, la main gantée aux rênes, leurs chevaux mâchant le mors. Les queues longues
battaient les flancs poilus. Les vestes des
chevau-légers empourprèrent ensuite la
chaussée. Ils s'avançaient avec un grand
bruit de fers. Les cloches redoublaient ;
celles du clocher de Saint-Lambert s'étaient
mises de la partie. Quand les gendarmes
rouges eurent défilé, il se fit un espace vide
et un silence.

Bientôt à une clameur lointaine et
grandissante de proche en proche se mêla le
gros bourdon de Saint-Lambert. Il ne sonnait qu'aux grandes fêtes. Son branle, ample et profond, remplissait l'air. Mme Dalanzières, n'y tenant plus, repoussa la persienne et vint au balcon. On agitait les torches pour en aviver les résines et ce fut dans
une lueur rougeâtre qu'apparurent enfin
les têtes des chevaux, attelés à six et deux
par deux à un grand carrosse dont le dôme
doré les dominait. Ils étaient harnachés de
cuir rouge à clous d'or, les croupières ornées de rubans feu. Le cocher qui les menait du haut de son siège touchait de la
tête au niveau des fenêtres. Il était énorme
et corpulent. Le carrosse, soutenu sur ses
larges roues, montrait un édifice de sculp-
tures magnifiques et de vitres transparentes.
Il arrivait juste sous le balcon. Mme Dalanzières, battant des mains, se pencha tellement qu'Antoine la retint par sa chemise.

Des trois seigneurs assis sur les coussins
cramoisis, il y en avait un, au fond, qui
portait un justaucorps de drap d'or sur une
veste rouge. Une cravate de mousseline cer-
clait son cou. Son chapeau à plusieurs rangs
de plumes coiffait une ample perruque noire
qui retombait sur l'épaule où se tressait un
nœud de rubans écarlates. Son visage puissant, rougeâtre et solaire, détachait en profil sur la lumière la lippe d'une lèvre lourde
et la courbe d'un nez robuste. Un grand air
de gloire et de majesté complétait le personnage. La fumée des torches montait
comme un encens. Le bourdon emplissait le
ciel d'un bruit de bronze. Antoine se sentait fort troublé.

Mme Dalanzières exultait. En chemise,
sans craindre d'être reconnue, ni penser à
se couvrir, penchée à mi-corps sur le balcon, elle laissait voir sa gorge abondante.
Le cri de « vive le Roi », qu'elle poussa,
fut si sonore et si joyeux que le Roi leva les
yeux vers le balcon d'où il partait et sourit
à cette belle femme grasse et fraîche en son

désordre nocturne. Du doigt, il la désigna
aux deux seigneurs assis devant lui.

Le carrosse continuait d'avancer. Le
profil royal disparut au tournant. Mme Dalanzières aperçut encore l'épaule enruban-
née sur laquelle roulaient les boucles de la
perruque. Le bourdon de Saint-Lambert
dominait les acclamations. Les cent gentilshommes à bec de corbin fermaient la marche.

Sur la place, la portière du Roi s'ouvrit au corps de ville, à genoux. Ils étaient
burlesques ainsi, avec leurs robes mises à
la hâte et leurs perruques posées de travers.
M. Landrageot, l'échevin, avait oublié la
sienne : son crâne chauve et poli miroitait à
la lueur des flambeaux.

Le carrosse prit le pont entre deux rangs
de torches. Son dôme d'or oscillait, et le cocher géant, éclairé à mi-corps, semblaient
un colosse sans tête. Les chevaux pressaient
l'allure. Les longues perruques des becs de
corbin sautaient sur leur dos chamarré.

A ce moment survinrent les mousquetaires. Ils remplirent encore une fois la rue
d'un fracas de chevaux. Les noirs et les gris
se succédèrent. Le pont sonna. Les croix
d'argent écartelaient le drap bleu des sou-
brevestes. Les croupes solides luisaient.
L'une d'elles laissa tomber un crottin doré
comme une médaille à quelque effigie sou-
veraine. Puis tout cela s'enfonça dans la
nuit, avec les porteurs de flambeaux, bran-
dissant les tronçons de leurs torches fuman-
tes. Le bruit cessa dans l'éloignement. Les
rues se vidèrent peu à peu ; les fenêtres se
refermèrent ; les lumières s'éteignirent. On
entendit les portes claquer.

Seules les cloches s'obstinaient. Celle
de Saint-Etienne et la petite de Sainte-Nicole se turent les premières. Les autres suivirent. Le branle du bourdon de Saint-
Lambert se ralentit, s'espaça et cessa tout à
coup. Vircourt se rendormait, obscure,
tranquille et silencieuse, tandis que le carrosse royal, sur ses larges roues à jantes
dorées, courait à travers les champs nocturnes vers les frontières, les batailles et
la gloire.


### VIII


Pendant près d'un mois, Antoine ne reçut aucun courrier de M. le maréchal de
Manissart. Il eût pu s'en croire oublié et
il s'en tourmentait vivement. La vue du Roi
avait suscité en lui une ardeur généreuse et
un violent désir d'en être distingué. L'hommage d'un de ses membres ne lui semblait

plus un prix trop cher pour une pareille faveur. Il eût encore donné pour elle quelque chose de plus, tant elle lui paraissait précieuse. Le royal soleil l'avait échauffé d'un de ses rayons et il devait toute sa vie en ressentir le feu intérieur.

Le vieil Anaxidomène sut, par Corvisot, le passage du Roi à Vircourt et l'apparition, au balcon, d'Antoine et de M<sup>me</sup> Dalanzières à demi nue. L'abbé du Val-Notre-Dame en complimenta Antoine, qui ne cessait de l'interroger sur les camps et sur la cour. L'abbé répondait à ces questions entre deux bouffées de sa petite pipe. Plaire au Roi était le seul échelon de la fortune. Le Roi était la source unique de tout honneur et de toute grâce. Tout dépendait de son bon plaisir. C'est ce qui ressortait des discours de l'abbé et la seule leçon qu'Antoine en pût tirer. Elle lui entrait profondément dans l'esprit. Il revoyait l'échevin Landrageot et tout le corps de ville à genoux sur le pavé, devant la portière du grand carrosse doré, à la lueur des torches, dans le bruit des acclamations et sous le branle du bourdon, et cette posture lui semblait la plus naturelle du monde ! Il était prêt à la prendre à son tour et n'en demandait que l'occasion.

Elle tardait. Pas de nouvelles de M. de Manissart. Antoine préférait attribuer ce délai aux soucis de la guerre. Le maréchal attendait sans doute que les boulets eussent fait dans les rangs les places qu'y devaient occuper MM. de Pocancy. Parmi les rumeurs diverses qui parvenaient jusqu'à Vircourt, les principales étaient jusqu'à présent de marches et de contre-marches, car la présence du Roi obligeait, sans doute, à ne rien hasarder qui pût mettre Sa Majesté en fâcheuse situation. Sa gloire et sa personne étaient également à ménager.

Antoine patientait. Il regardait ses armes et ses chevaux ou montait par désœuvrement chez son père. Le vieil Anaxidomène lui racontait des historiettes. L'amour y tenait la plus grande place et Antoine doutait s'il n'eût pas mieux fait d'adonner le reste de sa jeunesse aux femmes et au plaisir, au lieu de la risquer aux hasards des combats. Les paroles de Corvisot lui résonnaient aux oreilles.

Corvisot venait souvent à Aspreval. Antoine l'interrogeait sur ce qu'on disait à Vircourt de la guerre et du Roi. Nulle part Corvisot ne parlait plus volontiers que dans la petite cave dont il avait la clé. Antoine l'y suivait. Corvisot posait la chandelle et

détachait du clou un petit gobelet qui s'y trouvait pendu. Un pampre en relief en ornait le contour. Le vin rendait Corvisot bavard. Sa voix aigre et pointue retentissait aux échos de la cave. Antoine l'écoutait débiter des ordures et des sentences. Il mêlait les unes aux autres et y joignait ses considérations habituelles sur les misères de notre nature.

— Quelle pauvre et mesquine chose, Monsieur, que d'être un homme ! — disait il en remontant les marches. — Rien qui dure en lui, pas même la petite ardeur qu'y provoque le bourgogne. La fumée s'en évapore presque aussitôt que le goût en est passé. Et n'essayez point de dépasser la mesure : je ne connais pas de plus vilain tableau qu'un ivrogne dont les jambes titubent et dont la gorge se soulève de hoquets vineux. La nature elle-même est l'ennemie de nos plaisirs et, si nous la voulons forcer, elle se venge cruellement par le spectacle qu'elle nous donne de notre infirmité. Par la seule nécessité de nos organes, elle nous rabaisse à nos propres yeux et nous avilit à ceux d'autrui, et du meilleur qu'on puisse boire, Monsieur, il faut bien convenir que son effet montre ce qu'il y a de moins bon en nous, c'est-à-dire notre servitude envers nous-mêmes.

Cela dit, il vidait le vin musqué du gobelet qu'il faisait tourner entre ses doigts pour en examiner, dans l'argent, le relief des pampres et des grappes, puis il le suspendait au clou et en écoutait dans l'ombre fraîche et sonore de la cave le petit tintement clair et bien timbré. Une fois auprès du vieil Anaxidomène, il lui tâtait le pouls, débitait quelque conte graveleux ou quelque maxime burlesque, et s'en retournait à Vircourt, au pas de sa mule.

Il n'abordait ou ne quittait jamais Aspreval sans quelque crainte : Jérôme et Justin faisaient rage autour du château ; depuis qu'ils devaient partir pour la guerre, ils ne cessaient de s'exercer à tirer du mousquet. C'était miracle qu'ils n'eussent encore tué personne, et Corvisot croyait chaque fois entendre les balles lui siffler aux oreilles ; et il détestait encore plus les deux frères de la peur qu'il avait d'eux.

Le courrier du maréchal n'arriva que vers la fin d'avril. Depuis quelques jours, Antoine ne vivait plus : la nouvelle d'une victoire courait le pays. M. de Manissart confirmait l'événement. Le Roi avait eu la satisfaction de mettre l'ennemi en fuite, et Sa Majesté était si contente du tour que prenait la campagne qu'elle s'était résolue à en laisser tout le poids au maréchal et à regagner Versailles

Antoine fut au désespoir, mais le maréchal lui mandait que les occasions de bien faire ne manqueraient pas et qu'il le vînt rejoindre devant Dortmüde dont il allait entreprendre le siège. Il ajoutait que, le

sieur Dalanzières allant à Vircourt pour quelques jours et devant ensuite rentrer au camp, ils pourraient voyager de compagnie

Le retour du gros commissaire eut pour effet que les adieux d'Antoine et de M<sup>me</sup> Dalanzières eurent lieu en plein champ. Elle alla visiter sa ferme des Burons, et Antoine l'y rencontra comme par hasard. L'herbe d'un pré leur fut douce une dernière fois. Ils restèrent longtemps assis l'un près de l'autre. L'air était tiède et léger. Ils pensaient chacun à des choses différentes, ce qui est le commencement même de l'oubli. Un amour qui ne repose que sur le plaisir partagé ne lui survit guère et l'absence d'Antoine en était la fin naturelle et forcée

Si l'adieu de M<sup>me</sup> Dalanzières fut facile,

le congé de M. de Pocancy à ses fils fut bref. Jérôme et Justin n'obtinrent qu'un signe de tête assez sec. Le vieil Anaxidomène retint Antoine par le bras et ferma la porte sur l'escalier que les cadets dégringolaient en se bousculant.

— Voici donc, Monsieur, — lui dit-il, — le moment de nous séparer, sans savoir si nous nous reverrons.

Antoine fit un mouvement. M. de Pocancy se mit à rire :

— Rassurez-vous, Monsieur : c'est pour moi que je crains.

M. de Pocancy marchait par la chambre. Sa longue houppelande à fleurs battait le bas de ses mollets maigres. Il avait l'air d'un vieux papillon brillant et fané, avec ses grandes manches peintes et envolées. Il reprit :

— J'ai à m'excuser de vous avoir gardé si longtemps dans ce vieux château à ne rien faire qu'à ouïr mes histoires de l'ancien temps. Elles n'ont point dû vous donner une grande opinion de moi. Vous n'y penserez plus là-bas ! J'aurais voulu que vous y trouviez l'appui des services que, tout comme un autre, j'aurais pu rendre à l'État, mais il n'en sera rien et vous n'aurez guère à compter que sur vous-même. Votre figure et votre mérite y suffiront. Si je suis pour quelque chose dans l'une, je ne suis pour rien dans l'autre. Je vous ai fait Pocancy ; à vous de faire quelque chose de Pocancy. Avec moi il ne fut que le vieil Anaxidomène. Buvez ceci à sa santé et à la vôtre, et revenez-nous quelque jour.

Il reposa le verre qui teignait sa main d'une rougeur mobile, et il tendit sa joue au jeune homme, qui en baisa respectueusement la pommette rose, lisse et fraîche, humide d'une petite larme.

Le départ se fit sans encombre. Antoine offrit une place dans son carrosse à M. Dalanzières, qui accepta sans façons, ce qu'il n'eût point fait si l'aventure de sa femme au balcon lui fût venue aux oreilles. Antoine se rassura vite : Dalanzières ne savait rien.

Le fait d'être du matin au soir en tête à tête et genoux à genoux familiarise. Bientôt, Antoine sut de Dalanzières l'état de ses gains et diverses particularités de son humeur. Dalanzières aimait les écus sonnants, la bonne chère et les femmes grasses. La sienne était le moins dont il pût se contenter, mais il préférait mieux et, entre autres, celles de la Hollande et des Flandres. Là, les chairs abondent qui sont laiteuses et d'une agréable mollesse. Les belles tignasses rousses couvrent les épaules opulentes. Il vantait les charmes copieux et les formes amples qui rendent ce pays fort propre à y faire la guerre : on y trouve de plantureuses et solides aubaines. Et le gros homme s'animait au souvenir des filles hollandaises, flamandes et brabançonnes dont il s'était repu aux campagnes précédentes. Quand il en eut fini, il se rabattit sur M<sup>me</sup> Dalanzières. Il fit valoir les mérites de son corps et les vertus de son esprit. Antoine se taisait. Le gros commissaire sembla surpris.

— Vous estimez sans doute, Monsieur, à m'entendre, qu'il y a quelque danger à louer ce qui nous appartient. Ah ! ah ! Mais, avec vous, je le risque volontiers. Nous autres, gens de bourgeoisie, savons ce qu'on doit à un gentilhomme et prenons en bonne part qu'il ait goût à nos femmes. La mienne serait au vôtre que je n'y verrais point de mal ; mais qu'elle aille s'amouracher d'un Corvisot, voilà ce que je ne souffrirais point. Car le grimaud la serre de près ! Il se glisse dans la maison et, sous prétexte de drogues, se mêle de ce qui ne le regarde pas ; mais j'y mettrai bon ordre, car j'en sais long sur le bonhomme. Il a exercé, à Liége, une médecine singulière, et, quand il servait sur les vaisseaux de Hollande qui vont aux Iles...

Et Dalanzières continuait à parler, mêlant Corvisot, sa femme et les filles des Flandres en un bavardage, entrecoupé du prix des farines et des denrées, qu'Antoine écoutait à demi en regardant par la portière.

Le pays qu'on traversait maintenant était fort dévasté. Les prés étaient ras et les auberges maigres. On n'y trouvait plus une poule, ni au pot, ni au poulailler, et l'on ne voyait plus de coqs qu'à la fine pointe des clochers.

On les distinguait au fond d'étroits vallons ou au delà des bois, car le terrain d'outre-Meuse est assez accidenté. Dans les villages, les toits d'ardoises grises luisaient au dessus des murs de pisé jaune. La route longeait des cultures ou serpentait entre des taillis inégaux. Elle était si creusée d'ornières et si effondrée que le carrosse, plus de dix fois, faillit verser. Au bout de deux jours de chemin, on entra en pays conquis. On s'en apercevait aux chaumières incendiées, aux toitures rompues et à la rencontre de paysans en guenilles et de gens de mauvaise mine. Ils suivaient le carrosse de huées et le regardaient de travers. Il ne fallait rien moins que sept ou huit valets à cheval et bien armés pour tenir ces marauds à distance. Des pierres même atteignirent les chevaux.

Une fois, on dut mettre l'épée à la main. L'affaire avait mauvaise tournure. Une vingtaine de gens occupaient la route et semblaient en vouloir disputer le passage. Les valets dégainèrent et M. Dalanzières déchargea son pistolet. La bande se dispersa au feu. Un seul de ces malandrins continua à s'avancer. C'était un pauvre diable, le bandeau sur l'œil et la loque aux reins, qui tendit son chapeau vers le carrosse. Au moment où Antoine y jetait quelque monnaie, l'homme ouvrit les bras et tomba à la renverse : Jérôme, à la portière de l'autre voiture où il suivait avec Justin, tenait encore fumant le pistolet dont il venait d'ajuster le loqueteux. On descendit : il était mort. Jérôme et Justin examinèrent avec curiosité le sang qui formait à terre une petite mare.

Chacun remonta. A peine avait-on fait quelque chemin qu'on entendit un grand bruit. Les traînards étaient revenus autour de leur compagnon et ils se disputaient avec des cris furieux les pièces d'argent que le mort serrait toujours dans sa main crasseuse. Et ils composaient un groupe furibond qui se démenait dans la poussière.

Ce fut au sortir de la forêt de Véroigne qu'on se trouva dans la plaine de Moham. Elle s'étendait assez loin et on en distinguait toute l'étendue. Le terrain en était singulièrement bouleversé. Par endroits le sol était pelé et durci. Çà et là de gros tertres de terre fraîchement remuée bossuaient le sol. Les deux villages de Moham le Neuf et de Moham-le-Vieux montraient l'écroulement ou le squelette de leurs murs calcinés. Le clocher de Moham le Vieux dressait encore sa tour éventrée. Autour du carrosse toutes sortes de débris jonchaient le champ voisin. Des lambeaux d'étoffe se mêlaient à des armes rompues. Un chien maigre, l'échine en saillie, léchait un os.

Il venait dans le vent une odeur fade, fétide et nauséabonde qui n'était point continue, mais qui offusquait par moment les narines. Un vieil homme en train de ramasser quelque chose s'approcha. Il tenait à la main un hausse-col dont il arrachait des débris verdâtres qui étaient de la chair pourrie.

Antoine admirait le champ de la bataille où le Roi avait été victorieux. C'était peut-être de ce lieu même qu'il avait vu fuir les escadrons ennemis et se disloquer les lignes confondues. Antoine revit l'habit de drap d'or, la grande perruque, le profil rougeaud et puissant. Il faisait un beau soleil déclinant qui remplissait l'air d'une sorte de dorure glorieuse. Les chevaux du carrosse s'ébrouèrent. De grosses mouches bourdonnantes volaient çà et là. Un petit arbre cassé par un boulet pointait un éclat de branche où pendait juste une petite feuille recroquevillée et délicate, nouvellement verte.

Le lendemain, le vingt-septième jour d'avril, on arriva à Domden. L'armée était campée à deux lieues de là, et, par conséquent, tout au plus à sept ou huit de Dortmüde, qu'on allait prendre.

## IX

M. le maréchal de Manissart occupait, non loin de Domden, une maison isolée, à quelque distance en arrière du camp et à mi-côte d'une petite colline. Les abords en étaient fort animés d'un va-et-vient de cavaliers et de voitures. Heureusement pour Antoine, un des premiers visages qui se présentèrent à lui fut la figure jaunâtre de M. de Berlestange. La mine sévère du personnage lui parut un secours inopiné. M. de Berlestange fit assez l'important, mais il finit par introduire Antoine et ses frères dans le jardin, où il leur promit de les venir chercher dès que M. le maréchal serait en loisir de les voir.

Antoine, en attendant, se mit à considérer les lieux. La maison était une belle bâtisse de pierre grise à la mode du pays, avec deux pavillons d'angle. Le jardin, assez vaste, se composait de parterres égaux et d'allées en cailloux de couleurs diverses qui craquaient sous le talon. Une terrasse à balustrade ornée de vases s'étendait à la suite. Une statue se dressait à chacun de ses bouts, dont l'une affublée, sans doute par une plaisanterie, d'un chapeau à plumes, d'un habit militaire et d'un mousquet. C'était le reste d'un bal donné la veille aux plus belles dames de Domden. On avait dansé au clair de lune, comme Antoine l'apprit de M. de Berlestange, qui lui vint dire que M. le maréchal le verrait dès qu'il aurait fini avec les officiers de détail. M. de Berlestange blâmait ces réjouissances, et semblait détester les dames de Domden

d'avoir été la cause de celle-là, en envoyant à M. de Manissart des eaux de gelées, des pâtisseries et des friandises dont il les avait voulu remercier en leur donnant les violons. M. de Berlestange n'aimait pas ces politesses. Il y avait selon lui quelque indécence à se divertir ainsi en des conjonctures aussi graves et en face d'un appareil guerrier dont la vue seule était faite pour refroidir la tête la plus chaude à des idées sérieuses ; et, du geste de son long bras, il désigna le camp rangé en bon ordre dans la plaine.

Il couvrait un large espace entouré d'une circonvallation régulière. Les tentes de l'infanterie s'y alignaient à part de celles de la cavalerie. On voyait les chevaux aux piquets et les mousquets en faisceaux. La fumée des feux montait droite dans l'air tranquille. C'était comme une sorte d'échiquier où se préparait le jeu des batailles. Le parc aux canons montrait les pièces bien à leur place. Les boulets en amas élevaient de petites pyramides symétriques. Au delà, le quartier des vivres, encombré de chariots, présentait l'aspect populaire d'un marché. Là-bas un parti de fourrageurs rentrait, la grosse botte de foin posée à la croupe des montures. Des courriers sortaient au galop.

Le maréchal reçut les jeunes gens devant une carte étalée sur la table. Il leur parla obligeamment. M. de Querlingues, qui se trouvait là, prit Jérôme et Justin pour les conduire aussitôt à la compagnie où ils devaient servir comme volontaires.

— Quant à vous, Monsieur, — dit à Antoine M. de Manissart, — je vous garde avec moi et j'espère que vous ne vous en plaindrez pas. Vous aurez ma table et mon gîte. M. de Berlestange a mes ordres. D'ailleurs, nous ne resterons pas toujours ici. Il nous faudra même décamper bientôt. Je le regretterai, car cette maison est fort bien close. Les armoires en sont pleines de linge fin et la cave copieusement garnie.

Antoine s'en aperçut au souper. Les convives y firent honneur. Il s'y trouvait M. de Chamissy, M. le duc de Montcornet et M. le marquis de la Bourlade, lieutenants généraux, et d'autres d'importance, en tout une quinzaine. Les lourdes perruques encadraient des visages divers. Il y en avait de sanguins, de tannés et de blêmes. M. de Chamissy en avait un ratatiné, avec un sourire perpétuel que mordait à la lèvre une dent en bouttoir. Son justaucorps couvrait une poitrine étroite, et ses longues mains osseuses, autant que son dos rond, indiquaient qu'il avait manqué de près d'être bossu. Antoine le regardait avec curiosité et le comparait à son frère, l'abbé du Val-Notre Dame, sans pouvoir découvrir entre eux aucune ressemblance. M. le duc de Montcornet était assez corpulent, avec la

qui il ne comptait pas, parlaient devant lui fort librement. Il sut d'eux que la bataille de Mohain avait été meurtrière et qu'on n'avait eu la victoire qu'au prix d'une tuerie effroyable ; que les chevaux manquaient ;

singularité d'une petite figure maigre dont la peau se tendait à se fendre sur un nez aigu et tranchant. Quant à M. de la Bourlade, il était vieux, trapu et court, avec des sourcils gris.

M. de Manissart traitait M. le duc de Montcornet avec une considération particulière et lui recommandait certains plats. D'ailleurs, la chère était bonne. Antoine, au cours de la conversation, crut comprendre qu'elle était moins succulente à la marmite des soldats. Les vivres n'abondaient point. Le pain était rare à cause de la mauvaise qualité des farines. Un bétail médiocre donnait une viande avariée. C'était la faute des fournisseurs et des commissaires. Antoine s'expliquait mieux maintenant les gains du gros Dalanzières et comment chaque année il ajoutait une ferme ou une métairie aux biens qu'ils possédait déjà. Antoine était tout oreilles. Ces messieurs, pour

que les compagnies étaient fort éclaircies, que l'armée était diminuée du départ de la maison du Roi, et qu'il faudrait toute la faiblesse de l'ennemi pour réussir au siège de Dortmude. Enfin les déserteurs étaient nombreux. Puis, du général, l'entretien tourna au particulier.

Les personnes furent en jeu et M. le maréchal duc de Vorailles vint sur le tapis. Le duc faisait campagne en Flandre sur l'Escaut et sur la Scarpe. Il y tenait tête à un ennemi habile et audacieux. Chacun eut un mot sur lui. A résumer ce qui fut dit avec tous les ménagements de circonstance, Antoine en démêla que, de l'avis de tous, M. de Vorailles était l'homme le moins propre au métier qu'il exerçait. L'un vantait sa naissance, l'autre son courage, quelques-uns sa piété, tous son bon vouloir ; aucun ne fit mention de sa capacité. Et Antoine se demandait naïvement si Corvisot n'avait pas raison et si le rang et le mérite sont choses si rarement conjointes qu'il faille renoncer à les trouver de compagnie. M. le maréchal de Manissart lui-même échappait-il à cette disparate ?

Il laissait dire en souriant, sachant que si plusieurs parlaient ainsi par envie, beaucoup le faisaient par bassesse et pour lui plaire en rabaissant un rival. Le sujet de M. de Vorailles épuisé, chacun en vint à soi où il tendait depuis longtemps. Tous se montraient désireux de leurs aises et de leurs commodités. Pas un qui ne regrettât quelque chose et peut-être, surtout, d'être où il était. On échangea des nouvelles de la Cour. Les visages s'animèrent. Ce qui se passait à Fontainebleau ou à Versailles intéressait certes davantage que ce qui allait se passer devant Dortmüde. Faire face à l'ennemi n'était qu'une façon de faire figure à la Cour et pas un ne semblait satisfait de celle qu'il faisait à l'armée. Le vin déliait les langues, et les prétentions commençaient à se montrer en toute leur crudité. La vanité de ce qu'on est, peut le céder parfois à celle de ce qu'on veut être. Personne ne se trouvait à sa place. Le mécontentement perçait dans les paroles, et tous observaient d'un œil jaloux le gros M. de Manissart, assis dans son fauteuil, avec son cordon bleu au ventre, et qui était comme l'enseigne même de leur ambition, et les plus près de sa dignité l'en détestaient encore davantage.

Quand ils furent partis, M. de Manissart retint Antoine et se mit à rire de son air déconfit.

— Je vois bien, Monsieur, — lui dit-il. — ce qui vous blesse, mais ne vous en tenez point exactement aux discours de ces messieurs. Ce sont tous d'excellents officiers. C'est aux actes qu'il les faut juger. soyez sûr que chacun à son poste se comportera le mieux du monde. C'est justement le beau de notre métier de subordonner les intérêts particuliers à un intérêt supérieur qui est celui de l'Etat. Vous avez vu, ce soir, un de ces moments d'humeur où nous sommes tous sujets, mais il n'y a de durable que le désir de bien servir le Roi. Vous sentirez aussi en vous ce grand pouvoir qui a raison en nous-mêmes de tout ce qui lui est contraire. Sur ce, Monsieur, allons vider au jardin le trop de vin que nous avons bu : je ne connais rien de mieux que de pisser au frais.

Ils passèrent. Le jardin était vide. Les buis taillés rappelaient les pyramides des boulets. L'échiquier des parterres et des allées imitait celui du camp. Le maréchal s'accouda à la balustrade de la terrasse. Au bas, dans la plaine. tout dormait. Les feux de veille rougissaient la nuit. Elle était tranquille. claire et argentée d'une lune qui montait au ciel comme une bombe limpide

et silencieuse. Des milliers et des milliers d'hommes composaient un seul sommeil. Il y avait là des gens de toutes sortes, venus des vignes bourguignonnes et des terres picardes, des Manceaux et des Beaucerons aussi bien que des Périgourdins ou des Gascons. La France dormait là. Tous, ils avaient quitté leurs villes, leurs châteaux ou leurs chaumières pour former cette masse vivante. Maintenant ils étaient vêtus de bleu ou de rouge, portaient le mousquet ou la pique, traînaient des canons, suivaient une cornette ou un étendard. Une puissance plus forte qu'eux les contraignait à n'agir qu'en vue d'un but commun, à marcher ou à s'arrêter. à combattre ou à dormir. Qu'une alerte sonnât, et ils seraient debout, chacun à son rang. prêts à recevoir en leurs corps de quoi n'être plus bons qu'à mettre en terre ou à servir de pâture aux corbeaux!

Et Antoine imaginait la rumeur tumultueuse de ce réveil et le ciel tout à coup embrasé du feu des canons et des mousqueteries, les cris, les appels, les galops, les trompettes et. détaché sur cette rougeur, le profil puissant, au nez auguste et à la lippe majestueuse, entrevu déjà à la lueur des torches. avec sa lourde perruque et son habit de drap d'or dans une acclamation nocturne. Et Antoine éprouvait quelque amertume à sentir que les belles actions qu'il ne pouvait manquer d'accomplir n'auraient pas pour témoin le royal regard qui sait distinguer, même dans la poussière des combats, ceux qui méritent d'être remarqués, le Roi, pour qui des milliers d'hommes dormaient là, le mousquet ou la pique à côté d'eux, sur l'échiquier des batailles et sous la bombe limpide et claire de la lune silencieuse.

Le silence était complet. Antoine entendait un petit vent friser doucement les plumes du chapeau de M. de Manissart. En rentrant, ils croisèrent M. de Berlestange qui portait à la main des papiers. Dans le vestibule. quelques cavaliers jouaient aux cartes. Le maréchal s'approcha d'eux familièrement : ils étaient du régiment de son nom. Sur le palier, ils trouvèrent M. de Corville. Le soldat rustique sommeillait assis sur une marche, une branche verte dans la ganse de son chapeau. Le maréchal lui donna quelques ordres. M. de Corville témoigna à Antoine son plaisir de le revoir et l'invita pour le lendemain à se joindre à une reconnaissance dont il était chargé.

Vers deux heures de l'après-midi, Antoine trottait sur la route. botte à botte avec

LES FUYARDS DÉTALAIENT, SERRÉS DE PRÈS.

M. de Corville. Le parti se composait en tout d'une centaine d'hommes du régiment de Manissart. Ils portaient le justaucorps chamois galonné de rouge. Les pistolets gonflaient les fontes. Les faces rondes, osseuses ou longues des cavaliers les distinguaient les uns des autres.

On fut bientôt en rase campagne. Un bouquet de bois couronnait une pente assez douce. Le gros de la troupe s'arrêta et cinq ou six éclaireurs s'en détachèrent. Des corbeaux volant en rond au-dessus des arbres semblaient y indiquer quelque embuscade. Antoine vit s'éloigner les croupes mouvantes des chevaux : les éperons pressaient les flancs ; les pointes des épées dépassaient les épaules. Les cavaliers montaient, se détachant nettement sur la verdure du taillis.

Tout à coup, un des chevaux se cabra. Une fumée fusa de la lisière avec une pétarade. Les branchages se rompirent sous des poitrails brusques. Les éclaireurs firent volte-face, laissant là leur camarade empêtré dans la selle. Les fuyards détalaient, serrés de près. L'un d'eux encore vida les arçons. La lame, qui l'atteignit au dos, passa outre. Le cheval continua à galoper, les étriers vides. Les ennemis s'arrêtèrent, poussant de grands cris.

Antoine regarda M. de Corville, qui caressait le col de son cheval, et tourna la tête.

Derrière eux, l'escadron était en ligne. Les pistolets luisaient aux poings fermés sur leur crosse. Dans les intervalles du premier rang d'autres têtes apparaissaient. Les visages avaient changé subitement, rouges ou blêmes ; les yeux étaient agrandis ou clignés. Antoine vit une bouche béante de peur dans une figure tannée. Une grosse veine enflée bleuissait à un front. Des gouttes de sueur brillaient sur les joues. Quelqu'un ôta son chapeau.

La charge venait. L'escadron s'enleva à sa rencontre. Il y eut un choc violent au milieu de la poussière. Antoine déchargea son pistolet au hasard. Il sentit à sa joue le vent d'une lame. Les cris et la poudre l'étourdissaient. Quelque chose de tiède lui coula dans la botte, en même temps que son cheval s'effondrait doucement sous lui. Il était à pied, et seul. Un cavalier se ruait sur lui ; il tira : l'homme à l'écharpe orange battit des bras. Antoine se trouva de nouveau en selle.

— Allons, Monsieur ! — lui criait M. de Corville — il n'y a plus rien à faire ici !

Une quinzaine de cavaliers manquaient. On mit les blessés en croupe. Antoine, au retour, fut un peu étonné de ce que M. de Manissart ne manifestât pas plus d'intérêt à ce qui venait de se passer et qui lui semblait, à lui, digne de remarque. Il n'en admira pas moins en lui-même ce qu'il venait d'accomplir et qui est contraire à la nature. Mais, comme il était d'esprit judicieux, il ne put s'empêcher de constater qu'après tout le fait d'avoir été là l'avait, à lui seul, contraint à s'y bien conduire, puisque c'est ainsi qu'on appelle pousser son cheval devant soi et lâcher son coup de pistolet au hasard.

Si cette affaire avait appris à Antoine qu'il pouvait compter sur soi aux occasions qui se présenteraient, elle aurait dû avertir M. le maréchal que l'ennemi commençait à se remuer. Les batteurs d'estrade en apportaient chaque jour la nouvelle. Ils annonçaient que de grands approvisionnements de vivres et de poudres se rassemblaient à Dortmude, que de jour en jour on en fortifiait les travaux, de sorte qu'à mesure elle devenait d'une prise plus difficile et coûterait plus de monde à emporter. Il n'en aurait pas été de même si l'on y avait marché droit, au lendemain de la victoire de Mohain. Les atermoiements du maréchal et son inertie au camp de Domden avaient compromis le succès de l'entreprise ; une forte alerte lui rappela aussi le danger qu'il y a de préférer à la tente une maison isolée. Une nuit, en effet, l'alarme fut donnée par plusieurs décharges de mousqueterie qui mirent l'infanterie sur pied et la cavalerie en selle. En une minute, le camp fut debout. Les torches s'allumaient ; les tambours battaient. On s'attendait à une attaque générale.

Au bruit, M. le maréchal de Manissart avait sauté du lit. Antoine le trouva dans la cour, déjà à cheval. Ses cuisses velues serraient à cru le poil de la bête. Un justaucorps aux épaules, la perruque de travers, il rassemblait son monde. Les laquais, armés au hasard, se pressaient autour de lui avec les quelques cavaliers qui le gardaient. On pouvait être enlevé d'un moment à l'autre. Il eût suffi d'une centaine d'hommes pour faire le coup. Ce risque ne semblait guère troubler M. de Manissart, non plus que la singularité, de se faire voir ainsi, à demi nu, dans une posture qui prêtait au ridicule. Antoine ne lui en trouva aucun, tant son visage montrait de courage et de résolution.

UN CAVALIER SE RUA SUR LUI, IL TIRA !

Il en fallait, car on entendait s'approcher un trot de chevaux. L'anxiété fut
courte : c'était un détachement mené par
M. de Corville. On sut de lui toute l'affaire. L'alerte venait d'un gros de cavalerie
ennemie qui s'était risqué à enlever quelque
bétail et qui s'était vite dispersé. M. de
Manissart put donc regagner son lit. Il y
resta plusieurs jours, dans la crainte de
s'être refroidi et d'y avoir pris mal. Il se
nourrissait de viandes fines et de gelées.
Les belles dames de Domden lui apportè-
rent des confitures choisies. Il reçut la dé-
putation sous les couvertures, M. de Berlestange à son chevet. M. de Berlestange
faisait bonne garde. M. le maréchal en
était excédé et s'en plaignait à Antoine. Depuis le commencement de la campagne, le
pauvre M. de Manissart vivait de souvenirs
et il se rappelait avec chagrin le temps où
la guerre pour lui n'allait pas sans amour,
et, dans son lit, il pensait avec regret au
plaisir qu'il y a à le partager avec un corps
de femme. Mais Berlestange était là. Il
écrivait souvent à M<sup>me</sup> la maréchale et faisait son métier en conscience. Antoine, lui,
songeait à M<sup>me</sup> Dalanzières, non sans quelque amertume à l'idée que Corvisot, à cette
heure peut-être, lui tâtait le pouls et y
sentait quelque feu causé par la présence
de sa vilaine personne.

Cependant un courrier du Roi finit par
arriver qui pressait de commencer le siège de
Dortmüde. M. de Chamissy triompha, car il
ne cessait d'y hâter M. de Manissart. Il espérait sourdement que M. le maréchal, qui
s'exposait volontiers à la tranchée, finirait
bien, une fois ou l'autre, par y recevoir le
prix de sa témérité. A cette pensée, la dent
jaune de Chamissy en pointait davantage
sur sa lèvre, ce qui divertissait fort le maréchal, car Chamissy était si attentif aux
occasions qui le rapprochaient du bâton
qu'il y aurait eu, disait Manissart, plaisir
à lui en donner.

X

Depuis trois jours, c'est-à-dire le 27
mai, la tranchée était ouverte devant Dortmüde. L'ennemi y avait laissé une assez
bonne garnison sous les ordres de M. de Rabersdorff, homme de grande valeur et de
grande fermeté. La place était abondamment pourvue de vivres et de canons et il
ne fallait pas penser à s'en emparer par
surprise. Elle ne céderait qu'à un siège en
règle. M. de Manissart se mit en devoir de

le pousser activement. Il ne cachait point
qu'il n'aimait guère ces sortes d'opérations.
Elles demandent, en effet, un soin continuel et une vigilance soutenue. Il y faut
une suite et une patience qui n'étaient point
dans le caractère de M. de Manissart. Il
était l'homme des actions brusques et déci-
sives. Là, une fois sorti de sa paresse habituelle, il se montrait admirable de promptitude et de feu. S'il n'aimait pas calculer
les marches et les manœuvres ni combiner
des plans, une fois la bataille disposée, il
excellait à la gagner par quelque coup
hardi. Son bonheur à ce jeu était en pro-
verbe. Ses dépêches plaisaient aux ministres, car elles apportaient le plus souvent
d'heureuses nouvelles.

Malgré sa répugnance à remuer la terre et
à tracer des circonvallations, M. le maréchal
conduisit avec vigueur des travaux d'approche, de façon à atteindre au plus vite le
corps de la place. Les pioches creusaient la
terre que les pelles amoncelaient. La tranchée s'ouvrait régulièrement et l'investissement se resserrait. Le canon tonnait.

Dortmüde est à une boucle de la Meuse
qui lui forme d'un côté une garde naturelle.
La ville est presque entièrement bâtie sur la
rive droite qu'un pont relie à la gauche où
il n'y a guère que des maisons isolées. M.
de Manissart y mit assez de monde et y fit
faire assez de retranchements pour qu'aucun secours ne pût venir par là aux assiégés
et qu'ils n'y trouvassent aucune issue. Sur
la plaine, Dortmüde est bien garantie. Ses
bastions et son fossé sont en bon état et sa
défense est augmentée de ravelins, de demi-
lunes, d'ouvrages à cornes et en bonnet de
prêtre.

On voyait tout cela fort bien des tentes
de M. le maréchal. Elles étaient placées sur
une petite hauteur, en arrière des lignes et
à portée de s'y rendre aisément. De là,
Dortmüde apparaissait fort nettement derrière les angles de ses glacis. De larges bou-
levards plantés d'arbres l'entouraient, au-
dessus desquels on distinguait les toits inégaux des maisons. Elles étaient rouges et
grises, et il y en avait de basses qui semblaient accroupies comme pour demander
pardon d'être là. Les églises dressaient
leurs clochers, et l'une d'elles sa grosse
tour carrée et qui penchait un peu, tandis
que celle du beffroi montait droite et vigou-
reuse et portait haut son carillon.

On l'entendait dans le répit des canonnades et l'intervalle des mousqueteries.
Alors les corneilles, affolées de tant de

bruit, cessaient un instant de tournoyer au ciel et se posaient aux corniches des toitures ou aux fourches des arbres. Leurs nids s'y balançaient au vent qui apportait une odeur de poudre. Puis l'attaque reprenait. Le canon battait les parapets. Les boulets ricochaient ou s'enfonçaient. On ripostait de part et d'autre. La tranchée était peu sûre, mais le glacis ne valait guère mieux.

La difficulté des travaux fut accrue par la pluie qui tomba, d'abord un jour sur trois, puis au moins un sur deux. On pataugeait. La boue montait des chevilles aux genoux. M. de Manissart pestait quand il rentrait du chemin couvert, les bottes lourdes et la perruque spongieuse. La pluie tissait son filet sur Dortmüde. La ville apparaissait comme prisonnière aux mailles liquides de l'eau.

Tandis que M. de Manissart se séchait, M. de Chamissy entrait sous la tente. Il ne cessait point de rage continue. M. le maréchal avait ordonné d'épargner à la ville les bombes et les boulets rougis, qui en eussent incendié les maisons, et défendu de tirer ailleurs qu'aux remparts : il alléguait qu'il n'avait que faire d'une monceau de cendres et de débris, et qu'il ne voulait point offrir au Roi le rebut de ses canons, mais une ville prise proprement avec toutes ses pierres debout. M. de Chamissy, au contraire, eût voulu voir Dortmüde en flammes et les habitants aux caves. Il recommandait l'office des mortiers et se plaignait aigrement qu'on ne l'écoutât point.

Antoine assistait au débat. Il accompagnait partout M. le maréchal et apprenait de lui comment on se comporte au feu. M. de Manissart n'y bronchait point, même aux endroits les plus dangereux. Il semblait oublier qu'il eût un corps. Antoine se souvenait assez du sien pour baisser parfois un peu la tête et pour sentir lui passer sur la peau un petit frisson particulier. Malgré tout, il faisait bonne contenance.

Il s'enquérait parfois de celle que pouvaient bien faire Jérôme et Justin. Le régiment où ils servaient en volontaires était posté près de la Meuse. C'est là qu'il allait les visiter : il leur trouvait la mine sournoise et renfrognée. Le rapport que faisait d'eux M. Le Bertou, lieutenant de la compagnie, était détestable. Ils se montraient hargneux et querelleurs et frayaient avec les plus mauvais drôles. Plus d'une fois il avait fallu les ramener presque de force à la tranchée. La vérité était que les deux vau-

riens paraissaient mortifiés d'être là. Ils avaient imaginé la guerre comme une chasse et comme une maraude et avaient cru qu'on tirait l'ennemi comme un gibier et qu'il se venait prendre à l'hameçon comme du fretin. Au lieu de cela, il fallait manier la pelle et le mousquet. Ce n'était point ce que leur avait promis Corvisot. Aussi regrettaient-ils Aspreval et l'étang des Moines et les longues journées occupées à fabriquer des traquenards et des pièges. Ils pensaient à s'en retourner là-bas. Leur seul plaisir était de grands filets qu'on avait tendus dans la Meuse pour y empêtrer les bateliers qui venaient de Namur, au fil de l'eau, porter des courriers, à Dortmüde. Ils essayaient de passer à la nage et Jérôme et Justin s'amusaient quand on trouvait pris, dans les mailles, le matin, un homme tout nu, avec un petit sac de cuir sur sa poitrine. Ces pêches humaines ne suffisaient point à les distraire de leur ennui. Ils auraient bien suivi les déserteurs qui étaient nombreux, s'ils n'en avaient vu quelques-uns ramenés au camp, passés par les baguettes, car il fallait une forte discipline pour maintenir le soldat, d'autant plus qu'on perdait beaucoup de monde, soit au feu, soit aux sorties des assiégés. M. de Rabersdorff, le gouverneur de Dortmüde, en ordonnait de fréquentes.

M. de Querlingues fut tué dans l'une d'elles. Antoine le connaissait pour l'avoir vu auprès de M. de Manissart, le jour de son arrivée à Domden. A l'attaque d'un ouvrage, il avait été renversé par l'éclat d'une mine et à demi enterré sous les débris. On le rapporta expirant sur une civière. Le hasard voulut qu'on rencontrât en chemin un homme monté sur une mule et en habit de médecin. Les soldats conduisirent le personnage auprès de M. de Querlingues inanimé. Il déclara qu'il le faudrait soigner, mais que c'était là métier de chirurgien et qu'il ne pratiquait pas. Ce ne fut qu'un cri parmi les soldats, qui aimaient fort M. de Querlingues, et ils commençaient à houspiller l'Hippocrate, lorsque Antoine, qui revenait de s'entretenir avec M. Le Bertou, s'approcha du rassemblement. Son étonnement fut extrême de trouver Corvisot en ce mauvais pas. Le médecin de Vircourt était affublé d'un bizarre chapeau avec une coiffe d'acier, et son vêtement mal boutonné montrait la bosse d'une cuirasse. Corvisot l'avait empruntée à l'arsenal de l'abbé du Val-Notre-Dame. C'est ce qu'il expliqua à Antoine quand celui-ci l'eut tiré d'affaire,

LE CANON BATTAIT LES PARAPETS.

c'est-à-dire quand les soldats virent que le pauvre M. de Querlingues avait achevé de mourir durant l'altercation.

On était alors au coin d'un petit bois, en arrière des lignes et à l'abri du canon. Antoine, en regardant Corvisot, ne put s'empêcher de rire.

— Morbleu! monsieur Corvisot, — dit Antoine, — qui nous vaut l'honneur de vous voir, et en si bel appareil? Vous trouverez ici de l'ouvrage, car on y meurt fort et comme vous aimez qu'on meure, c'est-à dire de maladie et non pas seulement de lésions et par accident.

— Je vois avec plaisir, Monsieur, — répondit Corvisot, — que si votre santé vous a préservé des unes, votre chance s'est chargée de vous éviter les autres. (Et Corvisot mit le doigt dans une déchirure qu'une balle de mousquet avait faite au parement de l'habit d'Antoine.) Mais prenez garde, Monsieur, et pensez que l'avenir de la noble maison de Pocancy repose seulement sur vous. Ah! Monsieur, que n'êtes-vous demeuré à Aspreval et que vos frères n'y fussent jamais nés!

— Que voulez-vous dire, monsieur Corvisot?

La figure de Corvisot prit une expression singulière. La mauvaise nouvelle y apparaissait par une grimace qui aurait presque pu être un sourire. Il se tut.

— Mais parlez donc, Corvisot! Mon père?...

— Il est mort, Monsieur, — dit Corvisot en se redressant dans sa cuirasse, qui grinça aux jointures.

Antoine poussa un cri et regarda devant lui. La pluie avait cessé. Le canon faisait trêve. Là-bas, sur Dortmude, les corneilles tournaient en rond dans un ciel clair et frais. Tout cela lui semblait lointain et transparent, et derrière il voyait un vieil homme vêtu d'une robe à fleurs peintes et d'un bonnet de soie, avec des pommettes roses et une perruque fine. Puis l'image s'affaiblit, et s'effaça; Dortmude reparut sur le ciel clair avec ses toits et ses clochers et les angles irréguliers de ses remparts et sa couronne volante d'oiseaux noirs. Antoine pleurait, non qu'il éprouvât peut-être un grand chagrin, mais parce que les larmes lui vinrent.

— Excusez-moi du coup, Monsieur, — dit Corvisot, — mais j'ai pensé qu'entre gens de guerre il faut parler net et court.

M. de Pocancy est mort et sa mort ne fut point naturelle...

Corvisot était descendu de sa mule. Il huma une prise de tabac tandis qu'Antoine caressait le museau de Gloriette.

— On vint donc me prévenir, la semaine d'après votre départ, que votre père avait disparu. On l'avait cherché partout, depuis le soir où le gros Jacquelin, étant monté lui porter son souper, avait trouvé la chambre vide. Je me rendis à Aspreval.

L'appartement de M. de Pocancy était dans son ordre accoutumé. On ouvrit les armoires : l'une d'elles était pleine de tous les remèdes que je lui avais ordonnés depuis que j'eus l'honneur de le soigner. Je fis toutes les recherches nécessaires ; elles furent vaines. Comme j'avais fort chaud de tout ce tracas, l'idée me vint de descendre à la petite cave. Quel ne fut point, Monsieur, mon étonnement, quand je heurtai, au bas de l'escalier, un corps étendu ! J'approchai la chandelle et je reconnus votre père : il était mort.

Antoine laissa le museau de Gloriette et cacha sa tête dans ses mains. Il revoyait le vieil Anaxidomène avec sa robe à fleurs et ses pommettes fraîches.

Le soleil brillait sur Dortmüde.

— Quand j'eus appelé et qu'on voulut le remonter, — reprit Corvisot, — un obstacle s'y opposa. Je m'aperçus alors que M. de Pocancy avait les pieds embarrassés dans une espèce de piège fait de cordes et de bâtons et placé là pour entraver et faire choir le premier qui descendrait ; or, ce fut M. de Pocancy qui s'y fendit la tête en tombant. Jugez, Monsieur, que c'est miracle que je sois encore en vie, car vous avez sans doute reconnu les mains qui avaient tendu ce traquenard, et à qui il était destiné. Tel fut, Monsieur, l'adieu de vos frères à l'honnête Corvisot et leur part dans la mort de votre noble père !

Antoine écoutait, consterné : Jérôme et Justin lui faisaient horreur. Cependant il pria Corvisot de tenir l'affaire secrète.

— Je le veux bien, Monsieur, encore que les gredins ne le méritent guère ! Car enfin, — s'écriait Corvisot avec une colère véritable — j'aurais pu par eux périr d'accident, ce qui est la façon de mourir la plus stupide et la plus vulgaire, puisque nous n'y sommes pour rien et qu'il n'y a là ni la faute de nos organes ni le risque de notre imprudence, et rien ne m'eût chagriné davantage que de devoir de n'être plus aux engins de deux fous malfaisants dont je vous ai souvent signalé le danger et dont le premier boulet devrait bien vous débarrasser.

Antoine fit savoir à M. le maréchal la perte qui l'atteignait. M. de Manissart le plaignit obligeamment, mais en peu de paroles, car il était fort occupé à ordonner l'attaque d'un ravelin qui gênait les travaux.

Elle commença dès le début de la nuit avec un grand fracas de canon et de mousqueterie et se termina, l'ouvrage emporté, par le jeu d'une mine qui causa beaucoup de mal au vainqueur.

Le bruit de l'action faillit faire évanouir Corvisot, suant d'angoisse en sa cuirasse, qu'il n'avait pas voulu ôter à se savoir si près d'un lieu aussi dangereux. Pourtant il lui fallut bien sortir de la tente d'Antoine, où il se tenait coi pour soulager sa peur, ce qu'il fit avec force contorsions, en regardant au ciel obscur la fusée lumineuse des bombes que les mortiers de M. de Chamissy envoyaient, malgré la défense, en plein milieu de Dortmüde.

Corvisot eût donné gros pour se trouver loin de toute cette rumeur, qui lui déchirait l'ouïe et lui troublait le ventre, et il regrettait le voyage qu'il avait entrepris moins pour avertir Antoine du funeste événement où M. de Pocancy avait trouvé la mort que pour pousser à bout M^me Dalanzières. Elle qui avait laissé partir Antoine sans un soupir pensa tomber en convulsion quand Corvisot lui déclara le projet de son absence. Le médecin le prenait de haut avec elle et il la laissait languir pour sa vilaine personne. M^me Dalanzières, peu accoutumée à de pareilles rigueurs, sentait s'en redoubler sa fantaisie pour un homme singulier au point de dédaigner les avances les plus vives et les mieux marquées. Corvisot demeurait indifférent jusqu'à l'avanie. Si les femmes n'éprouvent guère de peine à s'offrir, elles en ressentent une à se voir rebutées, qui se tourne souvent en colère ; mais M^me Dalanzières supportait patiemment les rebuffades de Corvisot. En vain elle lui mit sous les yeux ce que sa beauté grasse avait de plus savoureux. Corvisot se rengorgeait. C'était à croire qu'il lui avait versé quelque philtre de ses cornues, tant s'expliquait peu son amour pour un magot de cette tournure.

Le coup le plus rude fut lorsque Corvisot annonça son départ pour l'armée. Il s'y prétendait mandé par un ordre de M. le maréchal de Manissart : depuis la visite qu'il lui avait faite à Aspreval, Corvisot faisait l'important ; les bourgeois de Virecourt, qui l'avaient vu partir un matin dans le carrosse aux coussins cramoisis, en avaient senti s'augmenter leur respect pour sa personne tortue. M^me Dalanzières, à cette nouvelle, se lamenta extrêmement. Rien n'y fit. Tout ce qu'elle put obtenir fut l'honneur de boucler la cuirasse que Corvisot voulut revêtir par prudence. Elle vint chez lui à cet effet. Il accepta ce service, mais ne rendit rien en retour, et M^me Dalanzières dut se résigner avec de grands soupirs à l'indifférence de son amant. Virecourt fut aux portes pour voir partir Corvisot monté sur sa mule Gloriette.

Ce fut sur son dos que, le lendemain matin, guéri de ses terreurs de la nuit, Corvisot se mit à la recherche de Jérôme et de Justin. Il s'était fait indiquer exactement leur poste. Une trêve avait été conclue pour relever les morts et les blessés de l'attaque du ravelin. Aussi Corvisot marchait-il bravement en écoutant sonner les grelots de sa mule. Comme le temps était beau, beaucoup de bourgeois et de bourgeoises en profitaient

pour une promenade sur les glacis. On les
voyait par groupes, ou bras à bras, aller et
venir parmi les soldats à qui ils distri-
buaient de l'argent et du vin. Ailleurs on
dansait aux violons. Les femmes touchaient
de la main le bronze refroidi des canons. Le
gouverneur, M. de Rabersdorff, s'arrêtait
çà et là avec ses officiers. On le saluait
fort. Dortmude semblait en fête. Le beffroi
égrenait son carillon dans le ciel.

Il fallut, pour trouver les jeunes Messieurs de Pocancy, que Corvisot allât à la
place où l'on infligeait les punitions aux
soldats mutins, négligents ou pillards. Ils
étaient nombreux et il n'y avait guère de
jour où quelques-uns ne subissent les verges ou ne connussent le châtiment du cheval
de bois ou de l'habit retourné. Ces specta-
cles divertissaient Jérôme et Justin et ils
s'empressaient d'y assister. Cette vue attirait tout un public de vivandières et de
marchands de goutte, car c'était souvent à
leurs dépens que le méfait s'était commis et
ils aimaient à en voir le châtiment. La place
était fort animée, d'autant que les filles et
traînées, qui suivaient le camp sur des chariots, se plaisaient à réjouir leurs oreilles
du claquement des verges sur les peaux
nues et rougies.

Messieurs de Pocancy étaient assis à ce
bel endroit, au revers d'un talus, entre deux
grandes guenipes débraillées, car ils étaient
devenus dévergondés, et, pour avoir été re-
lativement tardifs à l'être, ils rattrapaient
le temps perdu et employaient le plus clair
du leur à boire. Justin avait le goulot d'une
bouteille à la bouche et Jérôme attendait
qu'il eût fini sa lampée, quand Corvisot,
descendu de sa mule, les découvrit dans
cette foule.

Un homme, nu jusqu'à la ceinture, achevait de passer par les baguettes. On lui
criait des injures et des encouragements. Il
était pâle et prêt à tomber. Corvisot s'approcha lentement des deux frères et toucha
de son long doigt crochu l'épaule de Jérôme, qui se retourna avec brusquerie. Sa
face jaune s'était foncée et les taches rousses y avaient bruni comme des lentilles cui-
tes. Justin, ainsi que son frère, parurent
surpris de voir Corvisot.

— Vous avez grandement raison, Messieurs, — leur dit-il d'un air narquois, —
de bien regarder ce qui se fait ici : vous y
apprenez des choses qui vous pourront être
utiles, rien que de voir sur autrui l'effet des
verges. Mais je regrette ici qu'on ne pende
pas et qu'on ne raccourcisse point, ce qui

vous serait un spectacle profitable, et auquel il serait bon de vous accoutumer.

Jérôme et Justin levèrent l'oreille à ce
propos et accompagnèrent Corvisot à
l'écart. Quand il les quitta, au bout de plus
d'une heure, il se frottait les mains, tout
ragaillardi et tout guilleret, comme quelqu'un qui vient de payer une vieille dette.

Justin et Jérôme avaient su de Corvisot
la mort de leur père et qu'elle était due à
leurs manigances dangereuses. Il voulait
donc les avertir de la posture où ils se trouvaient. La justice avait requis contre eux et
on ne tarderait point à les venir prendre où
ils étaient. La prison aurait pour eux des
suites dont rien ne saurait les garantir. Corvisot noircit le tableau à plaisir. Il avait là
beau jeu, car, quoiqu'ils le détestassent, son
empire sur leur crédulité était grand. Leurs
âmes naïves et brutales étaient, en des corps
déjà d'hommes, demeurées sur bien des
points à l'état d'enfance. Aussi Corvisot
eut-il la première satisfaction de les voir
tremblants de peur et accablés d'épouvante,
leurs visages jaunes, livides, et leurs yeux
élargis comme s'ils voyaient du coup se
dresser la potence et se carrer le billot.

C'est à ce point, justement, que le ran-
cuneux Corvisot les voulait amener pour les
mieux perdre. Il y avait bien, à son avis,
une chance de se tirer de là, mais il hésitait à la leur offrir. Ils l'en supplièrent,
car Corvisot s'en fit prier. Donc, avec une
lettre et de l'argent qu'il leur donnerait, il
fallait déguerpir, cette nuit même, en évi-
tant soigneusement d'être aperçus et, sans
en rien dire à personne, gagner Liége, qui
n'était guère à plus de quinze lieues en suivant la Meuse. Là, ils demanderaient la
maison d'un certain Van Sperdyck. Van
Sperdyck, l'ami de Corvisot leur fourni-
rait les moyens d'atteindre Amsterdam et
de s'y embarquer sur la mer.

Les jeunes Messieurs de Pocancy fré-
mirent d'aise à la peinture que leur fit Corvisot de la vie qui les attendait sur les vaisseaux : cela ne ressemblait guère à la médiocre existence des camps. Jérôme se vit
en des îles sauvages, tuant des bêtes singulières. Justin s'imagina péchant des poissons qui volent sur les eaux. Au diable
l'exercice du mousquet et le travail de la
pioche ! Ils seraient libres ! La justice pourrait courir après eux. Et ils se sentaient
comme allégés d'un fardeau, si bien qu'au
bout de son discours les deux déserteurs
eussent volontiers embrassé Corvisot, surtout quand il leur remit une lourde bourse.

ON LE RAPPORTA EXPIRANT SUR UNE CIVIÈRE.

Il est vrai que la monnaie en était fausse. Corvisot l'avait eue on ne sait où. Il y tenait fort et parfois s'amusait à en compter les pièces, non sans songer à la stupidité auteurs la mort du vieil Anaxidomène.

Et tandis que ces messieurs de Pocancy couraient à leur destinée, M. Corvisot, de Vircourt, remonta doucement sur sa mule.

des hommes, qui ont attribué de grandes peines à une pareille fabrique, quand ils sont eux-mêmes l'atelier de toutes sortes de mensonges pires que celui de vaines effigies. Corvisot n'avait pas trouvé meilleur usage de cette dangereuse bourse que de la mettre aux mains des jeunes fuyards. Elle ne manquerait pas de leur causer des embarras qui pourraient les mener loin.

D'ailleurs Van Sperdyck était là et bientôt les deux gaillards vogueraient vers les Iles occidentales, et ce serait miracle qu'ils en revinssent jamais : Van Sperdyck avait ordre d'y veiller. Quant à Antoine, s'il venait jamais à savoir quelque chose, il ne devrait que se montrer reconnaissant à Corvisot de l'avoir débarrassé d'une parenté incommode et d'avoir puni en ses

Il était temps : la trêve expirait au coucher du soleil et déjà, de part et d'autre, on commençait à s'agiter. Les soldats couraient à leurs armes et se rendaient à leurs postes. Dortmude apparaissait toute dorée et comme lointaine, avec ses toits, ses clochers et son beffroi, dans la couronne anguleuse de son rempart.

M. Corvisot se pressait. Il avait gagné la route de Domden. Sa mule cheminait dans la poussière ; elle allait l'amble ; l'ombre cocasse de ses oreilles s'allongea démesurément, puis pâlit et s'effaça. Corvisot se retourna. Le soleil était couché derrière Dortmüde, maintenant toute noire sur le ciel rougi. Un coup de canon retentit : c'était le signal de recommencer le feu, et M. Corvisot, content de lui tourner le dos, s'en allait, paisible et satisfait de l'œuvre de sa journée et du résultat de son voyage, au petit pas de sa mule. Et pour se bien éclaircir les esprits et se mettre en mesure de mieux savourer les pensées agréables qui ne manqueraient pas de lui venir, il puisa dans sa tabatière une pincée de poudre de tabac et l'aspira longuement jusqu'au dernier grain.

XI

M. de Manissart ferma assez rudement la bouche à M. de Chamissy quand ce dernier parla, en plein conseil, de rien moins que d'abandonner Dortmüde qu'on occupait à peine depuis sept jours, puisqu'on était au 21 juin, et que la garnison en était sortie le 15 au matin. Les pourparlers de la capitulation s'étaient ouverts le 13 par l'échange des otages ; le gouverneur, M. de Rabersdorff, consentait à rendre la place à condition d'en sortir avec armes, chevaux et bagages, tambour battant, enseignes déployées, balle en bouche et mèches allumées par les deux bouts. Le différend fut sur le canon. M. de Rabersdorff voulait emmener tout le sien. Il fallut qu'il se contentât de vingt-quatre pièces ; et il défila entre les troupes en haie qui le saluèrent du mousquet et de la pique. M. le maréchal ajouta à ces politesses mille civilités particulières, à quoi M. de Rabersdorff parut fort sensible. Il laissait une ville en bon état, avec toutes ses pierres et un rempart peu endommagé, ce qui expliquait mal son empressement à battre la chamade et sa facilité à rendre la place.

Les raisons de cette hâte s'aperçurent au rapport des espions et des batteurs d'estrade. Un grand rassemblement des ennemis s'opérait outre-Meuse. L'importance en troupes fraîches, en convois et en matériel indiquait quelque dessein considérable auquel M. de Rabersdorff avait sans doute eu ordre de joindre, coûte que coûte, les vieux soldats de la garnison de Dortmüde et lui-même. Ce qui empirait singulièrement la situation était l'approche d'une armée venue de la Moselle et qui pouvait prendre à revers celle de M. de Manissart. D'autre part, il ne fallait pas trop compter sur M. le maréchal de Vorailles, qui cherchait bien à se rapprocher de la Meuse, mais qui en était jusqu'à présent fort empêché.

Ce fut là-dessus que M. de Chamissy parla d'abandonner Dortmüde et de se retirer en arrière dans une position plus favorable, pour faire face à une double attaque ou au moins couvrir la frontière. Son insistance irrita M. de Manissart et valut à M. de Chamissy la rebuffade dont il demeura blême. Chacun se taisait, sachant la vérité des paroles de M. de Chamissy. M. de Montcornet et M. de la Bourlade se regardaient avec embarras, mais Chamissy ne se tint pas pour battu et redoubla.

M. de Manissart écouta tout le propos, la face rouge et opiniâtre. Sa douceur ordinaire l'avait quitté. Il frappa du poing sur la table et déclara qu'il resterait à Dortmüde. Il consentait pourtant à renvoyer le gros de l'armée en arrière pour observer les menées de l'ennemi. Quant à lui, il se faisait fort d'occuper les gens d'outre-Meuse. Que M. de Montcornet et M. de la Bourlade se retirassent donc : lui, il s'enfermerait dans Dortmüde.

— Et j'espère, Monsieur, — dit-il à M. de Chamissy, — que vous voudrez bien m'y tenir compagnie.

M. de Chamissy verdit et s'inclina :

— J'aurai, monsieur le maréchal, l'honneur de vous obéir, et je prendrai la liberté d'écrire à la Cour mon sentiment sur tout ceci.

M. de Manissart fit signe que cela ne lui importait guère, et il leva la séance.

Chacun parti, il se promena assez longtemps de long en large dans la pièce. C'était une vaste salle dont les hautes fenêtres donnaient sur la grande place de Dortmüde, où sont l'hôtel de ville, le marché et le beffroi. Les boiseries sculptées encadraient des tableaux de tapisserie. On y voyait des verdures d'arbres, des bosquets et des fleurs. M. le maréchal acheva de les considérer, puis, ayant rajusté sa perruque au miroir, il poussa une petite porte dissimulée. Elle ouvrait sur un appartement contigu. Une jeune femme assise dans un fauteuil se leva à l'entrée de M. de Manissart, avec une révérence du meilleur goût, qui fit aboyer le petit chien et sauter le sansonnet dont la cage dorée, suspendue au plafond par une corde de soie rouge, était ornée de houppes floches. Cette dame était vive, brune et jolie. Sa robe de satin faisait de beaux plis sur son corps et retombait sur la pointe d'une mule verte. Auprès, sur la table,

bombait le ventre marqueté d'un instrument de musique et, de la panse d'un vase
de la Chine, s'élançaient les tiges menues
d'un bouquet de tulipes panachées.

Les bourgeois de Dortmüde avaient fait
bon accueil aux troupes du Roi et, en particulier, à M. le maréchal de Manissart;
pour un peu, ils eussent pavoisé sur son
passage : ils lui savaient gré de leur avoir
épargné les bombes. Aussi chacun s'empres-
sait-il de loger messieurs les officiers. Le
bourgmestre Van Verlinghem supplia M. de
Manissart de lui faire l'honneur d'accepter
sa propre maison, comme la plus vaste et la
plus commode de toute la ville. M. de Manissart s'y trouvait, en effet, à merveille,
surtout depuis cinq jours, car il ne s'en
était point passé deux que M^me Van Verlinghem n'eût montré qu'elle voulait contribuer à sa façon au bien-être de leur hôte.
M. le maréchal, vite au fait de ces favorables dispositions et qui se morfondait depuis le commencement de la campagne, en
fut transporté et se crut aux cieux, d'autant
plus que la dame avait le corps frais et mignon, la figure avenante et jolie et la peau
ambrée à la lampe, ce qui rendit M. de
Manissart fort amoureux.

Ce sentiment fit tout trouver à M. le maréchal la vie admirable à Dortmüde. Cette
place lui parut, du coup, la meilleure qui
pût être, puisqu'il y voyait chaque jour sa
maîtresse. Il ne lui restait plus qu'à songer
aux moyens d'éloigner Van Verlinghem; ils
ne manqueraient pas. M. de Manissart se
sentait l'homme le plus heureux du monde.
Il y pensait la nuit jusqu'à entendre avec
un plaisir singulier le carillon sonner au
beffroi, et le pas des patrouilles sur le pavé
de la place. Il écoutait, dans la bouteille de
verre pendue au mur pour les y prendre,
bourdonner les mouches réveillées, et, dans
son insomnie, il combinait certes moins de
plans militaires que de stratagèmes amoureux. Mais ce que M. de Manissart appré-
ciait plus encore, et qui lui semblait un
atout au jeu, était de savoir que, pendant
ce temps, en bas, M. de Berlestange, cloué
au lit par une attaque de pierre, criait de
coliques sèches et recueillait sur une assiette les graviers dont le passage lui était
assez pénible pour qu'il en oubliât la mission dont l'avait chargé M^me la maréchale.

C'est à cette bonne fortune savoureuse
et à cette liberté inattendue que M. de Manissart ne voulait pour rien renoncer, et
pourquoi il s'obstinait si furieusement à
Dortmüde. M. de Chamissy ignorait ces
particularités et, les eût-il sues, il n'en aurait guère tenu compte, car il avait été
huguenot jadis et assez pour en avoir gardé
des principes d'austérité. Ils ne l'empê-
chaient point pourtant de se livrer parfois
à de cruelles débauches , mais la fantaisie
de M. le maréchal lui eût paru monstrueuse,
parce qu'elle portait atteinte aux intérêts
de la campagne, et surtout à ce que lui,
Chamissy, y pouvait espérer de gloire.

Hors lui, les officiers qui durent rester à
Dortmüde avec M. le maréchal s'en accom-
modèrent assez bien. Un siège à subir a ses
avantages, parmi lesquels compte la facilité
d'avoir des femmes, et celles de Dortmüde
étaient plaisantes et complaisantes. C'était
du moins l'avis du gros Dalanzières, qu'Antoine rencontra sur la place. Le commissaire semblait fort satisfait. Il était gras et
rubicond et beau à voir en son large habit
rouge galonné d'argent, le chapeau en arrière et le mollet tendu sous un bas à
coins. Il fit fête à Antoine et le retint pour
lui dire son contentement. Il était particulier et ne portait pas sur les affaires géné-
rales. Dalanzières, là-dessus, fit la grimace ;
les provisions n'étaient pas aussi abondan-
tes qu'il eût fallu, non que la garnison dût
souffrir de sitôt, mais les habitants auraient
sans doute à se serrer le ventre. Il ne les en
plaignait guère ; mais, dans une ville as-
siégée, le manque de vivres a ses inconvénients, car il fomente des émeutes et en-
gendre la trahison.

Pourtant il s'apitoyait sur les femmes :

— Elles sont ici à point, Monsieur, et
n'ont pas souffert du premier siège. Il est
vrai qu'il a été assez court. Je crains bien
que le second leur soit moins favorable, et
c'est nous qui y perdrons. Ah! Monsieur,
elles ont la gorge voulue et la croupe nécessaire. Leur peau est blanche.

Dalanzières s'était choisi déjà deux
maîtresses et pour n'en chagriner aucune il
les prenait toutes deux dans son lit. Il les
décrivit à Antoine avec détail.

— Ah! Monsieur, — lui disait-il, — ce
sont les deux plus belles jeunesses de la
ville, et ce n'est qu'en jeunesse qu'il sied
d'être grasse : une peau jeune est plus délicate d'être tendue par l'effet de l'embonpoint ; le tissu, s'il est fin, y prend un surcroît de finesse à quoi rien n'est compara-
ble. Imaginez-vous, Monsieur, un fruit maigre ?

Et il ajoutait :

— Et le bel oreiller, Monsieur, que ces
deux gorges! Quelle incertitude plus agréa-

ble que de ne savoir au juste à qui est cette fesse et cette cuisse, tant elles sont également fraîches et rebondies !

Et M. Dalanzières passait sa langue sur ses grosses lèvres. Il offrit ses services à Antoine et promit de lui trouver quelque chose. Ne connaissait-il pas son goût ? Antoine rougit à ce qui pouvait être une allusion à ses amours avec Mᵐᵉ Dalanzières. Il la revit au balcon, à la lueur des torches nocturnes, au branle des cloches, le soir où le Roi passa par Vircourt. Et il s'estima heureux d'avoir travaillé à la gloire d'un si grand prince en prenant pour lui cette Dortmüde qu'il fallait maintenant disputer à l'ennemi.

En quittant M. Dalanzières, Antoine alla aux remparts.

On travaillait à les raccommoder et à les épaissir. Il fallut détruire et niveler les travaux du premier siège et rompre les ponts qu'on avait faits sur la Meuse. On établit des batteries. Les murs en étaient tous piquetés et fascinés

L'OFFICIER AVAIT ENLEVÉ SON JUSTAU-
CORPS ET ÉTAIT EN MANCHES DE CHEMISE.

avec de la bonne terre dont on disposait un lit sur un lit de fascines, le tout lardé d'un fort grand nombre de piquets. On prépara des mines et des fougasses. On mit les poudres sous terre et en lieu sûr. Toute l'armée aida à la promptitude de ce travail et ce ne

fut qu'ensuite que M. de Montcornet et M. de la Bourlade se retirèrent, comme il avait été convenu. Peu après leur départ, on annonça l'approche de l'ennemi. Sa cavalerie vint en face de la redoute qui est en tête du pont. Antoine vit les grands chevaux d'Allemagne se cabrer aux boulets dont on les salua.

L'investissement se fit avec méthode et régularité. M. de Rabersdorff le conduisit en personne et y réussit à merveille, quoique troublé par de fréquentes sorties qui jetaient le désordre dans ses lignes : en l'une d'elles on alla jusqu'à faire raser par des travailleurs un ouvrage commencé. Malgré cela M. de Rabersdorff parvint à former sa circonvallation et à établir ses batteries.

Bientôt elles commencèrent à tirer, quoique les canons de Dortmüde les démontassent souvent. M. de Rabersdorff ne prit pas tant de ménagements que M. le maréchal de Manissart, si bien que les bombes et les boulets tombaient chaque jour sur la ville. M. de Manissart se rendait partout où sa présence était utile pour encourager le soldat. Antoine l'admirait fort à le voir s'exposer ainsi continuellement aux dangers les plus réels, lui qui en appréhendait si volontiers d'imaginaires. Il bravait les vrais avec une aisance et une bonhomie qui faisaient honte à M. de Chamissy. Celui-ci, certes, se comportait bien au rempart, mais n'y allait jamais que le dos, qu'il avait rond naturellement, plus courbé que de coutume, comme si le bâton qu'il désirait tant lui dût retomber en volées sur les épaules. M. de Manissart, au contraire, se montrait au feu tout épanoui. Il fallait le voir ordonner lui-même qu'on pointât bien le canon et suivre des yeux la mèche. Il se découvrait pour mieux regarder où portait le coup, et il applaudissait quand le boulet écrétait une tranchée ou enfonçait une palissade.

Partout où il paraissait, le feu du dehors augmentait. Une fois même, le boulet vint droit à lui et ne l'épargna que par miracle, tuant deux hommes à son côté, et le saupoudrant de terre. M. de Chamissy, qui était à cinq pas en arrière, s'en crut maréchal du coup. Ces traits animaient le soldat. M. de Manissart était fort populaire. Il défendit qu'on lui ôtât le chapeau à la tranchée.

M<sup>me</sup> Van Verlinghem le consolait de toutes ses peines et il occupait avec elle ce qu'il avait de loisir. Il la trouvait assise auprès de son bouquet de tulipes. Le sansonnet se balançait dans sa cage. M. de Manissart la priait de chanter. Elle prenait l'instrument sur la table et en faisait vibrer les cordes. Leur son grêle se mêlait au bruit assourdi du canon.

Antoine admirait M. de Manissart de passer si aisément des soucis de la guerre aux plaisirs de l'amour. D'ailleurs, on s'amusait fort à Dortmüde. Messieurs les officiers se divertissaient de leur mieux. Dalanzières alternait ses deux maîtresses, et Antoine se demandait pourquoi il demeurait ainsi solitaire. Il pensait à cela, un jour, en se rendant à la redoute du pont, quand il s'entendit appeler par son nom. Il n'y avait dans le mur que longeait Antoine qu'une porte verte à claire-voie. Il entra et se trouva nez à nez avec M. de Corville. L'officier avait enlevé son justaucorps et était en manches de chemise, une bêche d'une main et un arrosoir de l'autre.

— Eh ! c'est donc vous, monsieur de Pocancy ! Venez voir, au moins, comme ils poussent.

Et il désignait à Antoine un plant de pois à rames, dans un coin d'un petit jardin tranquille et ensoleillé où volaient des papillons.

— Le temps leur est à souhait, — continuait M. de Corville, — ni trop sec, ni trop mouillé, et cela durera, Monsieur, car le vent est bon.

Et il leva en l'air le doigt de sa main empaquetée, qu'un éclat de grenade avait fort endommagée.

M. de Corville était heureux. A son arrivée à Dortmüde, M. Dalanzières lui avait indiqué la petite maison qu'on voyait là au bout du jardin, avec un pignon à étages et ses étroites fenêtres, ornées de miroirs inclinés en espions. M. de Corville, en y pénétrant, avait fait tressaillir une jeune femme décemment et simplement vêtue, qui l'avait accueilli avec politesse. Tout était chez elle d'une extrême propreté. Le carreau à damier blanc et noir luisait aux talons. Les faïences bleues et les cuivres rouges se faisaient face et il y avait devant les sièges de petits carrés de sparterie pour y poser les semelles si elles étaient boueuses.

Dès la première nuit, M. de Corville était allé, selon l'usage militaire, gratter à la porte de son hôtesse, sans autre réponse qu'un bruit de verrou. Le lendemain matin,

la jeune femme s'était jetée à ses genoux, le suppliant dans les termes les plus touchants de respecter son honneur. Son mari, qui était un marchand, n'avait pu, à cause des deux sièges, rentrer à Dortmüde. Un portrait au mur le montrait d'honnête mine. Il avait épousé sa femme par amour, car il était riche, et elle, fille de pauvres gens, avait gardé les moutons le long de la Meuse. Elle avait les cheveux de la couleur d'un sable humide et les yeux gris comme l'eau matinale.

M. de Corville fut ému et, dès lors, la laissa en repos. Il causait longuement avec elle et ils s'accordaient parfaitement bien. Elle lui nettoyait ses habits et en recousait les déchirures. Un jour qu'il tardait à revenir d'une attaque où cinquante maîtres du régiment de Manissart étaient allés mettre la mèche au saucisson d'une mine, il la retrouva en pleurs. Aussi s'efforça-t-il depuis d'être exact dans le retour de ses absences, autant pour éviter qu'elle se troublât que pour le plaisir de se reposer du bruit des mousqueteries, sous le bosquet en treillage du petit jardin où pépiaient des oiseaux et où la jolie M<sup>me</sup> Sluys l'entretenait de ce qui l'intéressait le plus au monde.

En effet, elle était rustique et potagère et se connaissait à merveille en plantes, en fleurs et en fruits. Et ils passaient ainsi des heures à discourir en détail d'entes, de boutures et de semailles, tandis que le canon faisait vibrer les cuivres et trembler les faïences. Tout ce fracas n'empêchait point M. de Corville de jardiner. Il bêchait, taillait et sarclait. Le soleil de juin lui cuisait le dos et, de temps à autre, il levait les yeux vers la fenêtre où la jolie M<sup>me</sup> Sluys le regardait en image dans son miroir incliné.

## XII

M. de Corville portait sur un plat de faïence bleue les premières cerises de son jardin à M. de Manissart, quand une bombe lui éclata devant le nez, en plein milieu de la grande place. Les cerises en faillirent choir sur le pavé, ce qui eût été bien dommage pour M. de Manissart, qui se montra extrêmement content de cette friandise, et pour M. de Corville, qui eut l'honneur de voir croquer ses cerises, séance tenante, par les belles dents de M<sup>me</sup> Van Verlinghem.

La table, en effet, devenait fort médiocre à Dortmüde, car, depuis plus d'un mois

que durait le siège, les vivres étaient singulièrement diminués. La provision des farines s'épuisait peut à peu, et il y avait à les
moudre de grandes difficultés : le feu de
l'ennemi avait détruit presque tous les moulins à eau. Le pain était rare et les bourgeois
de Dortmüde en étaient à se serrer le ventre.
Dalanzières, fort
au courant, par son
métier, de ce dé-
tail, en entretenait
Antoine. Les esto-
macs gémissaient.
Le premier enthou-
siasme des bons
Dortmüdois pour
le maréchal de Ma-
nissart était fort

LE BEFFROI DE
LA GRANDE PLACE ETAIT EN TRAIN DE BRULER.

baissé. Ils se regardaient anxieusement et
ils commençaient à désirer revoir le visage
sec de M. de Robersdorff, qui avait eu, lui,
le bon goût de ne défendre la place qu'aux
dépens de la vie du soldat.

M. Dalanzières ne paraissait pas se trop
mal trouver de la disette. Il engraissait, au
contraire, et son habit rouge, les galons
tendus, avait peine à contenir sa corpulence.
Nul doute qu'il n'eût en lieu discret quelque réserve de victuailles. A coup sûr, il
ne les partageait point avec ses maîtresses,

car il se plaignait de leur amaigrissement
et qu'il ne fallût rien moins que toutes les
deux pour en faire une à sa convenance.

Par contre, M. le maréchal était toujours
aussi satisfait de la sienne et elle lui paraissait valoir, et au delà, ce qu'il faisait
pour elle. Le plaisir de ne point quitter
Mme Van Verlinghem lui sem-
blait mériter les fatigues d'un
siège comme celui-ci. Il souhaitait qu'il durât toujours et que
la maladie de M. de Berlestange
ne cessât jamais. Berlestange
continuait à garder le lit, son assiette, pleine de gravier, à son chevet. Il passait son temps à regarder ses urines en des fioles de verre.
Il n'avait garde de se lever, car son
état de malade lui valait maintenant
certaines douceurs.

M. le maréchal, voyant la disette
proche, avait ordonné qu'on réservât
la viande de vache pour les blessés
et qu'on mit tout le monde au cheval.
Les soldats firent tout d'abord difficulté d'en manger, le prétendant malsain et nuisible, et il fallut que les
officiers donnassent l'exemple. M. le
maréchal affectait de s'en faire ap-
porter au milieu des attaques et d'y
mordre à belles dents, disant le trouver fort bon, ce qui lui était d'autant
plus facile qu'il y substituait par répugnance la supercherie d'une tran-
che de bœuf. Le stratagème réussit et
chacun se résigna.

Les soldats s'amusaient même à
plaisanter sur cette extrémité : ils
s'égayaient, autour de la marmite, à
dire que cette viande leur donnait plus
de jambes et plus de reins.

L'ennemi, qui savait où l'on en
était et dont les retranchements se
trouvaient à portée de voix, en criait
mille injures aux nôtres, comme de les
appeler mangeurs de biches ferrées et,
pour se moquer, de hennir comme des chevaux.

Ce fut à cela que répondit M. le maréchal de Manissart par une plaisante inven-
tion qui divertit le soldat. S'étant rendu à
la tranchée sur les dix heures du soir, il
commanda qu'on lui allât chercher un des
chevaux farcineux de la cavalerie, auquel
il fit attacher plus de deux cents bouts de
mèches tout allumés, tant au crin de devant qu'à la queue, après quoi, la nuit étant
assez obscure, on poussa le cheval avec des

coups d'épée dans les fesses. Dès que les ennemis l'aperçurent, ils prirent l'alarme et si chaudement que ce fut un feu de plus d'une demi-heure. Le cheval, épouvanté, étant revenu, on lui remit les mèches qu'il avait perdues et on le lâcha de nouveau. Cependant tout le quartier des ennemis avait marché à l'attaque, les uns battant la charge, les autres la sonnant. Notre canon fit merveille sur eux. L'animal fut enfin tué : mais, les mèches brûlant toujours, ils continuèrent à tirer et il leur fallut le jour pour reconnaître que cet épouvantail n'était qu'un vieux cheval pas même bon à être mangé.

M. de Rabersdorff fut enragé d'avoir été tenu sur pied toute la nuit : aussi mit-il à effet un projet dont la réussite pouvait être dangereuse pour la place. C'était de saigner le fossé pour en baisser l'eau. Il parvint à la diminuer au point qu'elle n'était plus qu'une sorte de boue fétide dont l'odeur se faisait sentir par la ville. En même temps, il établit de nouvelles batteries pour faire brèche ; mais, en attendant, il ne ménageait point aux toitures de Dortmüde les paniers à feu, les bombes et les boulets rougis.

Le dégât en était considérable, car non seulement ils enfonçaient les toitures des maisons, mais ils y communiquaient l'incendie. Les habitants, réfugiés aux caves, entendaient les murs s'écrouler et pleuvoir les vitres et les tuiles. En plusieurs lieux les voûtes des caves s'effondrèrent sous le poids des débris. Le nombre des blessés s'augmentait tellement qu'on ne savait où les loger et que beaucoup furent tués sur leurs paillasses, et trois petits enfants qui jouaient à la marelle furent écrasés au milieu de la place. Dans le jardin de M. de Corville une bombe ravagea les pois à rames. Et lorsque M. le maréchal donna audience au bourgmestre et aux échevins de Dortmüde, dans la grande salle de l'hôtel de ville, ce fut sous un plafond où l'on voyait le jour et soutenaient les poutres à nu M. Van Verlinghem parla. Il était long et blême en son costume de cérémonie Il supplia M. le maréchal de ne pas pousser à bout une défense qui mettait la ville aux abois et menaçait de l'exposer, après les misères d'un siège, aux horreurs d'un assaut. M. de Manissart lui répondit avec bonté, mais tout en exhortant ses chers Dortmüdois à la patience et à l'abstinence, il pensait à part lui que la situation n'était point si mauvaise, puisque M<sup>me</sup> Van Verlinghem, malgré la fa-

mine, n'avait pas perdu sa fraîcheur de visage et de corps. Il le constatait, chaque nuit où les alertes lui laissaient le loisir de la caresser, tandis que le brave bourgmestre était retenu au dehors par quelque devoir dont M. de Manissart ne manquait pas de lui ménager l'appel en temps opportun.

Une fois que M. de Manissart prenait ainsi son passe-temps nocturne, il en fut distrait par une rougeur inaccoutumée aux vitres de sa chambre : le beffroi de la grande place était en train de brûler. Le feu y avait été mis par un de ces boulets rougis qui sont d'autant plus dangereux qu'on ne s'aperçoit de l'endroit où ils sont tombés que par l'incendie qu'il y allument. On avait entassé dans la tour une quantité considérable de paille et de foin, de sorte que la flamme fut si vive qu'elle monta en un clin d'œil, sortant par les fenêtres et couronnant le faîte de ses flammèches et de ses étincelles. Le beffroi flambait debout, comme une torche, par l'effet de cette fournaise intérieure ; les poutres qui suspendaient sur la plate-forme les cloches et les carillons les laissèrent choir avec un bruit formidable et le lion de cuivre en girouette, mordu par la chaleur, tordait sur le ciel rouge ses aspects changeants et fantastiques.

Au matin, les bourgeois de Dortmüde, sortis de leurs caves, considérèrent avec tristesse les restes calcinés de leur beffroi. Il avait jadis sonné pour les fêtes communales et les entrées souveraines. La seule entrée qui menaçât maintenant était celle des soldats de M. de Rabersdorff. Ils l'attendaient comme un bienfait, car ils étaient las de vivre de cheval et de rats, et de craindre à tous moments d'être ensevelis sous les décombres fumants.

Dans l'intervalle des canonnades, ils se hasardaient timidement au dehors, le ventre creux et l'oreille inquiète. D'ailleurs, ils ne reconnaissaient pas Dortmüde, tant le bombardement y avait fait de ruines. Des pans de murs écroulés barraient les rues, où l'on marchait sur des éclats de vitres. Le vent soulevait des nuages de cendres. Les beaux arbres du boulevard, transformés en fascines et en palissades, garnissaient maintenant les remparts. Les maisons épargnées étaient vides. M. de Manissart n'avait point voulu quitter celle du bourgmestre Van Verlinghem et y demeurait avec tranquillité. L'instrument de musique était encore sur la table. La cage du sansonnet balançait toujours au plafond ses houppes de soie. L'oiseau seul manquait : M<sup>me</sup> Van Verlinghem l'avait fait mettre à la broche ; sa chair maigre et coriace ne valait rien.

Le siège durait. Le mécontentement augmentait. Les femmes surtout manifestaient le leur. Aux heures de répit, elles s'assemblaient en grand nombre sur la place où se tenait d'ordinaire le marché. Les piliers de pierre de la halle soutenaient une toiture trouée et branlante. C'était là que jadis on étalait les beaux légumes et les fruits de la saison : les fins poissons de la Meuse y montraient leurs écailles diverses et leurs ouïes fraîches : les pièces de viande pendaient aux crocs des boucheries. Maintenant rien n'était plus morne que ce lieu. La bombance passée y rendait plus amère la famine présente. La famine est inventive et prouve que l'estomac des hommes a d'étranges capacités : on mangeait de tout à Dortmüde, du moins les pauvres, car les riches se nourrissaient de provisions cachées avec soin et qu'on ne partageait guère. Tel échevin passait pour garder dans sa cave du porc salé ; tel autre, telle autre chose. On disait tout haut que M. le maréchal n'avait point cessé de manger à sa faim et de boire sec, mais tous

étaient d'accord que le gros Dalanzières, qui avait la charge des vivres, ne se privait de rien.

C'est ce qui se répétait aux conciliabules de la halle. L'irritation croissait parmi les Dortmüdoises. La vue des soldats leur était

LE CRI DE « VIVE LE ROI ! », PARTIT DE LA REDOUTE.

odieuse. Elles narguaient leurs habits rapiécés et leurs souliers percés. L'injure même n'épargnait pas les blessés qu'on rapportait sur des civières, et M. Dalanzières fut plus d'une fois hué au passage. Sa mine rubiconde semblait un défi à ces affamés, et son habit rouge rappelait à leurs yeux la couleur des viandes dont on manquait.

Celle même de cheval diminuait. Antoine le sut de M. de Corville. L'excellent homme était triste, car il avait dû tirer un coup de pistolet dans l'oreille d'un de ses propres chevaux avant de le livrer aux dépeceurs. Le petit jardin de Mme Sluys avait été bouleversé par une bombe qui avait brisé les miroirs inclinés des fenêtres. En somme le bombardement, l'incendie et la famine désolaient Dortmüde ; de graves désordres étaient à craindre. Ils eurent lieu comme M. de Manissart traversait un matin la grande place.

On venait justement d'apprendre que trois personnes étaient mortes de faim dans la nuit et qu'on avait jeté leurs corps à la Meuse. Quelques cris dominaient parfois le murmure confus qui bourdonnait, quand M. le maréchal parut à l'angle du marché. Tous les regards se tournèrent vers lui et il se fit un complet silence, ce qui est rare dans une réunion de femmes. Il y en avait là de toutes sortes ; des servantes et des bourgeoises. Les cornettes et les coiffures se mêlaient, la ratine et le droguet, les jeunes et les vieilles. Toute cette assemblée fixait les yeux sur M. de Manissart.

Les premiers rangs s'ouvrirent au cheval. M. de Manissart avançait avec peine. Tout à coup, une main saisit la bride. On se pressait. Il entendait des supplications et des menaces. On le tirait par son habit. Un cri se forma, épars, puis unanime, qui bientôt sortit de toutes les bouches :

— Du pain !... du pain !... Vive monsieur le maréchal ! Du pain ! du pain !

Il y avait des femmes qui pleuraient en baisant ses bottes, d'autres qui lui montraient le poing d'un air menaçant. Le cri s'enflait dans un grondement d'émeute.

— Allons, Mesdames, laissez-moi passer ! — disait, en saluant, M. le maréchal.

Mais la foule résistait et ne cédait pas. M. de Manissart, impatienté, fit cabrer son cheval. Antoine de Pocancy, qui était à son côté, fit de même, et quelques cavaliers qui les suivaient les imitèrent. Une brusque reculade se produisit avec des cris de terreur et de colère. Les chevaux heurtèrent des femmes du poitrail et les renversèrent. Une ruade atteignit une jeune fille. Elle saignait.

M. de Manissart profita du désordre pour gagner l'hôtel de ville. Des marches, il voulut haranguer la foule. Elle avait fait subitement volte-face. Une immense clameur retentit :

— A mort Dalanzières !...

M. Dalanzières débouchait au coin de la halle. M. de Manissart et Antoine le reconnurent à son habit rouge. Soudain, il fut entouré et disparut dans une poussée furieuse. La meute enragée des femmes s'était retournée contre lui. Ce fut une ruée effroyable. Elles s'écrasaient avec un hurlement aigu et continuel, les unes pour voir, les autres pour frapper. Soudain, elles s'écartèrent et, au bout de la haie qu'elles formaient, le gros Dalanzières reparut. Son corps gras et blanc rebondissait sur le pavé, traîné par quatre ou cinq mégères ; il n'avait plus ni vêtement, ni perruque. Devant le perron, il retomba inerte. La vieille qui seule avait achevé de le traîner jusquelà se baissa sur lui et le mordit à la fesse. Elle était ignoble et échevelée, son morceau de chair aux dents.

M. le maréchal descendit trois marches. La vieille le regardait d'un air stupide. Elle cracha à terre le lambeau humain et s'essuya la bouche. M. de Manissart leva son pistolet : un tas de guenilles flasques s'écroula sur le pavé.

Cinq minutes après, la place était déserte et silencieuse.

— Ma foi, — dit M. de Manissart, en remettant à Antoine le pistolet qu'il lui avait pris des mains, — voilà qui est pour le mieux et cette leçon leur servira. L'habit rouge de ce pauvre Dalanzières a provoqué leur appétit. Aussi pourquoi avoir l'air à leur nez d'une viande fraîche ? Et nous, maintenant, allons dîner. Corville m'a envoyé un melon de son jardin. Qu'on en prévienne M. de Chamissy ; je veux lui en faire la politesse, et l'on portera l'écorce à Berlestange, ce qui ne peut manquer d'être agréable à ses gravelles.

Le melon de M. de Corville était noir d'écorce, mais d'une chair rose et succulente, et ce fut le dernier que goûta M. de Chamissy, car il fut tué, le surlendemain, d'une bombe qui perça la toiture de sa maison et pénétra dans la chambre basse qu'il habitait. On le trouva, le visage en sang, et, quand on eut lavé ses blessures, on s'aperçut qu'il riait toujours de sa dent avancée, mais qu'il était mort. M. de Manissart, qui le vint voir en cet état, en éprouva une tristesse que M. de Chamissy n'eût certes point, en pareil cas, ressentie à son égard. D'ailleurs, Dortmüde était véritablement aux abois, et l'instant approchait où il faudrait se résoudre à la rendre. On touchait au soixante-huitième jour de tranchée ouverte. MM. de Montcornet et de la Bourlade ne faisaient rien pour se rapprocher de la Meuse, et M. le maréchal de Vorailles ne donnait pas de ses nouvelles. Enfin, M. de Manissart avait surpris, la veille, M. Van Verlinghem, le bourgmestre, occupé à fourbir les clefs de la ville et à en essayer l'effet sur le plat d'argent où il aurait bientôt à les offrir à M. de Rabersdorff.

Celui-ci préparait tout pour une attaque générale. Il s'était logé si près de certains points du fossé que la terre de son retranchement y tombait. Il pensait avoir facilement raison de Dortmüde par une brèche pratiquée dans son rempart et réparée assez mal de chevaux de frise et de sacs de terre.

M. de Rabersdorff eût donné l'assaut tout de suite, si une sortie des assiégeants ne lui eût brûlé quantité de fascines. M. de Corville avait fait le mieux du monde à cette affaire, d'où il était revenu sur une civière, la jambe cassée d'un coup de mous-

L'injure même n'épargnait pas les blessés.

quet Ce fut ainsi qu'Antoine le fut visiter dans la maison de M^me Sluys. Elle pleurait abondamment, à voir son hôte en ce fâcheux état.

Antoine n'eut guère le temps de s'occuper davantage de M. de Corville. On attendait à chaque instant l'attaque de M. de Rabersdorff. Le soir du troisième jour, on ne se coucha pas. Il y avait de grands mouvements dans les quartiers de l'ennemi, mais, au matin, quel ne fut point l'étonnement de voir les tranchées dégarnies et les travaux abandonnés! M. de Manissart ne pouvait en croire ses yeux. M. de Rabersdorff levait le siège précipitamment et repassait la Meuse en toute hâte. La journée s'écoula toute à considérer ce spectacle inattendu. M. de Manissart, craignant quelque piège, défendit que personne quittât son poste. Tout ce qu'il put faire fut d'envoyer à la suite de M. de Rabersdorff une centaine de cavaliers pour observer où il allait, le reste était démonté ou monté de chevaux qui n'avaient plus que la peau et les os. Antoine fut au nombre des privilégiés.

La nuit fut assez claire pour qu'ils se pussent assurer que M. de Rabersdorff s'éloignait de Dortmüde. A l'aube, il avait fait cinq ou six lieues et s'était arrêté à l'entrée de la plaine de Waleffe. Antoine faillit être pris dans un clocher où il était grimpé pour mieux voir. Les quelques cavaliers qui étaient avec lui furent cernés en bas par un parti de l'ennemi et tués dans l'église où ils se réfugièrent. Antoine, par une lucarne, assista à l'échauffourée. Par hasard, son cheval, au piquet dans le petit cimetière, était encore là ; il sauta en selle et se dirigea vers Dortmüde.

Il était dix heures du matin et Antoine avait mis pied à terre, pour se reposer dans une prairie où son cheval affamé se repaissait d'une herbe haute et longue ; lui-même mordait à une pomme verte, quand il sursauta brusquement : le canon se faisait entendre du côté de la plaine de Waleffe où était campé M. de Rabersdorff.

Antoine galopait vers Dortmüde. De temps en temps, il s'arrêtait, prêtant l'oreille. La canonnade ne cessait pas : Antoine en écoutait avec délices la rumeur assourdie.

Ce fut au lit qu'Antoine trouva, vers midi, M. le maréchal de Manissart pour lui faire part de la nouvelle : la bataille était engagée et M. de Rabersdorff ne pouvait être aux prises qu'avec M. de Vorailles. Du coup, M. de Manissart sauta hors des draps, sans prendre garde qu'il y décou-

vrait, pelotonnée, M^me Van Verlinghem qui poussait des petits soupirs à être vue ainsi, au naturel et sans même une chemise sur le corps.

La journée fut anxieuse. M. de Manissart faisait les cent pas sur la redoute bâtie en tête du pont. Les places et les rues bourdonnaient. Les bourgeois avaient quitté leurs caves et prenaient l'air au soleil. Vers quatre heures du soir, des fuyards commencèrent à paraître. Des chevaux sans maîtres erraient à travers champs ; des chariots versaient le long des fossés. La garnison était si exténuée que les officiers ne tentèrent aucune sortie. L'incertitude de tous était grande.

Tout à coup une grosse troupe de cavalerie se montra au loin. Dans la poussière qu'elle faisait en s'avançant, sa masse indistincte venait droit au pont de Dortmüde. Ce pouvait être aussi bien le retour de M. de Rabersdorff que l'arrivée de M. de Vorailles.

Enfin la poussière se sépara : les cavaliers portaient l'uniforme et la cornette du régiment de Langarderie. Une acclamation les salua. Le cri de « Vive le Roi! », parti de la redoute, fit le tour de la ville, de ravelin à ravelin, de demi-lune à ouvrage à corne, puis il suivit la spirale des rues et éclata au centre même de Dortmüde, sur la grand'place. On s'embrassait, on chantait.

Au rempart, à la tête du pont, les chapeaux s'agitaient. Les soldats brandissaient piques et mousquets. Les servants des pièces haussaient leurs mèches. Les cavaliers approchaient. Leurs montures franchissaient les traverses et les tranchées abandonnées au bord. Il portait, embroché à son épée, hautes étincelaient.

Le premier qui arriva au fossé était monté sur un cheval pie. Il l'arrêta juste au bord. Il portait, embrochée à son épée, un gros pain rond qu'il lança de toutes ses forces. La miche s'éleva en l'air. Elle semblait toute dorée dans le soleil et elle avait la forme d'une couronne.


## XIII

M. de Manissart vint à cheval au-devant de M. de Vorailles. Les deux maréchaux se saluèrent courtoisement. Tout Dortmüde était rangé sur leur passage, aux cris répétés de « Vive le Roi! » Les misères du siège semblaient oubliées. Les provisions cachées sortirent au jour comme par miracle. Les bouteilles de vin circulaient ; on buvait en plein vent. Partout la joie était grande. M. de Vorailles était accueilli comme un sauveur. Il montait un lourd cheval brun, à petite tête et harnaché de rouge avec la queue nouée. Celui de M. de Manissart était blanc et maigre. La plupart des autres avaient été abattus pour nourrir leurs cavaliers : aussi les hommes faisaient-ils la haie, à pied avec leurs grosses bottes où, par vanité, ils gardaient leurs éperons.

M. le maréchal de Vorailles était un homme épais et court. Il portait cuirasse à l'ancienne mode. Sa grosse perruque embroussaillée encadrait son visage grisâtre avec des yeux sévères et des moustaches grises comme ses sourcils, qu'il fronçait continuellement. Il était dur, habile et pieux et avait des reliques cousues sous son baudrier. Sa main, gantée de buffle, serrait le bâton bleu fleurdelysé d'or. On alla à l'église chanter le *Te Deum*. On s'agenouilla sur la dalle, car les bancs avaient servi aux fascines. Les vitraux étaient brisés et un coin de la toiture manquait. M. de Vorailles se signa à plusieurs reprises. M. de Manissart paraissait guilleret et épanoui.

Il devait à son obstination à défendre Dortmüde d'avoir été le pivot de la campagne M. de Vorailles lui en savait gré, car il détestait M. de Rabersdorff. M. de Manissart pensait bien tirer grand honneur de cette affaire où il avait trouvé, en outre, son plaisir particulier. Il en ressentait un fort malin à songer que les beaux yeux de Mme Van Verlinghem avaient été les astres auxquels il avait fié si heureusement sa fortune. Vénus et Mars lui avaient été également favorables. Et c'est ainsi, se disait

M. LE MARÉCHAL DE VORAILLES ÉTAIT UN HOMME ÉPAIS ET COURT. IL PORTAIT CUIRASSE A L'ANCIENNE MODE.

M. de Manissart, que les choses apparentes en cachent de secrètes, et que les motifs les plus frivoles ont des conséquences considérables. Il se fût bien ouvert de ces faits à M. de Vorailles, si celui-ci avait été d'humeur moins rébarbative et capable d'en apprécier la leçon, car c'eût été un bon argument contre la foi étroite du maréchal aux calculs profonds qui composaient, à son avis, l'art de la guerre.

Le seul ennui de M. de Manissart était qu'il allait falloir quitter Mme Van Verlinghem, encore qu'il eût assez profité d'elle pour s'en passer facilement, mais il craignait de la laisser aux mains d'un mari jaloux. Le bourgmestre semblait avoir eu soupçon de quelque chose : il paraissait bizarre et renfrogné. Comme M. le maréchal rentrait du *Te Deum*, où il avait longuement songé à sa belle, il entendit la maison pleine de cris. Ils partaient de la chambre de M. de Berlestange. M. de Manissart en supposa que le pauvre homme se trouvait mal de quelque caillou ; mais, du seuil, le spectacle le tint immobile d'étonnement.

Berlestange, en chemise et en bonnet de nuit, courait de toute l'agilité de ses jambes poilues, poursuivi à grands coups de cordelière par Mme Van Verlinghem : la jeune femme brandissait une longue tresse de soie avec des houppes, qui n'était autre que celle où pendait d'ordinaire la cage vide du sansonnet. La mine de Berlestange était si burlesque que M. de Manissart éclata de rire et que M. le bourgmestre, qui marchait justement à sa suite, en demeura les yeux ronds et la bouche béante.

Ce fut alors que Mme Van Verlinghem leur expliqua le frontispice qu'elle faisait avec M. de Berlestange. Etant descendue porter une tisane au faux malade, il avait voulu, de son lit, prendre avec elle des libertés coupables, dont elle était en train de le châtier et, ce disant, elle regardait son mari, qui sentait, à la montre d'une telle vertu, s'évanouir tous les doutes qu'il en avait pu éprouver. M. le maréchal complimenta fort sérieusement M^{me} Van Verlinghem, à quoi elle répondit avec sa plus belle révérence qu'il n'y avait point de mérite à résister à un insolent, quand on avait su se garder de plus illustres dangers.

Cette réponse porta à son comble le contentement de M. Van Verlinghem, car, s'il était aisé de savoir son honneur sain et sauf, il ne s'en sentait pas moins honoré que M. de Manissart eût courtisé son épouse. M. de Manissart acheva la ruse en disant au bourgmestre qu'il avait là une précieuse femme qui défendait mieux sa porte que lui n'eût voulu défendre celles de Dortmüde, ce qui fit rougir un peu M. Van Verlinghem et lui donna quelque regret d'avoir été vu fourbissant les clefs de la ville et en faisant l'essai sur un plat d'argent.

Durant cet échange de galanteries, M. de Berlestange avait regagné ses draps et se les tenait tirés jusqu'au menton.

— Quant à vous, monsieur le faiseur de pierres, — lui dit en goguenardant M. de Manissart, — je ne me doutais guère que vous rencontreriez ici celle d'achoppement. J'en écrirai à M^{me} la maréchale. Pour vous, Madame, permettez que je vous reconduise et me pardonnez le trouble où vous a mise ce coquin.

Et M. le maréchal, offrant la main à M^{me} Van Verlinghem, sortit, suivi du bourgmestre, qui se retourna pour lancer à Berlestange un regard majestueux.

Quand ils furent dehors, le pauvre homme faillit mourir de bile rentrée, d'autant que, comme il le confia plus tard à Antoine, la gueuse l'était venue trouver plus d'un matin au sortir du lit de M. le maréchal et qu'il l'avait tenue sous lui, toute chaude, et à un jeu qui ne prouvait pas qu'elle eût gagné ce qu'il lui fallait à celui de M. le maréchal.

M. de Vorailles et lui avaient résolu d'en rester là pour la campagne de cette année. Il n'y avait pas d'apparence que l'ennemi en voulût continuer la série malencontreuse. La bataille de Mohain et les deux sièges de Dortmüde étaient des actions assez considérables pour que la gloire du Roi s'en contentât. Il s'y ajoutait le gros avantage que M. le duc de Vorailles avait remporté sur l'Escaut et qui lui avait permis, laissant une partie de ses troupes en rideau, de courir avec les meilleures au secours de Dortmüde et de disperser celles de M. de Rabersdorff dans la plaine de Waleffe. Le combat avait été court ; M. de Rabersdorff vit ses soldats se débander dès le début de l'engagement ; lui-même, entraîné dans leur fuite, se noya en voulant passer le canal de Waleffe : on retrouva son corps à une écluse, tout gonflé d'eau, les habits souillés de vase et la perruque limoneuse.

Ces beaux succès suffisaient grandement. On décida d'occuper solidement le pays et de s'amuser jusqu'à l'hiver à prendre quelques villes. MM. de Montcornet et de la Bourlade s'y emploieraient. Tout danger était dissipé au sujet de l'armée de la Moselle. Les choses étaient donc en bon état et à ne pas les souhaiter autrement.

M. de Manissart avait hâte de rentrer à Paris. Le souci de sa santé l'avait repris de plus belle et il ne se passait pas de jours qu'il ne se crût mort. S'il craignait peu les boulets, il redoutait extrêmement la moindre colique, et la maussade nourriture du siège en avait de fréquentes pour conséquence. Il commençait à être rassasié de M^{me} Van Verlinghem et à penser qu'au retour M^{me} la maréchale le trouverait un peu fatigué.

De son côté, M. le duc de Vorailles songeait à s'en revenir chez lui. Il y vivait fort entouré de gens d'église. Sa maison tenait du couvent. Il s'y occupait à de pieuses lectures. Le Roi lui passait ce goût de la retraite et de la méditation, quoiqu'il n'aimât guère qu'on fît la cour à Dieu plus qu'à lui-même, mais les talents de M. de Vorailles lui valaient la faveur d'être pardonné de son manquement aux devoirs d'un courtisan. De même on tenait moins compte à M. de Manissart de ses extravagances de santé que de ses services.

M. de Manissart consentit à se priver de ceux d'Antoine de Pocancy. Il fut convenu qu'Antoine irait à Aspreval régler ses affaires et que M. de Manissart l'y reprendrait au passage pour l'emmener avec lui à Paris voir le monde et y chercher sa place au soleil.

Avant de quitter Dortmüde, il ne manqua pas d'aller rendre visite à M. de Corville. Sa blessure se guérissait lentement, grâce aux soins de M^{me} Sluys. Antoine trouva M. de Corville assis sous le treillage du bosquet, la jambe serrée entre deux éclisses de bois. Il était occupé à trier des graines sur un plat de faïence et à les distribuer par petits paquets. M^{me} Sluys était auprès de lui, l'arrosoir à la main. On avait rétabli tant bien que mal le jardinet. Des melons rampants gonflaient leurs écorces. Les choux bombaient. Des papillons volaient sur la terre cuite de soleil et les miroirs inclinés aux fenêtres étincelaient. M^me Sluys avait les yeux rougis. Son mari, en voulant rentrer à Dortmüde sur un bateau, avait été ar-

tre à la truelle. Des soldats en goguette franchissaient les poutres. Les bourgeois flânaient, le nez en l'air. Le beffroi noirci se dressait debout comme une torche éteinte. La halle du marché était fort animée : les poissons de la Meuse y étalaient leurs écailles

IL ÉTAIT OCCUPÉ A
TRIER DES GRAINES SUR UN PLAT DE FAIENCE.

rêté et fusillé comme espion par les soldats de M. de Rabersdorff. M. de Corville regardait la jeune veuve avec espoir et tendresse. Antoine prit congé de lui à la porte à claire-voie où il avait voulu l'accompagner. Les éclisses raidissaient sa jambe, mais il avait l'air content et mâchonnait une feuille verte.

M. de Pocancy parcourut une dernière fois les rues de Dortmüde. On travaillait à réparer les dégâts. Des charpentiers sur des échelles rajustaient la toiture des maisons. Des maçons, en chantant, gâchaient le plâ-

diverses : les fruits et les légumes annonçaient l'abondance revenue ; les viandes pendaient aux crocs des bouchers. Antoine pensa au pauvre Dalanzières et à son bel habit rouge.

Il avait envoyé un courrier à M^me Dalanzières pour lui apprendre la mort de son mari : aussi quand, de retour à Aspreval, il l'alla voir à Vircourt, la trouva-t-il en habits convenables et en compagnie de Corvisot.

— Vous voilà donc, Monsieur, — dit le médecin à Antoine, — sain et sauf, du moins en apparence, car on ne sait jamais quels germes secrets couvent en la santé la mieux conservée, surtout après le métier que vous avez fait faire à la vôtre. Heureusement que je suis là pour y mettre ordre.

Antoine répondit qu'il séjournerait assez peu à Aspreval et prendrait bientôt le chemin de Paris ; mais Corvisot lui apprit qu'il s'y rendrait également : sitôt son mariage avec M<sup>me</sup> Dalanzières, il voulait quitter Vircourt. Ses talents auraient auprès des grands l'emploi de leur mérite.

Pendant ce colloque, M<sup>me</sup> Dalanzières admirait avec amour le magot de son choix. Elle subissait l'attrait de sa laideur et rêvait sur sa peau la caresse des longs ongles noirâtres de Corvisot. Le médecin, qui jusqu'alors l'avait traitée de haut, s'était radouci par degrés à la savoir veuve et riche. Il se laissa amadouer si bien que, la veille de la visite d'Antoine, il avait consenti à succéder à Dalanzières, en son épouse et en ses biens.

Antoine fit ses compliments au nouveau couple et l'on se mit à table. Corvisot se répandit en bouffonneries. M<sup>me</sup> Dalanzières les écoutait avec délices. Corvisot commença galamment par se railler des dames de Vircourt. Il ne les épargna pas en leurs misères corporelles. A l'entendre, on les eût toutes crues écrouelleuses ou malsaines, de même qu'il les déclarait de l'esprit le plus court et le plus obtus. Aucune ne trouvait grâce devant lui. Non seulement il décriait leurs visages, mais il plaisantait cruellement les défauts de leurs corps, tandis que M<sup>me</sup> Dalanzières jouissait du plaisir de se sentir une chair fraîche, saine et propre, et elle regardait Antoine comme pour en chercher le souvenir en ses yeux.

Il fallait bien pourtant parler d'autre chose et Antoine s'enquit de l'abbé du Val-Notre-Dame. Il n'y avait rien de changé à l'abbaye, sinon l'arrivée d'un jeune novice, venu, disait-on, d'un couvent d'Italie. M. de Chamissy s'en était coiffé, et ce moinillon gouvernait l'abbé et le couvent. Il avait la voix la plus douce et la plus admirable et il savait l'accompagner de toutes sortes d'instruments. Au chœur, il chantait d'une façon divine. Il s'était mis à apprendre la musique aux moines. Ces bonnes gens, qui n'avaient jamais su que celle de leurs psaumes, avaient grand'peine à se mettre à ces nouveautés. Il fallait les voir faisant retentir le cloître de leurs efforts et, réunis en groupe dans le jardin pour s'exercer en commun à ce qu'on leur demandait et sur quoi ils peinaient, la sueur au front et la gorge serrée.

Depuis le commencement du repas, Corvisot brûlait d'interroger Antoine au sujet de ses frères et attendait qu'il en parlât. Enfin, n'y tenant plus, le médecin questionna M. de Pocancy d'un ton d'intérêt hypocrite.

La réponse d'Antoine le rassura. Il ne savait rien de trop. M. Le Bertou, lieutenant de la compagnie où servaient les jeunes gens, avait avisé Antoine de leur disparition. D'après l'officier, ils avaient dû écouter quelque camarade déserteur et fuir avec lui.

— Ah ! Monsieur, c'est un grand malheur, — crut bon de dire Corvisot, — pour eux plus que pour vous, — ajouta-t-il — car, entre nous, vos frères, Monsieur, n'étaient guère propres à ce qu'exige, de ceux qui en sont pourvus, la dignité de gentilshommes.

Corvisot avait justement dans sa poche une lettre de son ami Van Sperdyck, où celui-ci disait que les deux Pocancy se trouvaient en sûreté à bord d'un vaisseau de Hollande qui faisait voile pour les îles d'Amérique : il était peu probable qu'ils en revinssent jamais. La violence de leur nature les exposait à de nombreux dangers, dont les rixes, les querelles et les cruautés de la discipline nautique étaient les moindres. Déjà ils avaient avec peine évité celui d'être retenus à Amsterdam en prison, comme faux monnayeurs, pour avoir voulu payer à une femme galante ses complaisances en pièces imitées. Enfin on avait embarqué les deux vauriens qui risquaient fort de terminer leur courte carrière, le couteau au ventre ou la nuque au bout d'une corde. Autrement, les fièvres, le mousquet ou quelque circonstance imprévue sauraient bien en avoir raison, sans compter peut-être l'appétit de quelque cacique caraïbe ; et Corvisot imaginait volontiers ses jeunes amis à la broche, au-dessus d'un bon feu qui leur cuisait la peau, ou digérés et réduits en ordures sèches ou gluantes comme les entrailles des hommes en produisent, qu'ils soient ornés de plumes ou coiffés de perruques, quand ils se soulagent de leur trop-plein au bassin d'une chaise ou sur le sable d'une île déserte.

Antoine ne reçut que vers la fin de septembre l'avis du passage de M. le maréchal de Manissart. Le carrosse le prit au vol et le voyage se fit gaiement jusqu'à Paris. M. de Manissart ne cessait de plaisanter M. de Berlestange de sa malencontreuse aventure avec M<sup>me</sup> Van Verlinghem. Le pauvre homme courbait la tête et penchait le nez dans une boîte où il comptait et recomptait les graviers qu'il prétendait avoir rendus à Dortmude. Il recommençait une dernière fois cette opération mélancolique quand le carrosse entra dans la cour de l'hôtel de Manissart.

Antoine revit ces lieux avec émotion. Il leva la tête vers les œils-de-bœuf du galetas où il avait dormi jadis. Il retrouva la fontaine où il s'était lavé les yeux, le matin de son départ. Mais M. le maréchal avait le talon au marchepied et il le fallut suivre.

Mme la maréchale reçut son mari au haut de l'escalier. C'était une grande femme, forte et brune, avec de beaux traits et une taille imposante, mais d'air irascible et de mine querelleuse. Elle en donna une preuve sur-le-champ en bousculant le valet qui apportait le plateau chargé de chauds-froids, de confitures et d'une pyramide de fruits, mais elle faillit éclater de colère à la vue de sa belle-sœur, Mlle de Manissart, qui, en cotillon et ses cheveux gris en désordre, accourait, les bras tendus, se jeter dans ceux de son frère. La présence d'un étranger troubla un peu Mlle de Manissart, mais ce fut bien pis quand le maréchal lui nomma Antoine de Pocancy qu'elle ne reconnaissait pas. Elle rougit fortement, c'est-à-dire que son teint passa du rouge au pourpre. Son émoi dura un instant, jusqu'à ce qu'elle eût baisé Antoine sur les deux joues. Mme la maréchale ne laissa pas de lui faire remarquer assez aigrement qu'on lui voyait la gorge par l'ouverture de son manteau de chambre. Elle sourit en regardant Antoine. Puis tous deux rirent franchement.

A ce moment la porte s'ouvrit avec fracas et une étrange personne parut aux yeux d'Antoine. Elle s'avançait en sautillant d'un pied sur l'autre. Ses mules dorées portaient un corps menu jusqu'à la petitesse et qu'on devinait chétif et enfantin dans la vaste robe qui s'arrondissait autour et dans le corsage qui s'ajustait à son buste mignon. Cette robe était d'une étoffe de soie, brochée de roses épanouies. Le tout était surmonté d'une petite tête, fine et mobile, aux yeux éclatants, aux lèvres rouges, au nez court, coiffée de boucles et de nœuds. L'ensemble avait je ne sais quoi de singulier et de délicatement contrefait. Elle tenait attaché à son poing par une chaîne de perles un gros perroquet rouge et vert, au bec noir et elle menait en laisse un singe

jaune à museau bleu qui s'établit sur son derrière et se gratta l'aisselle. Ces deux bêtes étaient un présent de M. le chevalier de Froulaine, qui les avait envoyées à sa sœur d'un corsaire turc où sa galère les avait prises.

— Bonjour, monsieur mon papa, dit une voix aiguë et douce qu'accompagnèrent une révérence, un battement d'ailes du perroquet et une culbute du singe.

Et Mlle Victoire de Manissart ajouta, en désignant du doigt Antoine interloqué :

— Eh! mon papa, comme il est grand! N'est-ce point un Flamand que vous avez rapporté de Dortmude?

La naïveté de Mlle Victoire fit rire aux éclats son père, sa tante et Antoine, mais irrita fort Mme la maréchale. Elle prétendait s'entendre à l'éducation des filles et travaillait à réussir celle de la sienne. Il était difficile d'y parvenir; Mlle Victoire de Manissart se montrait indifférente aux encourage-

MON PAPA, DIT UNE VOIX AIGUE ET DOUCE.

ments comme aux réprimandes. Son singe, son perroquet et le goût de se regarder au miroir l'occupaient davantage que les devoirs de réserve et d'étiquette que sa mère cherchait à lui imposer.

— Je vous avais défendu, ma fille, — lui dit-elle, — de paraître ici avec ces vilains animaux. C'est assez que je les supporte dans leurs cages sans avoir à subir leur vue désobligeante, surtout en une occasion comme celle du retour de M. le maréchal. Berlestange, chassez-moi de là ces laides bêtes.

Et elle menaça le perroquet du bout de son éventail.

L'oiseau, effrayé, se hérissa sur le poing de M^lle Victoire et siffla dangereusement. Sa langue noire et racornie se darda entre les crochets de son bec. Son petit œil rond brûlait. M^lle Victoire s'était dressée sur l'appui de ses talons. Une fureur contracta les traits délicats de son visage et elle cria d'une voix suraiguë :

— Je ne veux pas qu'on touche à Théramène et à Arsinoé !

Théramène claqua du bec et Arsinoé grimaça, ce qui fit rire de nouveau M. de Manissart. Sa gaieté exaspéra M^me la maréchale.

— Qu'y a-t-il donc de risible dans l'impertinence d'une petite fille ? Mais je saurai bien en avoir raison.

Et, la main levée, elle se précipita sur Victoire, sans souci de sa robe à traîne et de sa haute coiffure, ni de la présence d'Antoine de Pocancy, qui commençait à mieux comprendre pourquoi M. de Manissart avait tant tenu à s'enfermer trois mois dans Dortmüde avec M^me Van Verlinghem.

M^lle Victoire n'attendit point l'attaque et elle se mit à fuir à travers le cabinet. On entendit claquer ses talons sur le parquet et résonner les fortes enjambées de M^me la maréchale. M. de Manissart voulut s'interposer et fut gourmé d'importance. Théramène, effrayé, prit son vol, le fil de perles à la patte. Victoire, pour mieux courir, lâcha la laisse d'Arsinoé qui se réfugia sur la table au sommet de la pyramide de fruits du plateau, qui s'éboula sur le plancher pendant que le perroquet heurtait ses ailes au plafond et faisait tinter les pendeloques des lustres de cristal.

Enfin M^lle Victoire eut sa gifle et tomba assise sur un tabouret. Elle sanglotait. Le perroquet, perché sur son épaule, lui becquetait doucement la joue, tandis que la guenon se pelotonnait sur ses genoux et que M^me la maréchale, pâmée aux bras de M. de Manissart et soutenue par M. de Berlestange, faisait mine de s'évanouir, en criant que sa fille la ferait mourir. La vieille M^lle de Manissart haussait les épaules et regardait Antoine de Pocancy, tout en rajustant sa guimpe qui s'obstinait à s'écarter et à découvrir sa gorge encore belle. Ce spectacle parut à M. de Collarceaux, du seuil de la porte, l'émotion naturelle qu'il y a, entre honnêtes gens, à se revoir.

M. de Collarceaux venait des premiers saluer M. le maréchal et savoir de lui le détail de la mort de M. de Chamissy, le lieutenant général, quoique ce qui l'intéressât le plus dans cet événement fût la certitude que son oncle était bien mort, car il en héritait et s'en trouvait fort augmenté en ses biens.

Antoine de Pocancy, tandis qu'on parlait de Dortmude, considérait M^lle Victoire avec admiration, ce dont la vieille M^lle de Manissart souriait à la dérobée.

M. de Collarceaux pérorait abondamment. Il était bavard et avantageux. Il apportait avec lui une rumeur de Cour. Le nom du Roi revenait fréquemment à ses lèvres. A l'entendre, on ne pouvait douter de sa faveur. Elle éclatait dans son contentement de lui-même.

Certes le mérite de M. de Collarceaux devait être bien considérable pour lui valoir les paroles flatteuses et familières dont il racontait que le Roi l'avait honoré. M. de Pocancy aurait de bon cœur donné son petit doigt pour que pareille fortune lui advînt. C'est pour cela, du reste, que, durant plusieurs mois, il avait risqué sa vie aux balles des mousquets et aux boulets des canons, qu'il avait mangé du pain dur et de la viande de cheval, avalé la poussière des charges, sué sous le soleil, couru, galopé, peiné à de continuelles fatigues. Le désir d'être distingué l'avait mené hors de chez lui, aventuré à mille traverses. Des poutres avaient manqué lui choir sur la tête et les incendies de Dortmüde lui avaient cuit la peau du visage. Sans le petit clocher où il était monté dans la plaine de Waleffe, il tombait aux mains des cavaliers de M. de Rabersdorff, et, en bien d'autres cas encore, il avait échappé à de nombreux dangers. Mais maintenant il s'apercevait que tout cela était en somme peu de chose à le servir en ce qu'il souhaitait. Bien d'autres en avaient fait autant : pourquoi donc lui saurait-on gré particulièrement de ces actions, en somme assez ordinaires et communes à beaucoup ? Il fallait sans doute quelque exploit plus singulier que ce qu'il venait d'accomplir pour attirer sur soi le royal regard. Et Antoine regrettait le manque d'occasions qui eussent pu le mettre en état d'être remarqué. Pourquoi n'était-il arrivé à l'armée que le Roi parti? Il aurait dû le suivre, le soir même où il passait par Vircourt, au branle des cloches et au feu des flambeaux. Et en sa pensée lui reparaissait le royal profil majestueux, auguste et solaire !

M. de Collarceaux était un homme qui voyait le Roi face à face et Antoine en ressentait pour lui une extraordinaire considération : aussi s'étonna-t-il, quand M de Collarceaux s'en alla, que M<sup>lle</sup> Victoire, le perroquet au poing et la guenon en laisse, lui tirât la langue dans le dos.

## XIV

M. de Pocancy écoutait M. de Collarceaux autant qu'il le pouvait, car leur carrosse, à suivre celui où était M le maréchal de Manissart en compagnie de M le duc de Montcornet et de M. le marquis de la Bourlade, sursautait fort sur le pavé et faisait un bruit importun. Il en semblait parfois à Antoine que M de Collarceaux cessait de parler et il en profitait pour regarder dans la rue. Elle était animée d'un beau soleil, car on se trouvait aux fins d'octobre et la saison s'achevait avec une douceur agréable, ce matin-là. Les maisons en paraissaient égayées. Les passants se hâtaient. Les porteurs d'eau balançaient leur charge. Les marchands de marée criaient leur marchandise de mer. Un rémouleur au coin d'une borne maniait des lames aiguisées. La lumière pénétrait en plein dans le carrosse et y éclairait le visage de M de Collarceaux. Il avait l'air à la fois fin et niais, avec son nez retroussé et ses yeux gris, dans une figure pointue et attentive dont le trait principal était une bouche de bavard, une bouche à tout dire, rapide en ses mouvements et infatigable en ses paroles.

En moins de rien, Antoine sut de M de Collarceaux ses parentés et ses alliances, le nom des hôtels devant qui l'on passait, l'importance du maître et le nombre de ses laquais et, de plus, mille nouvelles de toutes sortes sur tout et sur tout le monde, sur la guerre et la marine, le commerce et les finances, la Cour et la ville.

M de Collarceaux se piquait de connaître à fond l'une et l'autre, chacune en son détail le plus particulier, et il fallait l'entendre tout au long là-dessus C'est ainsi qu'Antoine s'étant distrait un instant de ses propos, il le tira sans façon par la manche pour l'y ramener Cependant, on était sorti

de Paris et le carrosse prenait la route de Versailles. M de Manissart s'y rendait faire sa cour au Roi et M de Collarceaux s'était offert pour montrer à M. de Pocancy les jardins et les fontaines.

D'avance, il lui en énumérait les beautés.

— Les eaux, Monsieur, — disait-il, — y sont plus nombreuses et plus belles que partout Elles y forment des bassins et des fontaines qui vous étonneront par leur disposition et leur agrément, et j'estime, Monsieur, qu'il n'en est pas de plus parfait que de vivre là C'est certes le lieu de France où il fait le meilleur Je vous en parle par connaissance, et l'amitié que je me sens pour vous m'a porté à vouloir être le premier à vous donner le plaisir de cette nouveauté.

Antoine le remercia

— Vivre à la Cour, Monsieur, — continuait Collarceaux d'un ton de mystère et de respect, — ce n'est point seulement avoir à s'émerveiller d'architecture et d'hydraulique. C'est, Monsieur, assister au spectacle de la gloire du Roi et en admirer l'image dans les fêtes dont il la célèbre et dans les pompes dont il l'accompagne. Elle se prouve aussi bien par les bâtiments qu'il ordonne que par les eaux qu'il asservit à figurer des panaches, des couronnes et des trophées. Bien plus encore, Monsieur, c'est, comme disent nos philosophes, avoir sous les yeux le triomphe de l'homme

M de Collarceaux s'échauffait :

— Un Roi qui peut tout et qui contraint sa nature à ne rechercher que ce qui est conforme au bien de l'Etat et du Royaume, quoi de plus beau ? Quoi de plus grand que de le voir se subordonner à l'intérêt de sa grandeur, sans que rien le puisse forcer à vouloir ce qu'il veut, sinon sa volonté même qu'il en soit ainsi ? C'est par là que ce pouvoir sur lui-même, qui distingue l'homme de tout le reste de la création, montre en la personne du Roi la plus belle marque de son empire et le point extrême où peut parvenir la dignité de la créature

M de Collarceaux observait sur M. de Pocancy l'effet de ses paroles. Antoine, au nom du Roi, se trouvait singulièrement rapetissé et à une distance infinie d'une si imposante Majesté. M de Collarceaux vivait, lui, dans la familiarité de la royale présence Le Roi lui parlait comme il allait parler tout à l'heure à M. de Manissart, à M de Montcornet ou à M. de la

Bourlade. Il y avait donc des moyens de mériter une pareille fortune. Ces messieurs avaient gagné des batailles, mais M. de Collarceaux n'avait jamais commandé d'armée. Cependant, il plaisait, et Antoine se répétait qu'il fallait plaire.

Et Antoine revoyait Vircourt, les torches allumées, le grand carrosse à larges roues et, dedans, au reflet cramoisi des coussins, à travers les glaces miroitantes, le profil souverain au nez orgueilleux, et derrière, sur le pont, s'engouffrant dans la nuit étincelante, le trot des chevaux, et le cliquetis des épées que prolongeaient le roulement des canons et l'immense piétinement des compagnies grises, bleues, rouges, courant la campagne, et, au delà, sur le ciel clair, l'aspect de Dortmüde avec ses toitures et ses clochers, et ses corneilles volant dans la fumée du canon et de la mousqueterie, et les boulets labourant la terre couverte de morts et de blessés, parmi des flaques de sang, ce qui lui fit dire en soupirant à M. de Collarceaux :

— Certes, Monsieur, Sa Majesté est un bien grand Roi et rien ne prouve mieux sa grandeur que cette dernière guerre...

M. de Collarceaux l'interrompit. Il croyait que, frais revenu des camps, M. de Pocancy désirait placer quelque récit de ce qu'il y avait vu. M. de Collarceaux n'aimait point ces sujets, n'ayant jamais servi, à cause, prétendait-il, d'une difficulté à respirer qui, au moins, ne le gênait pas pour parler. A ceux qui semblaient s'étonner de son inaction, il vantait les services de son oncle, M. de Chamissy. Etre le neveu d'un si bon officier, n'était-ce pas déjà une sorte de bravoure et, maintenant surtout que cet oncle était mort à Dortmüde, il y avait là de quoi fermer la bouche au plus importun.

— La guerre, certes, — répondit à Antoine M. de Collarceaux avec un petit dédain, — est une assez belle chose, encore qu'il y ait à dire là-dessus. Elle ne convient pas à tous et il y faut un instinct particulier. Il y a dans les hommes certains restes de brutalité et de grossièreté qui trouvent à la guerre de quoi s'utiliser. Marcher au grand air, crier, se quereller, est un goût de notre nature et qui devient ce que l'on nomme le courage. Aussi le tumulte des camps est-il une issue naturelle à maints caractères qui y emploient le plus rude d'eux-mêmes et nous en reviennent débarrassés. Je connais de bons militaires qui, une fois leur humeur passée sur l'ennemi, sont de fins courtisans, mais il n'est encore que la Cour pour former des hommes. Ah ! la Cour, Monsieur, la Cour !

Et M. de Collarceaux baissa la voix en confidence :

— La Cour, Monsieur, la Cour ! — répéta-t-il plusieurs fois. — Chacun y apporte ce qu'il est, comme son or à la Monnaie d'où il ressort frappé d'une effigie qui lui fixe sa valeur. Qu'est-ce qu'un courtisan ? Un courtisan, Monsieur, c'est vous, c'est moi, c'est nous, quiconque veut être connu du Roi, approcher de sa personne ou de son esprit, avoir un nom dans sa mémoire ou une place dans sa maison, ne point rester confondu dans l'innombrable multitude de ses sujets, être quelqu'un à ses yeux, même le plus petit, faire partie de ce qu'il voit du monde et de ce qu'il connaît des hommes. Vous comprenez combien ce légitime désir d'être mis à part du commun est fort et puissant chez tous ceux qui l'éprouvent, et vous pensez où il mènerait. Je ne vous connais guère, Monsieur, et, tout en sachant qui vous êtes, j'ignore ce que vous êtes ; mais je sais bien que tel ou tel est avare, ou fourbe, ou menteur, ou colérique, ou envieux, ou brutal. Celui-là vous glisserait la main à la poche, celui-là vous frapperait du poing, cet autre vous serrerait par la gorge. Ce sont des hommes et c'est ainsi que va le monde. L'homme n'est point bon : voudriez-vous que les hommes le fussent ? Et ce sont des hommes, vous dis-je. La Cour est pleine d'hommes. Elle en fourmille, elle en bourdonne et tous, Monsieur, n'y ont qu'un but et qu'un objet : se faire distinguer. Laissez-les libres, et pour y parvenir ils se jetteront les uns sur les autres et s'égorgeront réciproquement Eh bien ! Monsieur, rassurez-vous, il n'en est rien. Vous pouvez entrer à la Cour en parfaite sécurité. Le bon ordre y règne. Une discipline admirable y prend le nom de décence et de politesse. Une contrainte merveilleuse y dompte en chacun ce qu'il est. Une loi y régit tout, qui est suprême : il faut plaire. Ah ! le bon plaisir, Monsieur, le bon plaisir ! Il faut plaire. Rien ne vaut que cela. C'est l'artifice unique. Et comment pensez-vous qu'on puisse plaire au Roi ? Est-ce en lui présentant des visages tourmentés de passion et des figures dénaturées par ce qu'elles expriment d'intérieur ? Fi donc ! Un grand roi ne peut souffrir dans l'homme que ce qu'il y a de plus noble ; c'est cela qu'il faut montrer à ses yeux. Que la nature s'efforce donc à paraître ce qui faudrait qu'elle fût. La Cour, Monsieur, la Cour, c'est le coin qui impose l'effigie au métal. L'or et le plomb y reçoivent la même empreinte. Ah ! Monsieur, l'admirable spectacle que vous allez avoir, à commencer par les fontaines. Observez l'eau des bassins : bue, elle serait fétide au goût ; regardez-la jaillir, elle reluit et scintille. Elle retombe en un murmure harmonieux : approchez l'oreille du tuyau, elle y gronde ou elle y gargouille. Ah ! la Cour, Monsieur, la Cour !

M. de Collarceaux reprit haleine et continua :

— Ne croyez pas pourtant que l'homme cesse d'y être l'homme et en dépouille le caractère et les passions. Elles subsistent dans le courtisan et y exercent leur jeu caché. Mille intrigues se coudoient, se combattent, se traversent, mais la dispute des ambitions y est secrète et silencieuse. Le tout est de savoir gratter de l'ongle à la porte quand on y voudrait frapper du poing. A la Cour, on ne tue pas : on supplante. Tout y est mesuré. Qu'importent les herbes et la vase du fond, si la surface du bassin reste unie et si rien n'y offusque l'œil ? La souche la plus tortue d'un buis ou d'un if fournit à la taille un feuillage qu'elle approprie en boule égale ou façonne en obélisque parfait. Le Roi aime ces régularités ; il en prodigue l'exemple dans ses jardins et, comme il l'impose aux mœurs et aux esprits, il la porte aux moindres choses. Le plaisir, le jeu, les fêtes, les voyages, les travaux, ont leur place et leur retour invariable. La maladie même et la mort y sont des faits ordinaires et prévus. Le Roi est le premier, par la façon vraiment royale dont il voit mourir autour de lui, à indiquer l'état qu'on doit faire de pareils accidents. La nature subit, à la Cour, une discipline admirable. L'homme de Cour, Monsieur, est le chef d'œuvre du siècle et peut-être de tous les temps, car il a su mettre en lui un ordre qui n'y était pas et obliger sa conduite à une convenance si forte et si parfaite qu'après avoir été la règle de ce qu'il doit être, elle est devenue, pour ainsi dire, la substance même de ce qu'il est.

« Bien plus, Monsieur, les corps même aussi bien que les esprits doivent se prêter, à la Cour, à ce qu'on attend d'eux. Je veux dire par là que les corps doivent être capables des services qu'on en réclame. La santé leur est indispensable, car un des mérites du courtisan est de toujours être là. Il n'a point le temps d'être malade. Si la santé est nécessaire, la laideur est coupable : point d'infirmes ni d'impotents, qui seraient un vilain objet pour les yeux d'un si grand Roi. N'importe-t-il pas que ceux qui l'approchent lui donnent l'idée continuelle que son royaume est sain et qu'il n'a point pour sujets des magots et des mal venus ?

« Vous ne vous étonnerez pas, Monsieur, qu'un grand luxe d'habits et une grande richesse d'ajustement soient la conséquence de cette nécessité, car ils servent à dissimuler des imperfections inévitables. Chacun n'a pas forcément la taille et la figure de sa naissance ou de sa fortune, et beaucoup n'ont pas l'air de leur personnage. C'est pour ceux-là que l'art du brodeur, du tailleur et du perruquier a sa raison d'être : il travaille à leur donner l'apparence qu'ils n'ont pas et dont ils ont besoin. Tous y recourent, d'ailleurs, les uns pour remplacer ce qui leur manque, les autres pour augmenter leurs avantages naturels. Grâce à ces artifices, la Cour est un spectacle admirable et je ne doute pas que vous n'en soyez charmé et surpris. N'en respirez-vous pas déjà l'air avec délices ? Car voici que la route s'avance et que nous approchons.

Le chemin, en effet, était encombré de carrosses qui devançaient ou croisaient celui où étaient assis MM. de Collarceaux et de Pocancy. Des courriers passaient au galop dans un nuage de poussière. Un chien aboyait aux roues.

Antoine éprouvait un sentiment singulier. Il se demandait si son habit couvrait convenablement les imperfections naturelles de son corps. Sa perruque donnait-elle bonne mine à son visage ? Il y aurait voulu quelque balafre qui fût l'enseigne de ses services. Il n'avait guère à offrir que ce que chacun plus ou moins peut donner. Ses traits fermes et pleins n'avaient rien de dégoûtant ni de remarquable. Saurait-il plaire ? Mériterait-il, un jour, le regard royal ? Il s'en trouvait un désir passionné. M. de Manissart lui fournirait-il les moyens qui l'approcheraient du Roi ? Sinon, il n'avait qu'à s'en retourner à Aspreval voir croître son blé, manger, boire et dormir. Et l'image de Mlle de Manissart lui apparaissait. Son corps délicat et contrefait semblait propre à l'amour. Son humeur seule l'inquiétait : elle était violente et capricieuse. Il ferma les yeux.

M. de Collarceaux, d'un mot, les lui rouvrit :

— Versailles, Monsieur !

La route aboutissait à une large patte d'oie d'où le terrain battu montait légèrement vers une grille dont la porte était surmontée de trophées dorés. Derrière, s'étendait une ample avant-cour. Au delà le château se massait sur un vaste pan de ciel clair. Versailles était admirable en ce beau jour. La dorure des combles étincelait. A droite et à gauche, les quatre pavillons se carraient robustes et neufs. Au fond de la cour de marbre, le corps principal avançait ses deux ailes. Les balcons tordaient leurs ferrures. Les bustes et les statues de la façade augmentaient la majesté du lieu. Le carrosse s'était arrêté.

M. de Collarceaux regardait Antoine. Ils étaient debout sur le pavé où M. de Pocancy semblait prendre racine, quand M. de Collarceaux lui dit :

— Allons aux jardins, Monsieur, au lieu de faire ici figure de termes à attirer les curieux, d'autant que tout à l'heure nous aurons la chance de voir le Roi à sa promenade.

Ils allèrent aux jardins. Le parterre d'eau étalait ses nappes plates. Les deux pentes du fer à cheval entouraient de leur double courbe la fontaine de Latone. L'Allée Royale s'allongeait vers la croix d'eau du Grand Canal. M. de Collarceaux saluait au passage des hommes et des femmes richement parés. Il promena Antoine dans tous les sens. De hauts vases de marbre dressaient sur leurs piédestaux leur forme sculptée. L'ombre tournait autour d'eux. A droite et à gauche, c'étaient encore des jardins ; d'un côté, l'Orangerie ; de l'autre, le parterre du Nord avec l'Allée d'eau.

Le vent s'était levé. Le ciel se colora de rose et de vert. Quelques feuilles jaunes roulèrent sur le sable. Tout au bout de la perspective on apercevait la plaine, les champs, le royaume ! Antoine revoyait, dans un rêve lointain. Aspreval et ses vieux murs, où le vieil Anaxidomène avait fini sa vie biscornue, affublé de sa robe à fleurs, fouillant en des tiroirs, où ses frères battaient jadis le pays, de Vircourt au Val-Notre-Dame, où lui-même avait vécu jusqu'au jour où avait passé par là le carrosse du maréchal de Manissart. Depuis, quel changement ! Tranquille et pacifique par nature, il était monté à cheval et avait poussé sa bête au galop, lâché le feu de son pistolet, arpenté le rempart, suivi de l'œil la fusée des bombes, secoué sur sa manche la terre des boulets. Dortmüde dessinait ses clochers sur le ciel. Des visages se mêlaient, pour Antoine, de la signora Courlandon, la seconde femme de son père, à la bonne M<sup>lle</sup> de Manissart, le premier désir de sa jeunesse. M<sup>me</sup> Dalanzières lui souriait, la gorge nue. L'abbé du Val-Notre-Dame secouait la cendre de sa pipe. Corvisot ricanait. M. de Chamissy montrait sa dent avancée, M. de Corville levait son doigt mouillé pour savoir d'où venait le vent. M<sup>lle</sup> Victoire caressait son singe. Mais tout cela s'effaçait pour faire place au visage royal entrevu au branle des cloches et au feu des flambeaux. N'était-ce point de ces yeux qu'il fallait sur soi attirer le regard ? Antoine se sentait petit, loin et peu, et avait honte de lui-même comme s'il eût été tout nu.

M. de Collarceaux le poussa du coude.

Un groupe de promeneurs descendait le degré, chapeaux bas. En avant de quelques pas, marchait un homme grand et fort, en justaucorps bleu brodé d'or ; coiffé d'un chapeau à plumes rouges, la canne à la main. M. de Pocancy reconnut l'illustre visage. L'air frais en rougissait le bistre sanguin. Il s'arrêta : chacun s'arrêta. Derrière lui la masse du palais dressait sa dorure du soir. Les trophées sculptés semblèrent plus glorieux ; les cuirasses de pierre s'y gonflaient superbement. Les vitres frappées de soleil s'embrasèrent. Il y eut un grand silence. C'était le Roi.

## ÉCLAIRCISSEMENTS TIRÉS DES MÉMOIRES DE M. DE COLLARCEAUX

*Le manuscrit des Mémoires de M. de Collarceaux a été découvert et va être publié, dans quelques mois, par M. Pierre de Nolhac, l'éminent historien du Palais de Versailles. Le lecteur trouvera dans la préface de M. de Nolhac tout le détail désirable sur ce qu'était M. de Collarceaux et sur le caractère de ses écrits. Je n'en détacherai que quelques fragments que je dois à l'aimable complaisance de M. de Nolhac.*

« Je ne veux point prétendre, dit M. Pierre de Nolhac (1), que Collarceaux soit un écrivain de génie, un témoin de toute sûreté. Néanmoins, son journal a une valeur indiscutable et mérite d'être consulté. La place de Collarceaux est désormais assurée parmi les mémorialistes du grand siècle. Certes notre auteur n'a point la verve de Tallemant des Réaux, ni la perfection délicate de M**me de Sévigné, ni l'abondante impartialité de Dangeau. Saint-Simon, qui dépasse tous ses rivaux, surpasse aussi celui-là, mais on en lira tout de même avec plaisir, pensons-nous, les extraits que nous en donnons ici. Ce nouveau venu renseigne, sinon avec certitude, du moins avec minutie. J'ajouterais même qu'il renseigne trop. La crudité de l'expression gâte souvent ses meilleures pages. Aussi ai-je été obligé d'en raccourcir quelques-unes et d'en passer beaucoup. Dans celles que j'ai cru pouvoir conserver, on remarquera souvent un goût de bouffonnerie et de médisance dont on m'excusera d'avoir laissé quelques traces, mais c'est une marque de l'époque, qu'il ne convenait point d'effacer entièrement. Les plus honnêtes gens d'autrefois ne se privaient point de ce qui paraîtrait le plus risqué à ceux d'aujourd'hui. Ils ne s'en voulaient ni à eux-mêmes ni aux autres d'être ainsi. N'est-ce point M**me de Maintenon elle-même qui a dit : « Un peu de crapule se pardonne en ce temps-ci (1) » ?

*Tels qu'ils sont, ces Mémoires sont dignes d'intérêt, — et nul n'était mieux désigné que M. de Nolhac pour le difficile travail de faire un choix dans le fatras de M. de Collarceaux : M. de Collarceaux a écrit presque autant que Saint-Simon et Dangeau, et ses papiers remplissent de nombreux portefeuilles. Aucun ordre et aucun plan, mais un mélange de récits, d'anecdotes, d'historiettes, de vaudevilles et même de caractères et de portraits, faisant suite à des morceaux de politique et à des relations d'événements. Des entretiens et même des recettes et des prières, que M. de Collarceaux composait ou recueillait pour son usage particulier. C'est de tout cela que M. de Nolhac a tiré les deux vo-*

---

(1) *Mémoires de Collarceaux*, 2 volumes, in-8°. Plon et Nourrit.

---

(1) Lettres de M**me de Maintenon, citées dans la préface de M. Feuillet de Conches aux *Mémoires de Dangeau*, édition de MM. Soulié et Dussieux.

lumes qu'il va nous offrir. Il a su prendre le meilleur et le plus substantiel, et je n'aurais jamais songé à recourir à mon tour au manuscrit même de M. de Collarceaux, sans une circonstance personnelle.

Dans sa Préface, où M. de Nolhac nous fait si finement connaître à quelle sorte d'homme nous avons affaire en M. de Collarceaux, il dit que ce curieux personnage était de la maison de Chamissy. En effet, Louis-Jules-Roch de Chamissy, comte de Collarceaux et de Vulcroix, seigneur de Nonanville et de Valangrey, était le propre neveu de Chamissy, le lieutenant général tué à Dortmüde en 1677, et de Sulpice de Chamissy, abbé du Val-Notre-Dame. J'en pris la curiosité de chercher dans les portefeuilles de Collarceaux si je n'y rencontrerais point d'autres mentions de ses parents.

J'espérais mieux encore, d'autant que M. le maréchal de Manissart paraît déjà, à plusieurs reprises, dans les Extraits de M. de Nolhac. Mon attente ne fut point trompée. Le nom de M. de Pocancy me tomba sous les yeux et ce fut ainsi que je trouvai en M. de Collarceaux maint éclaircissement sur le héros de cette histoire. Je les donne ici en marquant d'un astérisque ceux qui figureront dans l'édition de M. de Nolhac. Peut-être le reste, inédit jusqu'à présent, l'eût-il pu demeurer sans grand dommage, car M. de Pocancy ne joua d'autre rôle dans son siècle que d'y avoir vécu, comme nous vivons dans le nôtre, ce qui risque fort d'être assez indifférent aux temps à venir et aux gens qui viendront.

H. R.

## ÉCLAIRCISSEMENTS TIRÉS DES MÉMOIRES DE M. DE COLLARCEAUX

3 *février* 1677. -- Les dernières glaces du Grand Canal ont achevé de fondre hier, car le temps s'est fort radouci. Le Roi est sorti en carrosse. Il a visité plusieurs fontaines de ses jardins que les gelées de cet hiver ont fort gâtées. Il y a ordonné les réparations nécessaires. Elles seront entreprises aussitôt que la saison le permettra. Sa Majesté a fini sa promenade par la Ménagerie, où le froid a fait périr plusieurs oiseaux rares qui seront difficilement remplacés. Madame la Dauphine en montre un grand chagrin. Le soir, il y eut appartement. Le Roi se retira d'assez bonne heure, sans avoir presque rien dit à personne. On a fort remarqué son silence. On s'entretient déjà du rassemblement des troupes aux frontières.

Mme de Langarderie, à qui j'ai parlé un peu vivement entre deux portes, m'a fait taire et à fait l'offensée à mes propos. Son mari, qui était derrière nous, lui a reproché que c'était là bien douter de soi que de ne pouvoir souffrir d'être attaquée. Elle a ri. Je finirai bien par voir le bout de sa défense, encore qu'elle semble décidée à en faire une qui ne soit pas ordinaire : on dit, tout bas, que plus d'un a su déjà l'adoucir et que Brivois fut l'un d'eux.

7 *février* 1677. --- Le Roi n'a pas pu sortir à cause du mauvais temps. Je suis monté à l'appartement de Brivois. Il est si bas qu'on a peine à s'y tenir debout, mais Brivois est si heureux de l'avoir qu'il en a oublié les incommodités, dont la moindre est le froid en hiver, et, en été, l'extrême chaleur. Langarderie et quelques autres vinrent nous y retrouver et nous jouâmes. Durant tout le jeu, je ne cessai de harceler Langarderie sur son honnêteté. Mes plaisanteries furent d'autant plus mordantes que sa veine était plus continuelle, au point d'en prendre mauvaise apparence, surtout en un temps comme le nôtre, où les pipeurs sont si répandus et si hardis qu'ils n'épargnent même pas la table du Roi. J'en dis tant que Brivois et les autres firent concert avec moi pour prier Langarderie de nous avouer l'amulette qui le faisait si bien gagner. Notre bruit aurait pu s'entendre de l'escalier. Langarderie commençait à se démener et à s'agiter de sorte que, nous le poussant toujours, il proposa de mettre habit bas pour montrer ses doublures et ses manchettes. Il était tout empourpré de colère, ce qui augmenta notre gaieté. Enfin, n'y tenant plus, il enleva son justaucorps ; la culotte et les bas y passèrent et, au bout d'un instant, nous le vîmes nu comme un saint Jean. Il était tombé en plein dans mon panneau, car je me souciais bien moins de lui faire prouver la sincérité de son gain que de me renseigner par les yeux sur quelle espèce de rival j'avais en lui auprès de sa femme. La vue de ce qu'il montrait n'avait rien que de petit et de médiocre, tellement que, Mlle de Brivois étant entrée à l'improviste, notre homme eut assez pour se cacher tout entier d'un cornet à dés que je lui tendis. Et comme pour excuses il alléguait que nous l'avions accusé de trop gagner, elle lui répondit plaisamment, en le parcourant de bas en haut, qu'elle croyait bien plutôt qu'il avait perdu quelque chose.

8 *février* 1677. -- Le bruit de l'aventure de Langarderie a couru le soir même.

De pareils ridicules ne sont point sans danger pour celui qui se les donne, et il y a bien là de quoi faire dire qu'après tout un empressement comme celui qu'a mis Langarderie à nous prouver la netteté de ses mains n'est pas de trop bon augure. On pourrait même ajouter assez bien que notre homme a un peu l'air d'avoir saisi l'occasion d'une pareille preuve pour se mieux dispenser d'en avoir à faire aucune autre à l'avenir.

Je gagerais qu'il y a des chances pour que M^me de Langarderie ne pardonne jamais cette incartade à son mari. Elle tient extrêmement à ce qu'il soit au-dessus de tout soupçon, et le moyen qu'il a pris pour s'y mettre n'est guère bon, car il y a je ne sais quoi qui dispose mal envers quelqu'un que de le voir descendre à un expédient plus burlesque que véritablement propre à convaincre, et surtout qu'il s'y soit laissé aller sur une plaisanterie que tout autre eût tenue pour un propos en l'air et sans conséquence. La cause de la délicatesse de M^me de Langarderie est peut-être moins dans l'amour qu'elle porte à son mari que dans la vanité qu'elle a d'elle-même et qui fait plus le fond de sa vertu qu'aucun principe d'être vertueuse. Mais c'en est assez sur ce sujet.

13 *février*. — Le Roi a fait ses choix pour la campagne qui s'ouvrira dès le mois de mars. Au sortir du Conseil, il les dit à quelques-uns, mais ils ne seront publiés que demain. M. le maréchal duc de Vorailles ira à l'armée des Flandres, sans qu'on sache encore les lieutenants généraux qui doivent servir sous lui. M. le maréchal de Manissart est aussi désigné, qui aura avec lui M. le duc de Montcornet, M. de Chamissy et M. le marquis de la Bourlade. Il est douteux encore si le Roi fera campagne et, au cas qu'il la fasse, où il la fera. Il en sera d'après les circonstances et selon la santé de Sa Majesté.

M^me de Langarderie est bien irritée contre moi et contre tous ceux qui étaient l'autre jour au jeu de Brivois. Elle m'en veut particulièrement comme à l'auteur principal de cette plaisanterie. Elle est fâchée extrêmement de cet esclandre. Quant à Langarderie, il est tout fier de s'être montré si délibéré et si franc en cette occasion, et il semble attendre qu'on l'en complimente comme si l'issue en eût pu être douteuse.

15 *février* 1677. — M. de Chamissy est fort félicité. Il est venu aujourd'hui faire sa cour au Roi. On ne l'avait guère revu depuis la dernière promotion des maréchaux, où M. de Manissart avait reçu le baton. M. de Chamissy y prétendait, et ce fut un passe-droit qui le remplit d'amertume. Quant à M. le maréchal de Manissart, on dit que la nouvelle de son commandement lui a valu un grand soufflet de la main de M^me la maréchale et qu'il n'ose paraître avec la joue qu'il en a. M^me de Manissart est des plus jalouses, et les campagnes donnent à M. de Manissart des occasions agréables, mais qui plaisent moins à sa femme. J'apprends que Langarderie a demandé à partir avec M. le duc de Vorailles, de qui il est un peu parent. Beaucoup d'autres demandent aussi. Le voyage du Roi n'est rien moins que certain ; il se pourrait même que celui de Fontainebleau soit remis ou supprimé.

27 *février* 1677. — On prépare tout pour le départ de M. le maréchal de Manissart, et cela ne va pas sans quelques éclats, car M^me la maréchale est une personne de grand fracas. Avant tout M. de Manissart dut passer par l'avis des médecins. Il s'en réunit, hier, autour de lui, jusqu'à sept ou huit qui le retournèrent en tous sens pour s'assurer qu'il avait le corps sain et qu'il pouvait sans danger affronter les fatigues de la guerre. Pour un peu, ils lui eussent fendu la peau afin de mieux voir à l'intérieur si tout y fonctionnait convenablement. Ils se contentèrent de le faire cracher au bassin. Ses salives furent reconnues bonnes et M. de Manissart fut déclaré en état de faire campagne. Il ne lui reste donc plus qu'à se garder des boulets, contre quoi la Faculté ne peut rien pour le garantir. Il emporte dans son bagage toute une pharmacie à son usage.

Tous ces préparatifs n'ont point radouci M^me la maréchale, quoiqu'elle les ait étroitement surveillés. Cette femme est redoutable. Sa tyrannie s'exerce non seulement sur son mari, mais sur tout ce qui l'entoure et jusque sur le moindre valet. Elle les harcèle sans cesse et les maltraite souvent, et ils ne sont pas seuls à subir pareil traitement, ce qui faisait dire à M. de Brivois que M. de Manissart n'avait pas reçu le bâton que du Roi, car sa femme l'y avait habitué dès longtemps. On dit en effet que ce valeureux homme de guerre n'échappe pas toujours aux fureurs de certaines émeutes domestiques.

J'eus hier une preuve de l'humeur de M^me la maréchale, car j'arrivai chez elle

juste à temps pour lui voir lancer à la tête
d'un petit laquais un verre d'eau qu'il apportait et dont je manquai de recevoir ma
part au visage. A peine si elle s'excusa. Elle
est ainsi. Tout cède à ses emportements et
personne d'habitude ne s'avise d'y résister.
C'est ainsi qu'elle voulait encore
faire fouetter son fils, M. le chevalier de Froulaine, la veille même
du jour où il devait partir pour la
Provence servir sur les galères.
M. le chevalier qui, de ce jour, se
croyait un personnage et qui avait
en poche sa commission, mit
l'épée au clair et menaça
de transpercer quiconque
porterait la main sur lui.

M. le chevalier et sa
sœur, M$^{lle}$ Victoire,
sont les seuls à regim-
ber aux volontés de
M$^{me}$ la maréchale.
M$^{lle}$ Victoire, pour
être vrai, s'en soucie
même assez peu et leur
préfère les siennes. Elle
est agile et intraitable et
a la langue si terrible que
sa pointe en déconcerte M$^{me}$
de Manissart mieux même que
l'épée tirée de M. le chevalier de
Froulaine. Sous couleur d'enfance,
elle ose des naïvetés redoutables qui
mettent la sueur au front de madame sa mère. Elle abuse de la
licence de ses quinze ans. Elle
est jolie, d'ailleurs, et on eût pu
penser qu'elle serait belle, si son
visage avait été secondé par son
corps ; mais tandis que l'un s'est
paré d'un beau teint et de traits
délicats, l'autre est resté, sinon contrefait,
du moins chétif et, pour ainsi dire, au-des-
sous de son âge, ce qui donne à cette petite
un air singulier et qui n'est pas sans agrément en sa bizarrerie. Telle qu'elle est, elle
a de quoi séduire, et je crois qu'un jour elle
y mettra du sien. Elle est déjà coquette en
ses badinages. Je crois qu'elle a déjà des
sentiments sans que son cœur se soit encore
déclaré pour personne, sinon pour M. le
chevalier de Froulaine, son frère, qu'elle
idolâtre.

Pour l'instant, elle est surtout occupée
à imaginer de quoi mettre M$^{me}$ la maréchale
dans un de ces embarras où elle excelle à
l'amener et dont le spectacle la réjouit infiniment.

C'ÉTAIT UN GRAND
HOMME
SEC ET MAIGRE.

Ajoutez à cela que M$^{lle}$ Victoire ne souffre pas qu'on lui manque en rien et qu'on
se risque à plaisanter ses petits travers. Elle
est intraitable sur le point de son orgueil.
Toute fillette qu'elle est, elle se montre déjà
femme en plus d'une façon, ne fût ce que
par l'état qu'elle fait d'elle-même et
qu'elle veut qu'en fasse quiconque prétend, sinon à ses bonnes grâces, du moins
à éviter les impertinences dont elle
pique ceux qui ne lui agréent pas et
ne font rien pour cela.

Enfin elle est charmante et
donne à rire par ses saillies,
qui sont promptes et plaisantes, surtout par l'irritation où elles jettent
M$^{me}$ la maréchale, si
entichée d'étiquette et
qui ne se doute guère
qu'elle y contrevient
bien davantage par
ses hauteurs, ses colè-
res et ses fracas que sa
fille ne s'en éloigne en
prenant sur chacun des
libertés sans conséquen-
ces.

Quoi qu'il en soit, l'hô-
tel de Manissart est un des
endroits les plus curieux du
monde par les disparates
qu'il contient et les originaux
qui l'habitent. Il vaut qu'on y fréquente, ne fût-ce que pour la vieille
M$^{lle}$ de Manissart. Je ne manque
pas une fois de l'aller saluer au galetas où elle s'est retirée parmi ses
cartes et ses herbiers. Elle est fort
hétéroclite à voir ainsi, toujours en
désordre et à quelque rêverie de
plantes ou de voyages. Si elle se hasarde en
esprit aux contrées les plus lointaines, elle
ne met guère le pied hors de chez elle. C'est
là que se réfugie M. le maréchal aux trop
fortes algarades. Ils s'aiment beaucoup et
discourent entre eux librement, car elle n'a
guère de religion et lui pas plus que ce qu'il
en faut pour être honnête homme. Il l'est
fort, malgré ses extravagances de médecins,
dont j'ai rapporté la dernière, au sujet de la
campagne qui se prépare. Le plus singulier
encore, c'est qu'il ne partira cette fois
qu'accompagné de M. de Berlestange, sans
qui M$^{me}$ la maréchale ne veut pas le laisser
aller et sur qui elle compte pour lui ramener M. le maréchal en meilleur état qu'il
ne revient d'ordinaire. Berlestange doit veil-

ler aux mœurs de M. de Manissart. Je doute qu'il y parvienne.

C'est ici le lieu de dire quelque chose du personnage de ce Berlestange. Il est de petite origine et fils d'un contrôleur de grenier à sel. On ne sait trop sa province, mais je ne m'étonnerais pas, à l'accent, qu'il soit de Champagne ou de Picardie. Le goût de faire des vers le poussa à Paris. Il s'y maintint assez péniblement. Les quelques ouvrages qu'il donna au public marquent plus d'application que de génie. Ils le firent connaître pourtant de M<sup>lle</sup> de Manissart, maintenant la vieille, alors dans sa première jeunesse. Lui, à ce moment, n'était pas mal, quoique gueux et râpé. Sa figure valait mieux que ses ouvrages. Le temps a eu raison de l'une et des autres. On prétend qu'il plut à M<sup>lle</sup> de Manissart et il s'attacha à elle. Ne pouvant l'épouser, elle eut, dit-on, la faiblesse de l'en dédommager. On ne vit plus que lui à l'hôtel de Manissart, mais moins en amant heureux qu'en parasite, car il tirait de là toute sa subsistance. S'il toucha le cœur de la demoiselle, il ne parvint pas à résoudre son orgueil au mariage. Il en demeura ainsi je ne sais qui d'incertain et de subalterne. Lorsque M. le marquis de Manissart, alors maréchal de camp, se maria, sa femme trouva là Berlestange et s'en accommoda : sa tyrannie avait besoin d'un public. Berlestange en subit tous les caprices. Quand M. le chevalier de Froulaine prit de l'âge, Berlestange devint pour lui une sorte de gouverneur et c'est en cette qualité que M<sup>me</sup> de Manissart vient justement de l'attacher encore à la personne de son mari.

C'est présentement un grand homme maigre, sec et noir. Il ne rime plus et ne parle pas, sinon à table, pour redemander des petits pois, dont il est fort gourmand. Il jure encore par Apollon, mais dès longtemps sa verve est tarie et il ne produit plus rien. Ces sortes d'hommes ne sont point rares, qui montrent dans leur jeunesse une espèce de feu dont on voit vite la cendre. Ni en poésie, ni en amour, Berlestange ne sut s'élever à aucune fortune. Il est doux, taciturne, peureux et ne compte guère.

*29 février* 1677. — Langarderie m'est venu dire ce matin qu'il partait, et partait me sachant amoureux de sa femme : qu'il eût cru, pour cela même, de la dernière indignité de ne pas partir : qu'il avait une foi entière dans la vertu de M<sup>me</sup> de Langarderie ; que d'ailleurs il n'était pas jaloux ;

que me verrait-il couché avec elle il ne lèverait pas le drap pour voir où nous en sommes ; qu'assuré comme il l'était de son épouse, il ne pouvait que le regretter pour moi et me dire son chagrin de n'avoir pas, comme tant d'autres, le moyen d'obliger un ami, enfin qu'il avait commandé à sa femme de ne me point éviter, mais bien au contraire, de rechercher ma compagnie. Il y ajouta encore mille sottises que j'oublie. Il a le régiment de cavalerie de son nom et sera en Flandres avec M. de Vorailles.

*1<sup>er</sup> mars* 1677. — M. de Chamissy, l'abbé du Val-Notre-Dame, a écrit à M. de Chamissy, le lieutenant général, une lettre dont la fin est celle-ci : « Mon âge voudrait, mon cher frère, que je sois de nous deux le premier à mourir, mais je compte sur le métier que vous faites pour vous épargner ce chagrin et me donner le plaisir de prier pour vous. » Je ne sais la réponse du lieutenant général, mais elle dut être bonne, car il est méchant et, quoique brave, craint la mort. MM. de Chamissy se détestent ; leur haine date de loin et du temps où ils étaient tous deux dans le monde, car l'abbé du Val-Notre-Dame ne l'a quitté qu'assez tard. Son abbaye est près de Vircourt-sur-Meuse. Elle lui rapporte plus de vingt mille livres. On la dit extrêmement belle en bâtiments et bien entretenue. M. de Chamissy y réside toute l'année.

### CARACTÈRE DE M. LE MARÉCHAL DE VORAILLES

M. de Vorailles est né avec je ne sais quoi de si impétueux et de si effréné en lui que le mouvement l'en eût porté fort loin, s'il n'eût arrêté le cours de ce torrent où se mêlait ce qu'il y a en l'homme de plus brutal et de plus dangereux. Dès sa jeunesse, il chercha donc de quoi résister à cette poussée redoutable d'un tempérament dont la fougue menaçait de tout dévaster et de ne rien laisser debout derrière elle. M. de Vorailles eut la chance de comprendre tôt que les moyens ordinaires n'y suffiraient pas, pas plus la bonne volonté que ce pouvoir sur soi-même qu'on tire du désir de faire figure dans le monde ou du souci de se bien posséder pour mieux et plus avantageusement user de soi. Il distingua fort clairement que rien de ce que nous appelons les usages et les mœurs, la politesse ou la politique, et qui sont les contraintes les plus communes où nous recourons, ne vau-

LE CHÂTEAU ÉTAIT PLEIN DE PRÊTRES ET DE MOINES.

drait à le retenir. Aussi chercha-t-il plus haut son appui et en un lieu si solide et si ferme que tout y vint buter sans en ébranler le fondement.

Ce fut donc à la religion que M. de Vorailles demanda secours contre lui-même. Là seulement il trouvait sur quoi se reposer. Il se résolut donc tout bonnement à être pieux afin d'éviter et de s'éviter d'être un péril public et particulier. C'est donc à cette peur salutaire de soi, qui manque à beaucoup, que nous devons d'admirer en M. de Vorailles un exemple de vertu. Nul plus que lui ne fut strictement assidu et exactement fidèle à son devoir. Grâce à sa vigilance rigoureuse et continuelle, on ignora toujours ce qu'on aurait eu à craindre d'un tel homme, s'il n'avait pris le soin d'être son propre bourreau et de détruire en lui ce que la nature y avait mis d'indomptable et qu'il sut dompter.

Il fut le seul et unique témoin de combats et de victoires intérieures dont on ne saura jamais rien, sinon qu'il leur dut d'être ce que nous savons. Son humilité se plaisait parfois à révéler l'état singulier où il vivait et dont personne, à le voir, ne se fût douté et qui est à ne pas croire. On observait en lui un homme probe, sage, sévère et occupé, la fermeté même, avec quelque lenteur dans l'esprit, le plus calculé, le plus réfléchi, le plus circonspect en paroles et en conduite.

Toute sa vie ne fut que l'illustration du principe qu'il s'était imposé. Il prit femme de bonne heure et la prit laide afin qu'elle ne fût pas une tentation aux autres et un péril à lui-même. Il se servit d'elle à sa nécessité, qui était fréquente. Il la chargea d'enfants, mais quand elle mourut, il ne la remplaça pas, trouvant sans doute que l'âge et l'usage avaient suffisamment amorti en lui l'aiguillon de la chair, pour n'y pas donner un nouveau prétexte. Il resta veuf assez tôt. Sa femme ne le connut point en ses grands emplois qui ne lui vinrent qu'assez tard. Le Roi, qui avait distingué de bonne heure ses talents, tardait d'autant plus à les récompenser que M. de Vorailles eût été le premier à s'étonner qu'ils dussent l'être. Le bien de l'Etat lui était personnel. Il tenait si peu à son avantage particulier qu'il y renonça plus d'une fois de plein gré pourvu que le bien public y eût son compte. Il n'eut le bâton que passé son tour et quand il aurait été honteux de ne pas le lui donner.

M. de Vorailles aime sincèrement la guerre, disant qu'elle est un bon exercice pour un chrétien ; que les chances nombreuses qu'on y a d'être tué mettent l'esprit en un état de détachement salutaire où l'on apprend, à chaque heure, à penser que celle qui vient sera la dernière ; et que rien ne vaut mieux qu'une bataille pour savoir le point exact où l'on en est vis-à-vis de soi-même et de Dieu.

Il s'y montra de tout temps admirable et y prouva les capacités les plus diverses, tant aux sièges qu'aux actions et aux marches. Il en apprit tout le métier par expérience et par raisonnement, des fonctions les plus humbles aux plus importantes. Comme nous l'avons dit, il n'eut le bâton que tard et presque à soixante ans. Il en fit garnir l'intérieur de reliques.

M. de Vorailles paraît peu à la cour et dépense son temps, hors la guerre, à visiter les places fortes et à en dresser les plans. S'il rencontre quelque pèlerinage sur son chemin, il ne manque pas de s'y rendre et de s'y prosterner avec la plus véritable dévotion. Il a le gouvernement d'Artois et y réside d'ordinaire à Vorailles. Le château est plein de moines et de prêtres et on se croirait bien plutôt chez un évêque que chez un soldat. Il a une chapelle et y suit la messe à genoux. Les ornements et le mobilier sacrés y sont de la plus grande beauté, car il profite de chaque campagne pour l'augmenter de quelque ciboire ou de quelque châsse qu'il se réserve dans le butin des soldats. Il lave les pieds des pauvres et panse leurs plaies, mais il est intraitable en préséances et sur ce qu'on doit à sa naissance. C'est le seul orgueil qu'il n'ait pu abaisser en lui. Il se croit beaucoup par le nom qu'il porte et fait bon marché des talents par où il l'a illustré encore davantage. Il est haut et dur au monde et petit devant Dieu. Le Roi le craint et ne l'aime pas, mais compte avec lui et compte sur lui. Il n'est pas avare, mais sait le paraître et ne déteste pas qu'on dise qu'il l'est. Tout duc qu'il soit, il ménage son bien. Sa nombreuse parenté guette ses dépouilles, car il n'a que des filles, dont trois au couvent et une mariée au prince de Balmont : il y aura peut-être longtemps à attendre, car il est sain et robuste, mais un boulet a bientôt fait. Il s'expose volontiers ; j'ai dit pourquoi. Il a le corps épais, le visage brun, le sourcil gris, et porte aux oreilles deux perles longues où il a fait enfermer des parcelles d'hosties.

La seule singularité de M. le duc de

Vorailles est qu'il n'y a rien en lui d'inexplicable quand on sait que toute sa conduite découle d'un principe qui est le fondement de son caractère. Il s'y tient obstinément, car le moindre écart qui le ramènerait à sa nature risquerait de mettre à nu ce qu'il en a voilé par un effort constant et acharné, tant le cours de son humeur ne maintient son circuit et son niveau qu'à force de digues et d'écluses.

14 *mars* 1677. — Le voyage du Roi est décidé. Il partira vers la fin de mars pour se rendre sur la Meuse, où l'armée est très forte. Il a passé en revue aujourd'hui les troupes de sa maison. Sa Majesté a été extrêmement contente de les voir plus belles qu'elles n'ont été jamais. Les courriers rapportent que l'ennemi se met partout en mouvement.

M<sup>me</sup> de Langarderie me tient rigueur, malgré les ordres de son mari. Je lui ai fait parler à ce sujet par Brivois, qui a dû lui dire que je ne renonçais à rien de mes espoirs, mais que je ne voulais que d'ellemême un bien que je plaçais au-dessus de tout ; que je m'engageais à ne tenter aucun stratagème pour me l'approprier et qu'elle n'avait rien à redouter de moi. Brivois a si bien fait qu'elle a promis de ne plus m'éviter à l'avenir et de me souffrir auprès d'elle.

* 27 *mars* 1677. — Les nouvelles des Flandres sont ordinaires. M. de Vorailles est sur l'Escaut. M. de Manissart couvre la Meuse.

* 29 *mars* 1677. — Le Roi est parti ce matin pour rejoindre l'armée sur la Meuse. Il ira fort vite et n'emmène pas de dames. Il y en a de fort attrapées.     ,

* 2 *avril* 1677. — On a de bonnes nouvelles du voyage du Roi. Il descend parfois de carrosse pour chasser. Il est fort à l'aise en ce nouveau carrosse à cause de sa grande commodité et de la perfection de ses soupentes. Il y voyage même de nuit.

* 23 *avril* 1677. — Les détails commencent à arriver sur la victoire que le Roi a remportée sur les ennemis dans la plaine de Mohain, près de Domden. Les louanges de Sa Majesté courent ici de bouche en bouche et on ne se lasse pas de les répéter. Les vieux courtisans en pleurent d'attendrissement. Sa Majesté fut à cheval tout le jour et souvent aux endroits où le feu était le plus violent. Il fallut se jeter à ses genoux pour obtenir qu'elle ne s'exposât pas. Le Roi fut partout en personne, ce qui explique la fureur de notre attaque et le peu de résistance de l'ennemi. Il s'est retiré en grand désordre. Trente-sept étendards sont tombés entre nos mains, avec un grand bagage. M. le maréchal de Manissart a eu son cheval blessé sous lui. Il y a beaucoup de morts. La joie est grande à Versailles.

2 *mai* 1677. — Retour du Roi.

* 20 *juin* 1677. — Dortmüde s'est rendue, le 16 au matin. M. le maréchal de Manissart a écrit au Roi pour lui apprendre l'heureuse fin du siège.

12 *août* 1677. — On commence à être fort inquiet du sort de Dortmüde, où M. de Manissart s'est enfermé. On dit que M. de Rabersdorff presse la ville, qui est aux dernières extrémités et tombera si M. le duc de Vorailles ne parvient à la secourir. M. le maréchal de Manissart est fort blâmé de s'être mis en cette souricière. Le Roi en a parlé ce soir aigrement. Ni M. de Montcornet ni M. de la Bourlade n'étaient d'avis d'une pareille conduite et M. de Chamissy s'y est opposé avec la dernière violence. Il en a écrit aux ministres. Sa lettre est très forte.

Je suis allé rendre visite à M<sup>me</sup> la maréchale de Manissart. Elle était chez M<sup>me</sup> la princesse de Balmont. J'ai trouvé M<sup>lle</sup> Victoire occupée à se laver les yeux à la fontaine qui est dans la cour. Elle avait pleuré, mais son visage était charmant. Elle a du chagrin autant de savoir son père enfermé que de ne plus avoir auprès d'elle son frère, M. le chevalier de Froulaine. Elle a voulu me montrer un singe et un perroquet qu'il lui a envoyés en présent. Ce sont d'assez vilaines bêtes dont elle raffole. Elle m'a demandé mille détails sur les galères et sur les Barbaresques. M<sup>lle</sup> Victoire a quelque bonté pour moi. Ma faveur vient du respect que j'affecte de lui témoigner. La peine que je prends de la traiter au-dessus de son âge me vaut le plaisir de la voir se rengorger de toute l'importance qu'elle emprunte à être grandie à ses propres yeux. Elle m'a fait l'honneur de m'offrir trois noisettes cassées par son singe, ce qui est de sa part un présent inestimable.

13 *août* 1677. — J'ai voulu faire jaser Brivois sur M<sup>me</sup> de Langarderie et appren-

dre au juste ce qu'il avait eu d'elle, afin d'y prendre quelque idée de ce que j'en pourrais obtenir. Nous étions dans le Bosquet, qui est un lieu où ne pas être entendus et fort propre à ces entretiens. Brivois commença par faire le discret et par vouloir m'en imposer. Mais à mesure que je le questionnais, il rabattait de sa prétention et se rapprochait de la vérité. Il finit par m'avouer qu'en tout et pour tout ils en étaient restés à quelques billets et à quelques menues galanteries, et qu'il n'y avait pas à en supposer que M^me de Langarderie eût jamais été en humeur d'aller plus loin et jusqu'où je pense la mener, encore qu'une fois il ne lui eût passé la main sous les jupes et l'y eût laissée assez longtemps au chaud.

Là dessus, je me mis à rire et lui fis honte de sa vantardise, lui disant que si l'on se mettait à compter pour une victoire ce qui n'est qu'en tâter le terrain, il n'était presque pas une dame de la cour à qui l'on ne pût se vanter d'en avoir fait autant. Et je le regardai d'un air significatif, tellement qu'il put croire que je n'en exceptais pas M^me de Brivois, sa femme. Depuis cette gasconnade, il m'épargne les siennes et me sert fidèlement auprès de M^me de Langarderie.

*3 *septembre* 1677. — Quel changement! Voici M. de Manissart porté aux nues et M. de Chamissy porté en terre. On ne parle que de la belle défense de Dortmüde. Il paraît que sa durée a seule permis à M. le duc de Vorailles d'exécuter le plan qui nous vaut la fin de la campagne et un succès si considérable qu'il décidera peut-être de la paix. Langarderie est entré des premiers dans Dortmüde. M^me de Langarderie est triomphante. Son mari sera maréchal de camp. J'en ai complimenté cette dame. Il y avait beaucoup de monde chez elle et elle m'a fort bien reçu. Langarderie l'a si bien persuadée de sa vertu qu'elle songe moins à la défendre qu'on l'aurait pu croire. J'ai fait de grands progrès dans son esprit et elle s'accoutume à moi de jour en jour. Il paraît que M. de Chamissy a été tué dans sa maison par un boulet. Le Roi le regrette. Il laisse soixante mille écus qui m'accommodent fort.

### * SUR M. DE CHAMISSY

Je n'ai point tant à dire qu'on le pourrait croire sur mon oncle M. de Chamissy. La parenté, comme il le prouvait par ses

sentiments envers son frère l'abbé du Val-Notre-Dame, ne lui était pas une raison d'aimer les gens. Il ne chérissait pas davantage mon père. Quoique l'aîné de notre maison, il ne voulut pas se marier, mais il ne pardonna pas à mon père de l'avoir fait, non seulement à cause du surcroît de bien que ce mariage lui valut, mais aussi de la beauté et de la vertu de sa femme. Je ne sais s'il prétendit éprouver la seconde ou s'il ne sut résister à la première, mais il est certain qu'il n'hésita pas à tenir à sa belle-sœur des propos qui eussent dû faire horreur, même en pensée, à un honnête homme. Le fait est qu'il l'obséda de coupables assiduités qui la mirent dans le plus grand embarras par la difficulté où elle était de fuir sa présence et le danger de la permettre auprès d'elle.

Les choses vinrent à un tel point qu'elle dût avertir mon père. Il ne fit d'abord qu'en rire, convaincu que sa femme s'était méprise à quelques familiarités plus maladroites que perfides. Pourtant, sur les plaintes réitérées, sur des pleurs et des prières, il consentit à s'enfermer dans un cabinet d'où l'on pouvait voir et entendre ce qui se passait à côté. Mon père n'eut plus de doutes. Son indignation et sa fureur furent telles qu'il se précipita dans la chambre. D'un bond, il fut sur Chamissy et le maltraita tellement qu'il l'eût certainement tué si on ne l'eût retiré de ses mains. Le larron en fut quitte pour une côte enfoncée, quatre dents brisées, et une qui ne se remit jamais en place et qu'on lui voyait, même sans qu'il rît, au coin de la lèvre.

Les années passèrent et ils se revirent. L'abbé du Val-Notre-Dame les raccommoda en apparence, mais ils se haïssaient. Ma mère ne put jamais lui parler sans un petit tremblement, quoiqu'il fût parfaitement poli avec elle et l'entretînt de l'air le plus détaché. Il était, dans l'intervalle, devenu dévot, au moins par hypocrisie, car des trois frères Chamissy qui abjurèrent en leur jeunesse la religion prétendue réformée, où ils avaient été nourris comme beaucoup de gentilshommes de leur temps, mon père fut le seul des trois à reconnaître sincèrement son erreur et à faire une vraie conversion. M. l'abbé du Val-Notre-Dame, tout prêtre de l'Église qu'il est, est un impie déterminé, ce qui ne l'empêche point de fort bien mener ses moines. Il dit volontiers que son devoir consiste à les conduire au seuil du Paradis et que, cela fait, il a bien le droit, lui, d'aller au diable, s'il lui plaît.

Quant à M. de Chamissy, le militaire, sa foi fut plus que douteuse. Sa dévotion d'ailleurs ne le gêna guère. Sa dureté le rendit redoutable à tous. Durant des années, elle s'exerça obscurément, jusqu'à la guerre de Hollande où l'on ne se priva point d'en parler, d'abord tout bas, puis tout haut. Les effets s'en firent sentir autour de lui. Partout où il passa ce fut le désert. Il saccagea à fond le pays. Les villes, les villages et jusques aux moindres bourgs furent rançonnés, pillés et brûlés. Il ne fit rien pour arrêter les excès naturels aux soldats. Il n'y eut point d'atrocités qu'ils ne commissent et qu'il n'ordonnât. Des femmes et des enfants furent massacrés en grand nombre, quelques-uns avec un raffinement odieux. A certaines places, les canaux furent si remplis de cadavres qu'ils obstruèrent les écluses. Ces cruautés firent un bruit qui aurait pu avoir des suites fâcheuses si l'on n'eût jugé à propos de les considérer comme une nécessité des temps et comme un châtiment dû à la résistance opiniâtre des Hollandais et aux moyens qu'ils employèrent, comme de rompre les digues, ce qui est contraire aux lois établies de la guerre.

Cette campagne des Pays-Bas fut extrêmement fructueuse en argent à M. de Chamissy, à quoi il fut sensible, car il était avare et voulait vivre petitement en de grands biens. Il ne faisait presque pas de dépenses et encore toutes pour lui et aucune pour qui que ce fût. Il ne jouait point. Les femmes lui coûtaient peu. On dit qu'en campagne il se faisait amener des filles sous sa tente ou à son logement et qu'il se plaisait plus à les tourmenter qu'à en jouir. Le fait est qu'une nuit, à Maëstricht, une d'elles avec qui il s'était enfermé sauta par la fenêtre et se tua sur le pavé. On la trouva nue et portant à la gorge des marques qu'elle ne s'était pas faites en tombant. A Paris, on ne le vit jamais s'attacher à personne. Sa dureté éloignait de lui, et il n'avait pas pour y ramener cette générosité qui force par des sentiments intéressés le peu d'inclination qu'on a pour quelqu'un. Aussi vivait-il fort isolé et sans autre soin que celui de sa fortune. Il demeurait du reste moins content d'elle que de lui et ne la trouvait pas égale à son mérite pour qui il avait une estime plus justifiée à ses propres yeux qu'à ceux des autres, ce dont il n'était pas sans s'apercevoir et qu'il ne pardonnait pas.

LES MOINDRES BOURGS FURENT RANÇONNÉS, PILLÉS ET BRULÉS.

Le grand chagrin de M. de Chamissy aura été de manquer le bâton de si près. Il s'en sentait tout proche et en brûlait. Pour l'avoir, il se fût donné au diable comme il s'était jadis donné à Dieu, par ambition, par calcul et parce qu'en ce moment il était bon, à qui voulait parvenir, de quitter le prêche pour le sermon. Je doute que tout cela lui ait valu le paradis.

*7 septembre 1677.* — Depuis que M. de Langarderie s'est acquis à la guerre de quoi renforcer pour de bon l'état qu'on faisait de lui, sa femme semble bien sur le point de se départir d'une conduite qui lui paraissait sans doute plus utile qu'agréable, car elle paraît fort disposée à essayer d'une autre qui ne ressemblera guère à la première, mais qui lui sera plus facile et plus naturelle. C'est ainsi que j'ai vu, en un jour, l'éloignement qu'elle me marquait se retourner en une bienveillance dont il m'était impossible de ne point m'apercevoir.

Quoique j'éprouvasse à cela beaucoup de contentement, je crus de mon honneur de me montrer piqué du peu de cas qu'elle avait fait de moi trop longtemps et de paraître insensible à celui qu'elle en semblait faire tout d'un coup. J'employai à ce manège toute la suite et toute l'attention dont je suis capable et j'en attendis l'effet. Il ne tarda point. M<sup>me</sup> de Langarderie ne manquait aucune occasion de rechercher ma compagnie, d'autant que je m'attachais à avoir l'air, le plus naturellement du monde, de ne me soucier de la sienne que dans la mesure où la politesse m'obligeait à ne la point éviter. Je m'arrangeai en même temps pour faire de fréquentes absences et pour ne lui pas laisser ignorer que j'en passais le meilleur à Paris, à l'hôtel de Manissart. Au retour, j'affectais de ne point tarir en éloges sur les petites perfections de M<sup>lle</sup> Victoire ; j'en rapportais mille traits plaisants dont je n'avais, à vrai dire, que l'embarras du choix, et dont M<sup>me</sup> de Langarderie écoutait le récit avec un déplaisir qu'elle ne prenait pas le soin de cacher.

Je la menai si bien qu'elle finit par me demander si je n'étais pas amoureux de cette fillette, ce qu'elle fit avec une raillerie forcée et sur laquelle je ne m'abusai point. J'évitai de lui répondre. Elle revint à la charge. Je redoublai les louanges que je faisais de la fille de M<sup>me</sup> la maréchale et je m'applaudis de l'humeur que M<sup>me</sup> de Langarderie manifestait à cet éloge. A la fin, elle n'y tint plus et me brusqua si bien que je feignis de me sentir au pied du mur. Ce fut alors que je lui avouai le plus sérieusement du monde, qu'il y avait du vrai dans ce qu'elle me reprochait, quoique ce ne fût pas ce qu'elle pensait ; que M<sup>lle</sup> de Manissart n'était pas d'âge à ce qu'on eût pour elle un sentiment passionné et que c'était là justement ce qui me plaisait en elle ; que sa jeunesse mettait le cœur à l'abri, et qu'il y a justement dans ces enfantillages un repos délicieux, une sorte d'amourette et de menu jeu qui délasse, amuse et occupe. J'ajoutai que j'avais éprouvé depuis peu les dangers et les chagrins qu'il y a à s'engager en des affaires où l'on échoue, tandis qu'en celles dont elle parlait il n'y a rien à craindre de semblable, puisqu'elles n'ont pas de but autre que de se divertir l'esprit ; qu'enfin j'avais pris le parti de jouer, pour ainsi dire, à la poupée et que je m'en trouvais le mieux du monde.

M<sup>me</sup> de Langarderie ne vit là que le subterfuge par quoi quelqu'un veut dérober son sentiment véritable. Elle s'en servit pour me montrer le sien. J'y fis la sourde oreille jusqu'à ce qu'elle en vînt à me demander de laisser là cette petite. Je profitai de l'occasion pour lui dire alors qu'il y avait dans tout cela beaucoup plus de sa faute qu'elle ne pensait ; qu'elle avait pris son plaisir à me désespérer et qu'il n'y avait rien d'étonnant à ce que je prisse le mien où je pouvais. Je lui représentai ses rigueurs comme la cause de ces distractions et lui prouvai qu'il ne tenait qu'à elle de m'y rendre indifférent. Enfin je lui dis les choses les plus nettes et les plus fortes que je lui eusse encore dites, et je la quittai rêveuse et troublée et fort incertaine si j'avais dit vrai ou non, tellement que je ne doute pas que cette incertitude et cette rivalité ne lui soient insupportables et qu'elle ne fasse tout ce qu'il faut pour sortir de l'une et mettre fin à l'autre.

Langarderie est encore à l'armée et ne reviendra qu'au commencement de l'hiver. Le Roi lui donne le gouvernement de Dortmüde.

*19 septembre 1677.* — M. le maréchal de Manissart est revenu de l'armée. Il y a une queue de carrosses à sa porte.

* *23 novembre 1677.* — Je commence à être fort lassé de cette M<sup>me</sup> de Langarderie, et il est grand temps que son mari revienne. Heureusement, on annonce son retour pour bientôt. Ce n'est pas que sa femme ne soit belle et toujours parée avec le meilleur goût, mais un visage agréable ne doit que s'ajouter au plaisir d'un corps qui lui réponde, et le sien ne vaut pas sa figure. Il est assez robuste et point mal fait, quoique la structure en vaille mieux que la matière. Les os n'y supportent pas assez de chair pour en adoucir les contours, et la peau qui les couvre n'est point du poli qu'il faudrait. Ce qu'on voit d'elle trompe sur le reste, car elle a les mains fines et la gorge assez bien placée. Mais je ne doute pas que, telle qu'elle est, elle ne fasse l'affaire de plus d'un autre.

J'en éprouverai moins de chagrin que de soulagement. Il m'a fallu lui enseigner point par point la conduite que doit tenir une personne qui veut que son plaisir ne nuise pas trop à sa considération dans le monde. Elle est d'une imprudence qui fait trembler. C'est pourquoi j'aime mieux me défaire d'elle avant le retour de Langarderie, qui a chance de devenir l'homme le mieux apparenté de la cour, car sa femme lui procurera des alliances bien diverses par leur nombre et leur qualité. Je ne la quitterai pas sans lui en avoir indiqué quelques-unes. Je mets au nombre Brivois, qui n'a eu que le tort de s'attaquer à elle dans un temps où elle en était encore à des principes où heureusement elle n'est plus aujourd'hui.

8 *avril* 1678. — Je suis allé trois fois à l'hôtel de Manissart sans y pouvoir entretenir M<sup>lle</sup> Victoire que j'avais fort négligée durant M<sup>me</sup> de Langarderie. Je me sentais tout disposé à entendre d'elle les merveilles de M. le chevalier de Froulaine, et porté à parler des Barbaresques et des galères. Je ne trouvai les trois fois que la vieille M<sup>lle</sup> de Manissart dans son galetas. Elle me montra plusieurs herbes nouvelles dont, comme elle, les fleurs furent peut-être brillantes et parfumées.

Je finis enfin par rencontrer M<sup>lle</sup> Victoire. Elle me parut plus charmante que jamais. Son visage a pris plus d'expression et sa taille a gagné sans cesser de rester singulière, ce qui est piquant au dernier point. Je me demandais si je n'allais pas devenir amoureux d'elle tout de bon. Je risquai la liberté de le lui dire en les termes les plus respectueux. Voilà tout à coup une petite personne redressée et sérieuse qui me tire une belle révérence et me dit avec une gravité inattendue qu'elle est bien honorée de mes sentiments, mais que son cœur est engagé, le tout accompagné d'un regard dont la malice était pour moi et la tendresse pour un autre que je ne connais point. Ajoutez que cet aveu me venait d'une fillette dont la petite taille semblait augmenter la jeunesse et qui tenait sur le poing son perroquet, la cerise au bec, tandis qu'auprès d'elle grimaçait, assis sur son derrière et se grattant l'aisselle, un singe dont le museau laissait voir un rire de dents blanches et inégales.

17 *avril* 1678. — M<sup>me</sup> la maréchale de Manissart m'a fait aujourd'hui ses plaintes du caractère de sa fille, qui ne fait, de jour en jour, que croître en difficultés et en épines. Il n'est point d'occasion où l'on ne s'y pique cruellement. Elle reçoit avec colère les moindres remontrances, si bien que

M<sup>me</sup> la maréchale en arriva à me demander de vouloir lui en transmettre quelques-unes dans l'espoir qu'elles seraient mieux reçues de ma part que de la sienne, M<sup>lle</sup> Victoire m'ayant témoigné une confiance visible. Je dus détromper M<sup>me</sup> la maréchale. Je le fis avec quelque amertume, mais il fallut bien déclarer que mon crédit auprès de sa fille était fort diminué et qu'elle ne prenait guère garde à moi, n'ayant plus d'yeux ni d'oreilles que pour M. de Pocancy.

Au nom de M. de Pocancy, M<sup>me</sup> la maréchale soupira profondément. J'avais trouvé en elle un point sensible. Elle m'avoua qu'en effet elle avait bien observé quelque chose de ce que je lui disais, et qu'elle en était fort chagrine ; que son mari s'était entiché de ce M. de Pocancy jusqu'à l'avoir ramené avec lui de Dortmüde et à le garder ici, où la vieille M<sup>lle</sup> de Manissart le soutenait fort et ne voyait que par lui. Elle ajoutait qu'il faudrait bien que tout cela eût une fin et que M. de Pocancy retournât dans sa province ; que, quant à elle, elle ne le souffrirait pas plus longtemps à ne rien faire qu'à obéir aux caprices de M<sup>lle</sup> Victoire et qu'il était honteux qu'une fille regardât un homme comme la sienne regardait ce Pocancy.

La mauvaise humeur de M<sup>me</sup> la maréchale la poussa ensuite à se railler de M. de Pocancy. La vérité est qu'il n'y a rien trop à dire de lui, sinon qu'il a bonne tournure et bon visage avec plus de sens que d'esprit. Il est de belle taille et d'heureuses proportions. On dit qu'il a du bien, et il sait le dépenser en vêtements fort appropriés à sa personne et qui font merveille aux yeux de M<sup>lle</sup> Victoire.

18 *mai* 1678. — Le mariage de la petite Manissart et de M. de Pocancy est chose décidée. Les accordailles ont été faites hier, malgré l'opposition de M<sup>me</sup> la maréchale, qui en a pensé mourir de rage. C'est la première fois qu'elle subit un pareil échec à ses volontés. Il est dû à M<sup>lle</sup> Victoire elle-même qui a su tenir tête à toutes les remontrances et à toutes les menaces, dont celle du couvent. Pendant ce débat, M. le maréchal s'est mis au lit, comme en toutes les occasions difficiles, et il n'en a entendu le bruit qu'à travers la porte.

3 *juillet* 1678. — Le Roi a signé au contrat de M<sup>lle</sup> de Manissart et de M. le

comte de Pocancy. Ils sont allés hier à l'église. Les présents sont fort beaux, et le principal consiste en perles admirables. Malgré la saison, M. le maréchal n'a voulu paraître qu'en fourrures et en manchon. Sa peur de s'exposer à quelque maladie le tient plus que jamais. Son carrosse est plein de boules et de réchauds,

cour, mais jamais il ne fit rien pour sortir de l'obscurité de quelqu'un qui est sans charges et sans attaches, car, par une conduite assez peu commune, mais qu'il soutint jusqu'au bout, il ne voulut qu'être rien : il le fut donc toute sa vie, comme c'était son gré. Il avait à Paris une belle maison, je ne sais plus où, et il y vivait agréablement, car elle était très bien ornée et remplie de meubles de toutes sortes, quelques-uns rares et précieux. Là dedans, il se montrait homme de bon ton, non sans quelque bizarrerie, si c'en est une de passer son temps à ne rien faire d'autres que l'amour.

Il le fit, toute sa vie, avec un très grand nombre de femmes, sans se fixer à aucune, même à la sienne, qui mourut jeune. Il avait du goût pour toutes les autres et le contenta amplement. Comme c'était la mode des surnoms, on le connaissait sous celui du bel Anaxidomène. La preuve qu'il fut honnête homme est la facilité qu'il trouva auprès des dames à le prendre comme témoin de ce qu'elles ont de plus cher et de plus secret, à savoir comment elles sont faites aux endroits les plus intimes de leur corps. Tout cela lui composa un tissu d'aventures, tantôt délicates et tantôt vulgaires, car il ne réglait son choix que d'après la convenance des visages et sans souci que ce qui lui plaisait en eux appartînt à une femme de naissance ou à quelque bourgeoise.

Une fois veuf de la femme dont il eut le Pocancy d'aujourd'hui, il se remaria, quinze ans après, obscurément. Il se retira aux champs et y vivait encore il y a peu. Il est mort par accident. Son fils est riche. Le voilà maintenant, par son mariage, en passe de quelque chose, si sa femme y veut aider. Elle a seize ans, et lui près de trente.

CE QU'ON VOIT D'ELLE TROMPE SUR LE RESTE.

de telle sorte que les mariés en sont descendus tout en sueur.

*5 juillet* 1678. — Voici au juste ce qu'est ce Pocancy. Il est de bonne souche et petit-fils du Pocancy qui fut capitaine des fauconneries du feu roi Louis XIII. Son père aurait pu aisément par là se pousser à la

* *6 septembre* 1678. — Le Roi, qui est fort magnifique en toutes choses, veut que

pas un coin de ses jardins ne soit sans surprises et sans curiosités de quelque sorte. Ainsi fait-il travailler constamment à les embellir, de façon à les rendre ce qu'il y a au monde de plus achevé en ce genre. On s'occupe en ce moment d'une colonnade ornée de vasques, de fontaines et de statues. M. Le Leur en a fourni les plans et les dessins, et M. Dancine s'est chargé d'y amener et d'y disposer les eaux. L'ouvrage est assez avancé pour s'apercevoir qu'il sera fort agréable et certainement au goût de Sa Majesté.

L'autre jour, je me rendis à l'emplacement pour juger de ce qui a été fait. Après avoir reconnu qu'on ne pouvait mieux faire et que tout y était à souhait, je me retirais par une allée écartée, lorsque je fus fort étonné de rencontrer, assise sur un banc de pierre, Mme de Langarderie. Le lieu était solitaire et j'en pris l'idée que Mme de Langarderie y attendait quelqu'un. Comme je me détournais pour ne point la troubler, elle m'appela par mon nom, et, après quelques cérémonies de ma part, me fit mettre auprès d'elle. L'endroit était plaisant et personne n'avait chance d'y passer. Il y avait là, dans une encoignure de treillage, une petite fontaine, et on entendait le râteau des jardiniers et les scies des tailleurs de pierre.

Mme de Langarderie ne me cacha point qu'elle avait un rendez-vous avec M. le prince de Balmont, mais qu'il était fort peu probable qu'il y vînt, l'heure étant passée où il aurait dû être là. « Comment, Madame, lui dis-je, vous en êtes à ce crasseux Balmont ? Son beau-père même, M. de Vorailles, n'en parle qu'avec mépris. Il est gros et rustre et sa figure peinte n'a point bon air. De plus il empeste des parfums dont il s'imprègne. Quoi ! vous le préférez à tant d'autres dont je m'étais permis de vous recommander le choix et dont vous n'auriez eu qu'à vous louer ! »

Mme de Langarderie se mit à rire : « Mais, Monsieur, me répondit elle, qui vous dit que j'aie, autant que vous le pensez, négligé vos avis ? Faites-moi l'honneur de croire, bien au contraire, que je m'y suis conformée tant que j'ai pu ; mais il vint un moment où il eût fallu vous importuner de nouveau et je dus me résoudre à aller au hasard dans une voie où vous n'étiez plus pour me guider. »

Je fus surpris, car il me souvenait parfaitement d'avoir indiqué à Mme de Langarderie, outre Brivois, une douzaine d'autres affaires, et je lui témoignai quelque étonnement qu'elle les eût si rapidement terminées. Elle ne se cacha point qu'il en fût ainsi : « Ah ! Monsieur, me dit elle, il y a là un peu de votre faute, mais je ne vous le reproche point, quoique vous ayez eu le tort de m'avoir rendue difficile. C'est en vain que j'ai cherché à vous remplacer, et c'est ce désir et cette obstination qui m'ont conduite au point où vous me voyez, et voilà pourquoi, Monsieur, j'en suis aujourd'hui à M. le prince de Balmont. Il est rustre et laid, j'en conviens, mais il vous ressemble si peu que j'en oublie plus aisément la différence qu'il y a de vous à lui. »

Et Mme de Langarderie soupira doucement en regardant l'eau couler dans la vasque de la fontaine. Ce soupir gonfla légèrement sa gorge. J'ai dit qu'elle l'avait belle et je n'y restai pas insensible, non plus qu'à l'attrait de son visage. Le regret du plaisir l'animait singulièrement et je sentis s'en ranimer, en moi, le souvenir voluptueux, d'autant mieux qu'un homme, si peu vain qu'il soit, ne laisse pas de l'être sur le point où nous sommes. Ce sentiment aurait pu m'amener au plus fâcheux égarement si je n'avais senti aussitôt le ridicule de s'y laisser aller. Mme de Langarderie n'était peut-être point dans les mêmes idées que moi : elle me regardait tendrement. Le banc où nous étions nous rapprochait l'un de l'autre, comme si le hasard eût voulu nous tendre un piège. J'en eus raison assez vite et je montrai par mes façons, à Mme de Langarderie, que, si l'attrait du passé était assez fort pour m'émouvoir, je n'étais pas dans l'intention de lui céder plus qu'il ne faut pour en être délicatement ému.

Nous restâmes ainsi un bon moment en rêverie, puis je me levai. De l'avis même de Mme de Langarderie, cette heure eût été une des plus agréables et des plus voluptueuses que nous eussions jamais eues ensemble, si ces maudits tailleurs de pierre qui travaillaient à la colonnade nous avaient ménagé leurs marteaux et ne nous avaient point déchiré les oreilles du grincement de leurs scies.

3 *janvier* 1679. — J'ai rencontré hier M. le comte de Pocancy. Lui et sa femme ne paraîtront à la Cour que dans les premiers jours du mois prochain. J'ai hâte de voir comment s'y comportera une personne à qui sa langue créera des embarras dangereux et continuels et dont le caractère n'est fait pour s'accommoder d'aucune contrainte. Le spectacle ne peut manquer d'être piquant. Pocancy n'a point l'air de s'en préoccuper

et semble le plus heureux des hommes. Cette petite doit être, en effet, fort propre à l'amour et ils s'en tiennent là pour l'instant.

* PORTRAIT DE MADAME LA COMTESSE DE POCANCY, SOUS LE NOM DE SOPHRYSE
— 1680 —

Connaissez-vous Sophryse, ou plutôt la reconnaissez-vous? Elle est la fille du satrape Manaxyde (1), l'un des lieutenants du Grand Roi, et je vous ai entendu dire que vous saviez la cour d'Alexandre. Sophryse en est une des beautés les plus intéressantes. Tenez, la voilà justement qui s'avance le long de cette allée d'eau. Elle est plus près de nous que vous ne pensez, car sa petitesse la recule à vos yeux.

Sophryse, en effet, n'est point grande et son agrément lui vient plus de son visage que de sa taille. Si le premier n'a point besoin d'artifice, la seconde veut qu'on mette ordre à ce qu'il y aurait en elle à reprendre. La nature n'a point doué Sophryse de ces charmes imposants qui font celui de Xanidée (2). Elle n'a point cette fureur d'être remarquée qui dégoûte un peu en Belarminde (3). Elle est elle-même. Sa figure est gracieuse et spirituelle. Venez l'admirer de plus près. Elle nous a vus.

Approchons-nous. Mais que semblez-vous donc craindre? Quoi donc? que me dites-vous? que vous redoutez sa raillerie? que vous appréhendez une de ces brusques saillies qui déconcertent un homme et le laissent sur le carreau? Vous me parlez de regards moqueurs et de mordants propos. Vous en croyez Sophryse capable, et vous ne vous sentez point en humeur de les subir ni d'y répondre. Sophryse est donc si dangereuse? Que trouvez-vous donc de si effrayant à une jeune princesse qui veut plaire à chacun et qui sait que la décence la plus mesurée et l'accueil le plus affable sont les meilleurs moyens d'y parvenir? Pensez-vous que Sophryse ignore rien de cela? Certes, elle a infiniment d'esprit, mais elle n'en montre que ce qu'il faut, et aurait garde d'en faire voir plus qu'il faudrait. Elle a même celui de ne se point fâcher qu'on en veuille avoir à ses dépens. Elle est fort raisonnable et raisonne si bien que l'honnête Ménidacte (4), son mari, n'a rien à craindre. Sa tiare n'aura à couvrir aucune

de ces infirmités si communes aux maris macédoniens. Venez donc. Elle nous a vus, vous dis-je, et il serait indécent de rester plus longtemps à feindre de ne la point voir. Je vous promets de ne lui rien répéter de vos propos. Elle ne saura pas que vous prétendiez avoir connu une autre Sophryse, fort différente de celle-là, au temps où elle habitait, dans l'île de Phénilonte (1), le palais de son père, le satrape Manaxyde. Ces deux Sophryses n'ont entre elles rien de commun. Quelque fée ou quelque génie a dû passer par là.

« Eh quoi! me dites-vous, cette sage et raisonnable princesse aurait été cette Sophryse d'autrefois, turbulente et colère, qui remplissait l'air de ses querelles, vive à faire fuir et précoce jusqu'à donner des marques certaines de ces dispositions qui font l'espoir des galants et le chagrin des maris? Où sont, ô Sophryse, les petits jeux où vous vous prêtiez? Quel démon bienfaisant a modéré vos gestes et mesuré vos paroles? Qui donc a radouci votre langue et mis un terme à ces naïvetés redoutables auxquelles votre figure ajoutait par sa malice innocente? Quel changement singulier! Vous souvenez-vous encore du jour où, quand j'entrai au palais de Manaxyde qui revenait de vaincre les Scythes, je trouvai tout en émoi à cause de vous. Vous pleuriez sur un fauteuil du soufflet que vous avait valu, d'une main respectable et chère, votre impertinence à désobéir. Tandis que maintenant on vous trouve dans la demeure de votre mari Ménidacte, à lire quelque bon auteur qui traite du devoir des femmes et à qui, s'il vous avait connue, vous auriez pu servir de modèle, Sophryse, sage Sophryse! »

* 15 mai 1681. — Je savais que l'amour fait des miracles, mais j'ignorais que le mariage en fît aussi. Celui de M$^{lle}$ de Manissart changée en M$^{me}$ de Pocancy est incroyable. Rien de plus différent de ce qu'elle était que ce qu'elle est devenue. Un autre miracle non moins singulier est l'aveuglement de Langarderie aux désordres de sa femme; ils sont extrêmes (2).

---

(1) M. le maréchal de Manissart.
(2) M$^{me}$ de Brivois.
(3) M$^{me}$ de Langarderie.
(4) M. de Pocancy.

(1) L'île Saint-Louis, à Paris.
(2) Les désordres de M$^{me}$ de Langarderie tiennent une grande place dans les *Mémoires* de M. de Collarceaux. Il en fait un compte exact et détaillé. M. de Nolhac leur a donné en ses extraits la place qu'il fallait. Je n'aurai pas le tort de faire davantage. M$^{me}$ de Langarderie cesse, à partir de ce moment, d'appartenir à notre histoire : je ne la suivrai pas aujourd'hui dans la sienne, quitte, un jour, à y revenir ailleurs et en son lieu...

*7 juin* 1683. — Le Roi fait maintenant de Versailles son séjour principal et presque continuel. On travaille à rendre encore ce magnifique palais plus parfaitement digne de sa gloire. Les travaux sont poussés de façon à être achevés bientôt. De cette manière, le Roi aura pour lui, pour sa cour et pour son service, le plus grand logement qui soit au monde. L'ordre et la beauté de tout cela sont admirables. Le besoin d'être à la portée de Sa Majesté et de ses ministres détermine chacun à se bâtir quelque chose ici. Il ne se passe pas de mois qu'on ne voie s'élever quelque nouvel hôtel. Celui de M. le prince de Balmont est presque terminé et fort commode. Celui de M. le maréchal de Manissart sera fini bientôt. Le pauvre homme cherche ainsi à se rapprocher du Roi. Le carrosse pour y venir de Paris le secouait trop rudement : il s'imaginait à chaque pas être sur le point de rendre l'âme. Cet effort à faire sa cour mériterait un meilleur traitement. Depuis qu'il ne sert plus, ce qui lui reste de faveur n'est qu'une apparence due à sa charge. Sans elle, il ne serait rien. Son gendre et sa fille partagent son effacement. Tout cela masqué par une considération qui n'a que le fard, mais peu de fond.

Pocancy semble en avoir quelque chagrin. Il n'y a personne plus que lui désireux de plaire au Roi et qui brûle davantage d'en être distingué. Il ferait tout pour en obtenir quelque marque d'être bien vu, et on s'étonne qu'il n'y parvienne pas comme tant d'autres qui ne le valent point. Sa femme le seconde admirablement. Elle surprend tous ceux qui l'ont connue par une assiduité exemplaire, une humeur qui ne se dément jamais d'être bonne. Jamais aucune raillerie d'aucune sorte, ni propos qui puisse indisposer qui que ce soit. Elle y a du mérite, car la nature l'a faite tout autre qu'elle ne se montre. Elle a sacrifié à son mari les pointes de son caractère et de sa langue. La contrainte qu'elle s'impose est si grande qu'elle en paraît à son visage. C'est là seulement que l'on peut voir quelque chose du dépit où elle est que tant de soins et un si pénible effort n'aient pas le fruit qu'il faudrait.

Quant à lui, Pocancy, il est la politesse et la mesure mêmes et s'applique en tout et envers chacun à être agréable, tellement qu'on lui en sait peu de gré et que, pour un peu, on lui en voudrait presque. Il n'y a point à aller jusque-là. Enfin les voici au plus près. L'hôtel est beau ; ils y doivent vivre tous ensemble.

*30 septembre* 1683. — Le Roi, comme je l'ai dit déjà souvent, a des préventions singulières et des éloignements inexplicables desquels rien au monde ne le peut faire revenir, et il est certain qu'il éprouve quelque chose de ce sentiment envers M. et Mme de Pocancy. Je n'en veux pour preuve que ce qui eut lieu l'autre jour.

Le Roi, donc, à la promenade, s'est plaint tout haut de l'importunité de ceux qui l'y accompagnent, croyant par là faire leur cour. La vérité est qu'on fait grand bruit surtout de lui. Sa Majesté s'est montrée fort mécontente, et, pour son malheur, Pocancy, qui se trouvait assez près d'elle, eut à soutenir son regard pendant ce discours. Le Roi, durant toute sa plainte, ne cessa de le regarder, de sorte que le pauvre homme ne savait où se mettre et aurait voulu rentrer en terre, et le pis est que, lorsqu'on se remit en marche, il ne savait s'il devait suivre ou se retirer.

L'injustice de ce traitement saute aux yeux, car il est certain que Pocancy est incapable d'aucun désordre de conduite ou de voix. Au contraire, nul n'est plus que lui réservé de ton et de manières et d'une décence véritable, avec toutes les craintes du monde de ne pas rester à son rang et le scrupule de rien usurper sur celui d'autrui.

La même disposition du Roi envers eux s'est montrée récemment encore à propos de la petite contestation qu'a eue Mme de Pocancy avec Mme de Brivois. L'affaire était sans importance par elle-même et se fût réglée sans suites entre autres gens. Mais il arriva que le Roi l'a sue. Il se mit fort en colère et dit tout haut qu'il entendait bien que cela eût la fin la plus courte et qu'il y donnerait ordre : aussi imposa-t-il à la pauvre Pocancy les réparations les plus dures et jusqu'à des excuses pour ce qui ne valait véritablement qu'un mot de regret et de politesse. Il fallut bien en passer par où le Roi voulait. La petite se résigna en apparence. Elle avait la voix si étranglée qu'on crut au moment que les paroles ne lui pourraient sortir de la bouche, car, malgré la surface, elle est plus fière que personne. Enfin, elle parvint au fond du calice dont l'amertume se fit voir à découvert sur ses traits.

Elle rentra chez elle à bout de s'être contenue. Là, elle tomba en proie à un débordement de fureur, car sa nature est d'être prompte et irascible et elle ne put surmonter plus longtemps le dépit qui

IL N'Y EUT POINT D'ATROCITÉS QU'ILS NE COMMISSENT ET QU'IL N'ORDONNAT.

l'étouffait. Elle cria et pleura deux heures, à épouvanter ceux qui la virent, brisa pour plus de mille écus de porcelaines et de verreries qui se trouvèrent à sa portée et manqua d'assommer son perroquet, qu'elle aime beaucoup, parce que la pauvre bête ricanait à sa vue. Il faut en être à un grand dérèglement d'esprit pour s'en prendre à un oiseau sans raison. Elle se remet à peine de ce tumulte et garde encore le lit.

*6 juin 1685*. — Le Roi va partir pour Fontainebleau à cause du mauvais air qui règne ici. La maladie y a commencé ses ravages. M. le prince de Balmont a été atteint de ce mal singulier hier au milieu du jour. On craint aujourd'hui que M. le maréchal de Manissart ne l'ait.

*7 juin 1685.* — Il l'a.

*11 juin 1685* — M. le maréchal de Manissart est mort ce matin, au petit jour. Dès le commencement du mal il n'eut guère de doutes sur sa gravité et profita d'avoir encore toute sa tête pour mettre ordre à ses affaires. Puis il reçut le viatique avec beaucoup de dévotion. Ensuite il fit venir sa fille et son gendre, et malgré leurs protestations, prit congé d'eux et leur donna le sien, ne les voulant souffrir auprès de lui, ni qu'on appelât aucun médecin, lui qui avait toujours vécu au milieu d'eux, même en santé ou pour la moindre alerte. Il trouva encore la force de dire plaisamment qu'il leur avait trop souvent donné tort pour vouloir à cette heure leur donner raison, qu'il avait fait assez pour eux de son vivant pour qu'ils le laissassent mourir en paix ou se guérir tout seul. Là-dessus, il leur fit fermer sa porte résolument.

Une pareille singularité a de quoi surprendre d'un homme du caractère de M. le maréchal, qui s'effrayait de la plus petite incommodité et s'entourait de soins de toutes sortes ; on s'en étonnerait bien davantage s'il n'eût dit pourquoi, au moment où l'on était encore autour de son lit. Il déclara que ce qu'il avait redouté de tout temps dans la maladie n'était pas son issue, mais les chemins qui y mènent et les carrefours où elle s'arrête ; que, cette fois-ci, elle semblait bien décidée à aller droit au but et par le plus court, et qu'il en voulait profiter.

Il ajouta que, d'ailleurs, la mort ne lui faisait pas peur, surtout en un bon lit où il aurait pour mourir toutes ses aises, tandis que tant de fois il avait risqué de finir au revers d'une contrescarpe ou sur la paillasse d'une civière, à l'écart et en plein champ. Pour terminer, il conclut qu'en tout cas cette épreuve méritait considération et qu'il était fort bon qu'elle eût lieu ; que, par là, s'il en réchappait, il saurait au moins qu'il pouvait avoir encore foi aux forces de son corps, sinon, qu'il serait débarrassé en un coup des infirmités qui n'eussent point tardé à l'assaillir.

Puis il mit le nez sous le drap et cessa de parler. Sa sœur, la vieille demoiselle de Manissart, demeura auprès de lui.

Quant à sa femme, dès les premiers symptômes du mal, elle s'est enfuie à Paris d'une traite. Il a fallu qu'on attelât immédiatement pour l'emmener et, le temps que cela dura, on ne put la faire tenir à la maison, où elle craignait de respirer un air corrompu ; elle sortit au jardin, sous le plus gros soleil, suant de peur au point que, les jupes levées, elle arrosa par trois fois le buis des bordures, sans cesser de demander ses chevaux comme si le moindre retard eût dû lui être fatal. Une fois à Paris, elle passa la nuit, toute nue, à se faire frotter d'onguents, et, comme les servantes n'y suffisaient pas, elle se faisait bouchonner à tour de bras par un grand laquais à qui l'on avait mis, par une précaution bien inutile, un bandeau sur les yeux.

Pendant ce temps, M. le maréchal oscillait du mieux au pire. Le Roi lui envoya son premier médecin, qu'il refusa, avec toutes sortes de respects, de recevoir. Beaucoup d'autres de ces messieurs de la Faculté, à qui il avait eu affaire, crurent de leur devoir de venir le visiter. C'était un beau spectacle de les voir descendre, dans la cour, du carrosse ou de la chaise qui les avait amenés, monter l'escalier et parlementer par le trou de la serrure pour pénétrer dans la chambre. La porte ne s'ouvrit à personne. Les uns s'en allaient furieux, les autres en haussant l'épaule. Il en vint de toutes sortes, des vieux et des jeunes, des partisans de l'antimoine et des tenants de l'émétique, et même des charlatans et des empiriques, car M. le maréchal ne les détestait point. Mais Esculape lui-même, à cette heure, n'eût pas trouvé grâce devant lui.

Le 9, M. le maréchal fut au plus bas ; le lendemain, il se trouva mieux et on reprit quelque espoir ; le répit fut de peu de durée et il est mort ce matin fort doucement et sans avoir rien dit, mais, paraît-il, de l'air satisfait et entêté de quelqu'un qui a fait

SA MAJESTÉ S'EST MONTRÉE FORT MÉCONTENTE.

ce qu'il voulait, une fois au moins dans sa vie, ce que le caractère de M^me la maréchale lui rendait assez rare.

Elle a appris son malheur avec beaucoup de fermeté. M^lle de Manissart est inconsolable. Elle aimait extrêmement son frère.

Le Roi, tout en rendant justice aux mérites de M. le maréchal, a blâmé sa mort. Il n'aime point, quand on a eu l'honneur d'être distingué de lui par une grande charge comme le fut M. de Manissart, qu'on se singularise par des actes qui prouvent que les dignités dont on la peut orner ne changent rien au fond même de notre nature qui n'en reste pas moins, en bien des parties, sujette au ridicule et à montrer que les plus grands aussi bien que les moindres d'entre les hommes sont d'une même substance, qui n'est point sans défauts. Sa Majesté, en un mot, voit sans plaisir qu'on s'écarte des usages reçus, fût-ce pour mourir, et qu'on veuille faire l'indépendant et le frondeur.

3 *août* 1685. — La mort de M. le maréchal de Manissart, que je pensais devoir être dangereuse aux Pocancy, leur sert, contre toute attente. Il y avait à craindre qu'ils ne se soutinssent ici que par le fait de feu M. le maréchal et qu'après lui ils ne fussent pas en état de s'en passer. Il n'en est rien. Le Roi leur a parlé assez obligeamment et fait dire qu'il entendait continuer de les voir auprès de lui. Je crois, pour dire vrai, que cette marque de bonté vient surtout de ce que le Roi n'est que d'habitudes et de visages et que ceux même qui ne lui plaisent guère lui manqueraient de n'être pas là.

Il faut ajouter à cela qu'on est fort content ici de la conduite de M. le chevalier de Froulaine. On vient d'avoir la nouvelle que ce jeune gentilhomme a fait merveille dans un combat donné par les galères contre les Barbaresques. La sienne et lui s'y comportèrent particulièrement. Elle aborda un vaisseau ennemi, il y sauta le premier et tua de sa main le capitaine. Cette belle prise lui vaut beaucoup de gloire.

11 *décembre* 1685. — Le Roi s'est mis en tête, cette année, qu'on ait des enfants et ces dames se sont mises en devoir de lui plaire. Il n'est question partout que de grossesses. M^me la princesse de Balmont s'est pourvue. L'autre jour, le Roi a demandé fort brusquement à M^me de Brivois pourquoi elle privait son mari du fils qu'elle lui devait. Voilà une femme l'esprit perdu.

Depuis ce temps elle consulte. Elle ira aux eaux dès le printemps.

28 *mai* 1686. — M^me de Brivois, au retour des eaux, s'est décidée à voir Corvisot, le médecin. M. et M^me de Pocancy le lui ont beaucoup recommandé. Il les traite tous deux et ils s'en montrent très contents, quoique M^me de Pocancy n'ait encore aucune marque de pouvoir l'être. Je crains que son corps ne se prête mal à ce qu'on en attend, car il est faible et chétif. Il n'y aura pas les mêmes inconvénients avec M^me de Brivois, qui semble être formée à souhait. Du reste, M. Corvisot est là pour en juger. Ceci m'amène à dire quelque chose de ce personnage. Il appartient à une espèce assez curieuse et qui mérite un court crayon.

Il n'est point sans talents, mais il est suspect à la Faculté et mal vu de ses confrères. D'ailleurs, il ne s'intitule point médecin et se défend d'aucune médecine. Il se dit conseiller du corps et ne donne ses remèdes qu'en cachette. Il ne porte ni la robe ni le bonnet ; quoique laid, il se vêt avec richesse et montre des pierres fines à tous ses doigts où la crasse fait ressortir le feu des tailles. Avec cela, des breloques et des nœuds, un apparat à faire rire. Tel quel, il est écouté de plusieurs. Sans avoir de crédit ici, il ne laisse pas d'y paraître quelquefois, non qu'on l'emploie ouvertement, mais on recourt à lui en secret. Il entre à la dérobée, mais il ne sort point sans s'être ménagé de quoi revenir. Il est de ces gens qu'on rencontre sur l'escalier et qui s'enfoncent au mur pour vous laisser passer. J'en connais qui ont en lui une confiance extraordinaire qu'ils n'ont certes pu prendre sur sa mine, car elle est la plus triviale qui se puisse voir malgré le soin qu'il a de sa personne. Il sent d'une lieue les parfums dont il s'imprègne, mais il s'y mêle une certaine odeur pharmaceutique qui lève le cœur. Sa tabatière est une tête de mort en ivoire. Il y puise avec un de ses ongles qu'il a fort long et qu'il garde dans un étui d'or. La raison de sa vogue tient à n'employer dans son discours aucun jargon, pas un mot de latin ni de grec, et, au contraire, à parler de tout de la manière la plus intelligible, la plus brutale, la plus indécente et la plus crue, surtout aux femmes, qui raffolent de cette cynique liberté dans ses propos. Il questionne avec un détail si hardi et si indiscret qu'il a de quoi embarrasser. Il ne se contente pas de questionner et il examine avec une familiarité à en rougir. Je le sais de plus d'une qui lui a passé par les mains.

Avec cela, il est insolent et ordurier et se plaît à faire remarquer tout haut le désordre de ce qu'il a vu. Il ne cesse de répéter le dégoût que chacun devrait avoir de son propre corps. Il rabaisse la nature de l'homme par le tableau de ce qui s'y produit de répugnant et de malsain. Il semble prendre plaisir à ce que nous sommes et à notre misère en ses maux les plus intimes. C'est là-dessus que s'est fondée sa réputation. On y voit une sorte de sincérité que l'on trouve rare et qui corrige ce que ses façons auraient de désespérant, par des plaisanteries et des quolibets qui rassurent et qui amusent le patient aux dépens de ses propres infirmités. Il fait rire de ce qu'on souffre et en diminue ainsi l'épouvante. Ce bizarre mélange de franchise et de bouffonnerie lui réussit. D'ailleurs, il donne des remèdes qui, pour être biscornus, ne guérissent pas moins. Les gens de sa profession le détestent de l'exercer ainsi à leur barbe, sans jargon et sans cérémonies. Il n'écrit jamais d'ordonnances et tout se passe en paroles et en petits flacons qu'il vous fait parvenir sous la couverture d'un livre ou au fond d'un pâté. Il gagne gros et il est riche. Il possède une belle maison rue Dauphine, qu'on dit pleine d'alambics et de bocaux. Sa femme, car il est marié, est encore belle, fraîche et grasse, et semble l'enseigne même des recettes qu'il prétend connaître pour éclaircir le teint et augmenter les cheveux. On l'emploie beaucoup à cela et à d'autres cas plus secrets. Les Pocancy, lui du moins, le connaissent depuis longtemps.

1er *juin* 1686. — Mme de Brivois est revenue enchantée de Corvisot. Il l'a examinée et lui a prescrit certaines herbes. De plus, il lui a donné l'adresse d'une dame Lacour, dont il dit grand bien et qui est, paraît-il, admirable pour les enfants. Elle habite le Marais et sait des recettes uniques dans l'art de guérir. Elle joint à ces talents celui de l'horoscope et l'applique à prévoir les maux qui nous peuvent menacer et qu'elle détourne par des drogues appropriées.

3 *juin* 1686. - J'ai eu grand'peine à tirer de Mme de Brivois le récit de sa visite chez la dame Lacour. Le voici exactement, si singulier qu'il puisse paraître.

Elle alla, le 2, à Paris, sous prétexte de rendre ses devoirs à Mme la maréchale de Manissart. En entrant, elle congédia ses gens et, en sortant, se fit conduire en voiture de louage à l'endroit indiqué. Elle attendit pour cela la tombée de la nuit.

Une vieille servante lui vint ouvrir et la dévisagea avec soin, au feu d'une lanterne qu'elle tenait à la main. La maison avait assez pauvre apparence et Mme de Brivois pensait être introduite dans un taudis de devineresse. Aussi sa surprise fut-elle grande de se trouver dans une pièce fort bien meublée et qui ne sentait en rien l'antre de la sybille.

Elle en était à tout examiner quand on entra sans bruit. Mme Lacour était une personne d'environ quarante ans, de taille ordinaire et de visage encore agréable, avec je ne sais quoi de prudent et de cauteleux. Elle parlait d'une voix doucereuse, avec un petit accent italien. Au nom de Corvisot, elle sourit et pria Mme de Brivois de s'asseoir et de lui dire le motif de sa venue. Mme de Brivois, toute à ses espérances, alla droit au fait, exposa tout court sa requête et demanda les remèdes. La dame Lacour l'écouta, puis elle lui répondit que les remèdes étaient dangereux et souvent sans effet ; que M. Corvisot s'était bien avancé sur son compte ; qu'il était plus à même qu'elle de prescrire ce qu'il fallait ; qu'elle n'était qu'une bonne femme à la vieille mode et autres propos du même genre. Mais Mme de Brivois ne se laissait pas convaincre et elle insista étrangement, disant qu'elle ne partirait pas sans qu'on eût fait quelque chose pour elle. Son désir de ce que vous savez est si vif qu'elle mit à son discours un feu et une animation qui semblèrent ébranler la dame Lacour ; celle-ci finit par lui dire que, de remèdes, elle n'en connaissait qu'un à lui proposer, mais qu'elle craignait fort qu'il ne lui plût pas.

Mme de Brivois se récria. La dame Lacour hésitait toujours. Enfin elle se décida et dit à Mme de Brivois que, si elle la voulait assurer d'un secret inviolable, elle pourrait peut-être l'aider en ce qu'elle désirait avec tant d'ardeur.

C'est là que s'arrête le récit que me fit, à contre-cœur et sur mes instances, Mme de Brivois, et, si fort que ma curiosité l'y poussât, elle se refusa constamment à la satisfaire et à m'en dire plus long sur le fait de son escapade. En vain je lui fis remarquer très fortement le danger qu'il y a, en ces sortes de confidences, d'en rester à mi-chemin et de ne les point mener à bout. Celui

ILS ONT CAPTURÉ ET COULÉ PLUS DE VINGT NAVIRES.

à qui on les a faites ainsi à moitié est réduit à en imaginer la fin, et l'incertitude où on le laisse l'invite à supposer ce qui n'est pas. Malgré tout M^me de Brivois s'obstina à s'en tenir là et me supplia de ne point faire qu'elle regrettât de m'avoir parlé d'une manière sur quoi elle aurait mieux fait sans doute de se taire entièrement.

Cet entretien me laissa fort incertain sur ce qu'avait bien pu proposer la dame Lacour, quoiqu'il soit assez facile de penser qu'il s'agissait en cette circonstance de ces diableries et conjurations par lesquelles les femmes de l'espèce de la dame Lacour soumettent les malheureuses qui ont le tort d'avoir recours à leur ministère. D'autant mieux que Paris ne manque point de ces sorcières et faiseuses de philtres, qui ne se contentent pas de baumes et de magistères et qui joignent à leur métier celui de demander secours, pour mieux frapper les esprits, à des opérations de magie. C'est sans doute à quelque spectacle de ce genre qu'elle aura cru bon de faire assister la pauvre Brivois, qui, une fois sa crédulité passée, a eu honte de n'avoir su y résister, à quoi nous sommes tous sujets, quand il s'agit de notre intérêt ou de notre désir.

8 *juin* 1686. — J'ai retrouvé la maison de la dame Lacour où me l'a indiquée M^me de Brivois. Mais la dame Lacour y est inconnue.

13 *juin* 1686. — J'ai eu de M^me de Brivois la suite de sa visite à la dame Lacour. Les femmes ont grand'peine à garder un secret. Lors donc que M^me de Brivois eut promis le sien à la dame Lacour, celle-ci lui prit la main et, après lui avoir recommandé le silence, la mena le long d'un corridor obscur jusqu'à une sorte de guichet, devant lequel elle lui glissa à l'oreille : « Voici le remède, Madame » en l'aidant à se hisser sur un escabeau. Le guichet ouvrait sur une chambre bien éclairée. Une femme, le visage voilé, était couchée, sur un lit, toute nue sous l'étreinte d'un homme. C'était une sorte d'hercule, velu et vigoureux, dont on ne voyait que la nuque lisse, les reins puissants et les cuisses écartées. Il ne ménageait point sa peine et la femme ne cachait pas son plaisir, car l'un de ses bras laissait pendre hors du lit une main ouverte et pâmée.

M^me de Brivois fut tellement stupéfaite qu'elle demeura un instant immobile, puis, poussant un cri et l'escabeau renversé, elle s'échappa, parcourut le couloir, ouvrit la porte, descendit l'escalier et se trouva dans la rue.

L'aventure est étrange et je ne sais trop ce qu'il en faut penser. La dame Lacour fait-elle réellement le métier dont elle a donné un échantillon à M^me de Brivois ou tout cela n'est-il qu'une facétie due au grossier génie de Corvisot ? Mais le plus beau est que la pauvre Brivois ne fait que répéter que, comme il y allait, le gaillard a dû mener la chose à bien. Elle soupire en y pensant.

5 *mars* 1687. — Sa Majesté, ayant résolu de punir l'insolence des pirates barbaresques, a jugé bon d'envoyer contre eux une véritable flotte, afin de détruire leurs repaires et d'assurer en une fois la sécurité de la mer. Après deux mois qu'elle a pris le vent, il en arrive juste des nouvelles aujourd'hui. L'escadre commandée par M. le bailli de Corrobin se composait de quatre gros vaisseaux, *le Royal*, *le Sérieux*, *le Fort* et *le Subtil*, avec un accompagnement de galères. Ils ont capturé ou coulé plus de vingt navires et, à force de bombes, fait grand mal à la ville de Gippoli. Le Croissant reste fort humilié de ces exploits. L'escadre est rentrée à Toulon. On y a débarqué entre autres M. le chevalier de Froulaine, fort blessé sans qu'on sache encore comment.

18 *avril* 1687. — Personne n'a encore vu M. le chevalier de Froulaine et on ne sait trop s'il guérira. Il est chez M. de Corville, à Nismes-les-Bois. Il s'y refait au bon air, car il est extrêmement affaibli par tout le sang qu'il a perdu.

20 *avril* 1687. — Ce M. de Corville, dont je veux dire ici quelque chose, est d'assez bonne noblesse. Il a servi, et fort bien. Il eut une jambe brisée au siège de Dortmüde et en resta estropié. Il avait une compagnie au régiment de Manissart, mais, de tout temps, il préféra au métier de la guerre les choses de la nature. Voir naître et pousser les plantes, en observer la forme et la saison lui furent toujours d'un amusement infini. Il ne se sentait à l'aise que dans les jardins ou dans les champs, à respirer l'odeur qui en sort et dont il aimait le parfum rustique et potager. Il avait un esprit d'almanach et prédisait d'avance le temps qu'il ferait, avec une certitude remarquable. Il savait découvrir les sources aux mouvements de la baguette de coudrier

et, plus d'une fois, à la tête de sa compagnie, on le vit s'arrêter pour donner des conseils aux paysans sur la manière de lier une gerbe ou d'enter un arbre. Jugez de sa pitié quand il voyait les moissons renversées et les vergers détruits par le fléau de la guerre. Il conserva dans les camps ce goût champêtre qui avait été celui de sa jeunesse, et il gardait le langage de sa province et de son terroir.

Ayant quitté le service à la suite de la blessure qu'il reçut à Dortmüde, il vint prendre son repos à Nismes-les-Bois, qui est à six lieues de Versailles, en allant vers Maintenon. Il y a établi un potager, qui est le modèle de ce qu'on peut faire de mieux en ce genre, et y obtient les plus beaux fruits et les meilleurs légumes. Ils ont souvent l'honneur de la table du Roi. J'en ai goûté aussi à celle de M. le maréchal de Manissart, à qui M. de Corville en faisait présent chaque année, et, en particulier, des petits pois qu'il sait faire venir en primeurs et fort gros, quoique tendres, ainsi que les melons, qu'il mène à un point de saveur et de succulence admirables.

Il fait beau le voir à boiter parmi les rames et les couches. Il les surveille avec un soin extrême et il est impitoyable aux maraudeurs qui voudraient s'y hasarder, car il y a là de quoi tenter le passant en fruits de toutes sortes. Hors cela, M. de Corville aime fort à en faire les honneurs et à montrer la curiosité de son potager à quiconque le lui demande.

C'est un vaste terrain carré et bien à l'abri, divisé en parterres égaux. Les rigoles y sont faites, avec beaucoup de propreté, de tuiles vernies ; et, il y a au centre, un pavillon de verdure dont la treille porte du chasselas aussi bon qu'à Fontainebleau. Si notre jardinier est ménager de son fruit en tout ce qui assure sa conservation et sa beauté, il n'en est point avare et le distribue de bon cœur. Il en comble les Pocancy et leur a continué le respect qu'il avait pour M. le maréchal, ce qui, en ce temps, pourrait être un exemple à plus d'un ; il n'est de prévenances et de soins qu'il ne leur témoigne, et qui n'ont pour principe aucun intérêt car il n'a rien à demander. Il est à l'aise. Sa maison serait bien meublée si elle n'était encombrée de graines de toutes sortes ; les armoires sont pleines de petits sacs étiquetés. Il n'est pas rare de voir les appartements servir de fruitier. Les poires ou les pêches sont rangées sur le marbre des consoles. Il y a des lignes de melons sur les cheminées, et jusque sous le baldaquin des lits on trouve pendues des grappes de raisins, ce qui emplit les alcôves d'un bourdonnement d'abeilles et de guêpes. Joignez à cela des instruments de jardinage et des arrosoirs où vous heurtez dès le vestibule. C'est ce qui désole sa femme, car il est marié.

Elle est blondasse, petite et lente et fleuriste consommée. Elle est Flamande et veuve d'un bourgeois de Dortmüde. Corville lui rendit service lors du siège et elle le soigna de ses blessures. Il l'a épousée par amour. Elle parle un jargon flamand qui répond assez bien au patois beauceron de son mari. En tout, la femme la plus douce et la plus ordonnée qui puisse être, et savante, comme pas une, à la culture des tulipes tant en semis qu'en caïeux. Elle en élève de fort belles, d'agates, de cerclées, de panachées et de parangonnées. Elle en prend soin elle-même.

C'est ainsi qu'ils vivent, tous deux, dans la plus heureuse solitude. Ils discourent, sans fin, de boutures, de graines, de semences et d'oignons, et jouissent, en ce qui les entoure, de la beauté de la saison et de la pureté de l'air auxquelles tant d'autres ne font pas attention, car beaucoup passent leur vie sans avoir goûté l'agrément simple et naturel qu'il y a à ces choses qui sont un des plaisirs où l'homme est le plus propre et qu'il oublie si souvent de prendre.

*29 septembre* 1867. — Il n'est bruit ici que de l'aventure de M. le chevalier de Froulaine. La voici dans son entier et dans son détail. Elle prouve bien ce point si peu connu du caractère du Roi qui fait que, s'il trouve bon qu'on expose sa vie à son service, il ne souffre guère qu'on lui présente les marques que les grandes choses qu'il ordonne ne vont point sans dommage pour ceux qui y prennent part. Voici donc.

J'ai dit que M. le chevalier de Froulaine fut envoyé à Nismes-les-Bois pour se remettre de ses blessures. Rarement, hors de tuer, le canon fit un ravage pareil que sur le corps de M. de Froulaine, et c'est miracle qu'il survécut au boulet ramé qui lui brisa les deux jambes au ras des cuisses. En outre, étant au plus chaud du combat, il reçut encore plusieurs balles dont l'une lui laboura le visage. L'affaire terminée, on le ramassa pour mort sur l'espale de sa galère ; mais, voyant qu'il respirait encore, on le pansa, moins dans l'espoir de le guérir que pour n'avoir rien épargné à sauver une vie valeureuse. M. le bailli de Corrobin le fit transporter sur son vaisseau afin qu'il y fût plus à l'aise. Malgré cela la mer, qui fut grosse durant le retour, ne lui laissa guère de repos et il souffrit cruellement d'être ainsi ballotté, et plusieurs fois sur le point de rendre l'âme. Mais s'il y a en M. de Froulaine une grande intrépidité à s'exposer à la mort, il y a aussi en lui un intrépide besoin de vivre, et il le fallut pour qu'il ne succombât point. Il a, en effet, dans l'humeur je ne sais quoi de vif et d'entreprenant qu'y avait aussi sa sœur, avant d'être la femme de Pocancy, et qu'elle a perdu depuis par le soin d'être inattaquable en convenance et en politesse. Chez Froulaine, ce feu de l'esprit est en toute son ardeur et l'aida si bien qu'il ne cessa dans les pires souffrances de plaisanter de la façon la plus libre et la plus continuelle. La suite de cela est qu'il vécut. Le bon air de Nismes-les-Bois le remit en santé tellement qu'il disait qu'il était incroyable avec deux membres de moins à nourrir, d'en avoir l'appétit renforcé, au point, ajoutait-il, qu'il se pourrait bien qu'ils lui repoussassent.

De vrai, il demeurait infirme, ce qui est fort triste à tout âge et surtout au sien, mais il ne paraissait pas qu'il pensât ainsi, à voir la façon dont il s'exerçait à se servir de la mécanique où on l'avait mis. C'était une jatte de bois avec de petites roues qui lui permettaient de se mouvoir en tous sens. Il en usait avec une habileté surprenante, quoique, plus d'une fois, dans le commencement, il eût buté dans les melons et endommagé les tulipes de M^me de Corville. Pourtant, et quoiqu'il n'en dit rien, il commençait à s'attrister de l'indifférence du Roi à son égard. Sa Majesté n'avait rien fait pour récompenser M. de Froulaine de sa conduite. Pas une fois il ne demanda des nouvelles de son état. Peu à peu cet oubli persistant affecta davantage le chevalier. Sa gaieté s'altéra, son humeur s'assombrit et il voulut retourner à Versailles près de sa sœur qui, ni elle ni son mari n'avaient osé en bouger de peur de mécontenter le Roi par une absence que son motif n'eût pas suffi, sans doute, à rendre opportune à ses yeux.

A Versailles, M. de Froulaine ne se montra nulle part. Il attendait toujours du Roi une marque de contentement qui ne venait pas. Enfin, n'y tenant plus, il se détermina à la démarche malheureuse qui fut sa perte. M. et M^me de Pocancy étaient ce jour-là à Paris, auprès de M^me la maréchale de Manissart, qui se fussent opposés à cette incartade funeste. Profitant de leur absence, il obtint de M. de Berlestange, sorte d'imbécile qui avait été son gouverneur, d'être mené en chaise aux jardins du château. Jusque-là, rien de remarquable. M. le chevalier s'amusait fort des fon-

C'EST MIRACLE QU'IL SURVÉCUT AU BOULET RAMÉ QUI LUI BRISA LES DEUX JAMBES AU RAS DES CUISSES.

taines et témoigna le désir de s'arrêter au bord du Grand Canal à voir les gondoles que le Roi y entretient. M. le chevalier de Froulaine savait que Sa Majesté vient presque chaque jour à cet endroit et il avait bien calculé l'heure de sa promenade.

Le Roi n'y manqua pas. Du plus loin qu'il le voit venir, Froulaine se fait descendre de sa chaise. Le voilà donc à terre, dans sa jatte, s'y redressant de son mieux. Il s'était habillé de son plus bel habit. Le Roi s'avance : Froulaine se range le long de l'allée. Le Roi est à trois pas : Froulaine salue. Le Roi détourne la tête, soit par hasard, soit exprès, et passe sans dire un mot. Qu'espérait Froulaine ? On ne l'a jamais su. Attirer sur lui le regard ? Mais ignorait-il que le Roi déteste les contrefaits et les infirmes ? Quelle étrange fantaisie que de vouloir se montrer à lui à toute force ! Sans compter que Froulaine n'est pas d'âge à être connu du Roi. Quelle chance donc que le Roi interrogeât au passage sur ce difforme qui se mettait là en travers presque de son chemin ?

On ne saura jamais, au juste, d'où vint cette curieuse audace et ce qu'en attendait Froulaine, mais sans doute il sentit terriblement le dépit d'avoir été non aperçu. Peut-être aussi que ses maux lui avaient troublé la cervelle. Berlestange a rapporté qu'il pleurait. Il était à deux pas du canal. Tout à coup, des mains, il s'y poussa sans qu'on pût l'arrêter, et y roula. L'eau rejaillit. Le poids de sa jatte retournée le tint la tête en bas : on aurait dit une sorte de tortue d'un genre nouveau. Les bateliers accoururent, aux cris de Berlestange. On le sortit, mais il était mort, et ce fut ainsi qu'il le fallut mettre tout ruisselant dans sa chaise et le rapporter à la maison.

*11 avril 1688.* — Ces temps-ci, le Roi favorise un grand luxe d'habits. Il en donne l'exemple. Il s'est remis à en avoir de fort parés : aussi chacun l'imite et cherche à paraître et à se surpasser. M<sup>me</sup> de Brivois se montra l'autre jour sans pareille et aujourd'hui on a beaucoup admiré M<sup>me</sup> de Pocancy. Il y a de la hardiesse, avec sa taille qui n'est point avantageuse et sa figure qui est toute de détail, à risquer une telle parure, mais elle s'en est tirée à merveille. Ce n'a été qu'un cri. Quant à son mari, il porte naturellement bien tout ce qu'il met, car il est un des gentilshommes de la meilleure tournure. Il y a là de quoi faire fortune à la Cour, mais ils ne s'y avancent guère et ne font que s'y maintenir. De plus, lui n'est ni frondeur ni médisant, et sa femme tout comme lui. L'un et l'autre la vertu même, sans que cela serve de rien à leurs affaires, quoiqu'ils se relèvent un peu en ce moment, mais ce n'est qu'une lueur. La mort singulière de M. le chevalier de Froulaine ne les a point trop desservis. Malgré tout, dans l'état où ils sont et où ils demeurent, la moindre chiquenaude à leur équilibre aurait de quoi les anéantir.

*8 mai 1689.* — M<sup>me</sup> de Brivois est grosse. Elle le dit à qui veut l'entendre.

J'ai idée que la dame Lacour y est bien pour quelque chose.

*3 septembre 1689.* — Le sieur Corvisot a été mis à la Bastille. Sa femme a porté plainte contre lui. Elle l'accuse d'avoir voulu l'empoisonner. Ils semblaient vivre bien ensemble, mais son placet articule des griefs si nets que M. le lieutenant de police a ordonné une enquête. Elle a eu pour suite de faire arrêter Corvisot. On a trouvé chez lui force poudres sur la nature desquelles la Faculté aura à se prononcer.

*7 septembre 1689.* — L'examen des drogues de Corvisot a donné lieu à de singulières surprises dont on est resté confondu. On le serait à moins en apprenant les étranges remèdes que Corvisot administrait à ses malades. Ils sont tels que je n'en puis rien dire, sinon qu'il faisait avaler, sous couleur de guérison, de cruelles ordures, dont l'idée seule soulève le cœur, mais dont l'effet ne pouvait être bien dangereux. Il s'en serait donc tiré assez aisément si sa femme n'eût mis en cause une certaine dame Lacour, bien connue de la police pour ses mauvaises mœurs et qui fait la devineresse et la procureuse. M<sup>me</sup> Corvisot prétend que son mari veut se défaire d'elle pour épouser cette drôlesse ; qu'il lui prescrit, sous prétexte de maladie qu'elle n'a pas, toutes sortes de drogues auxquelles elle s'est refusée jusqu'à présent. C'est alors que son mari eut recours à la dame Lacour qui lui fournit des poudres dont elle a le secret et dont une pincée, mêlée à un verre d'eau, suffit à soulager du fardeau des vieux parents et de l'embarras des femmes incommodes. Cette poudre, dont la dame Corvisot a saisi un paquet, est enfermée dans un papier qui porte des traces d'une écriture qui est celle de la dame Lacour. Arrêtée à son tour, elle nie.

Le Roi a ordonné de pousser l'affaire à fond. Il déteste les poisons et tout ce qui s'y rapporte et veut faire un exemple éclatant, car le nombre de ces donneurs de pilules est grand. Beaucoup ont recours à leur office. Ce n'est un secret pour personne que plusieurs des qualifiés de la Cour s'adonnent à ces pratiques. Les défenses les plus sévères n'empêchent point ce mal. Depuis que la dame Lacour a été nommée publiquement, certains visages cachent leur inquiétude sous un air de curiosité. Je ne parle pas de ceux qui ont fait venir Corvisot : ceux-là en sont quittes pour le dégoût de savoir maintenant les onguents qu'il leur

vendait et dont ils n'ignorent plus la com-
position et la matière. Mais je soupçonne

fort la dame Lacour d'avoir servi beaucoup
de monde, car on trouvait chez elle du vin,
du jeu et des filles. On dit qu'elle a
plusieurs maisons où elle est connue
sous des noms différents.

13 *septembre* 1689. — M. le lieutenant de police n'est point encore par-
venu à lever les masques de la dame
Lacour. Quant à Corvisot, la peur lui
fait perdre toute contenance. La dame
et lui sont d'accord que la fameuse
poudre n'était qu'un jeu pour ef-
frayer la femme de Corvisot, dont
il a assez et voulait se défaire en
la renvoyant dans sa province.
La Lacour lui en fournissait le
stratagème. Lui prétend ignorer
la nature de la poudre et il

L'EAU REJAILLIT.

avoue son ignorance crasse de la médecine,
ce qui est une leçon pour ceux qui confient
leurs santés à un empirique de cette sorte,
quand il est déjà si dangereux de la remettre à de vrais
médecins qui ont
étudié tout de bon
l'art de guérir.

Le Corvisot se

Le sieur Corvi-
sot a été mis a la
Bastille.

vante de n'avoir jamais
soigné qu'au hasard
et se reconnaît l'im-
posteur qu'il est. Il
bouffonne bassement
pour attendrir. Il s'est
fait un bonnet d'âne
en papier et s'obstine
à ne se montrer qu'avec. Il le lui faut arra-
cher du front pour le mener aux interroga-
toires. Il est vil et plat.

15 *septembre* 1689. — Il y a un suspens
dans l'affaire M. le lieutenant de police
veut rétablir en son détail le passé de la
dame Lacour, qui est fort obscur. Voici
l'intermède qui occupe maintenant.

On a découvert, dans les papiers de
Corvisot qu'il exploitait honteusement,
depuis des années, M. le comte de Pocancy
et lui tirait des sommes importantes. M. de
Pocancy avait eu deux frères, plus jeunes
que lui de beaucoup et d'un second mariage de son père. Tous deux, de caractère intraitable, furent envoyés avec lui à

l'armée servir en volontaires. Un beau soir,
devant Dortmüde, qu'assiégeait alors M. le
maréchal de Manissart, ils désertèrent. Corvisot, mêlé on ne sait comment à cette histoire et qui connaissait les Flandres pour y
avoir habité, s'offrit à les faire rechercher.
Il sut assez vite que les deux vagabonds
s'étaient embarqués à Amsterdam sur un
vaisseau qui faisait voile vers les îles d'Amérique. Ils n'y parvinrent
pas, car l'un fut tué dans
une rixe et l'autre, pour
rébellion, pendu à une
vergue. Cette mort ne faisait point le compte de
Corvisot, qui la tint se-
crète. Tout d'abord M.
de Pocancy désira sin-
cèrement savoir ce qu'é-
taient devenus ses frè-
res et dépensa gros pour
s'en instruire. Corvi-
sot inventa alors qu'ils
s'étaient faits flibus-
tiers et qu'ils couraient
la mer. Il les repré-
senta à mesure au
pauvre Pocancy
comme si redouta-
bles et si farouches qu'a-
près avoir souhaité leur
retour il se mit à le craindre furieusement.

Voyez vous ces
deux sauvages,
ivres de vin et de rhum,
débarquant à Versailles,
le juron à la bouche, la
peau boucanée et vêtue de
feuilles tressées? Pocancy
frissonnait à la pensée de
ce retour terrible que Corvisot lui annonçait comme probable ou même prochain. Il
fallait le retarder à tout prix. Pocancy
payait. Il paya pendant dix ans.

Tantôt il fallait armer une flûte ou
s'équiper à neuf. L'un réclamait, l'autre
exigeait ; tous deux menaçaient de revenir.
Par la bouche de Corvisot, ils parlaient à
l'oreille de Pocancy, qui mettait la main
à la bourse. Corvisot empochait et la comédie continuait. La chose ne s'est sue que ces
jours-ci. Corvisot a confessé la supercherie.
Pocancy n'en revient pas. On s'égaye fort de
son mécompte. Le Roi a daigné s'en amuser.

21 *septembre* 1689. — Il commence à
transpirer quelque chose des enquêtes de

M. le lieutenant de police sur la dame Lacour. On dit tout bas que M^me de Brivois
et d'autres dames ont eu recours à elle et
qu'elle les a nommées en ses réponses. On
sait maintenant à peu près ce qu'il faut savoir sur la dame Lacour. Il ne reste un peu
d'obscurité que ses commencements. On
pense que le brodequin les éclaircira.

*23 septembre* 1689. — On n'a pas ap-
pliqué la question à la dame Lacour. Quand
elle vit que les choses tournaient de ce côté,
elle se montra tout à coup fort arrogante.
Elle a déclaré qu'elle ne se laisserait point
faire sans compromettre des gens de la plus
haute qualité ; que ce qu'elle avait dit de
M^me de Brivois n'était que les premières
fleurs du bouquet ; que d'ailleurs elle était
elle-même d'une condition que l'on serait
bien étonné d'apprendre et qu'elle n'avait
dissimulée que par convenance et pour ne
point chagriner d'honnêtes gens de - a famille. Enfin elle fit si bien qu'elle finit par
intimider les juges. Du reste, ils craignent,
en la poussant à bout, de renouveler les
horreurs de la Chambre ardente de 1680 et
ils désirent en éviter au Roi le souvenir et
l'amertume.

*24 septembre* 1689. — Le vent a changé.
On est assez disposé à traiter l'affaire de
bagatelle. La dame Lacour se défend d'avoir
jamais voulu donner du poison à la femme
de Corvisot. Cependant, la dame Lacour
n'en a pas moins méconnu l'édit de 1682
sur la vente des remèdes, encore qu'elle
prétende n'en avoir vendu que d'inoffensifs,
dans le genre de ceux que débitait Corvisot.

Quant au poison pour la dame Corvisot,
elle y est encore revenue, quelqu'un lui ayant
dit qu'elle aurait bien pu, elle, vouloir la
remplacer et épouser à son tour le veuf. A
cela elle fit remarquer que Corvisot est laid
et vieux et que, s'il est riche, elle ne manque
de rien ; que le paquet de poudre n'était
qu'un stratagème et qu'il n'y avait là que
de quoi rire. Sur ce point, elle est intraitable.

Pour le reste, elle s'accommode assez bien
des charges qu'on a contre elle, principalement au sujet de ses mœurs. Elle ne nie
point qu'elles soient mauvaises et d'un grand
désordre. Elle en donne pour raison qu'elle
est poussée à les avoir telles par une force
naturelle à qui elle n'est point capable de
résister et qu'elle a, de bonne heure, renoncé
à contrarier. En cela elle ne fait que suivre
la loi de son tempérament à qui un long

exercice du plaisir en impose l'usage nécessaire. Ce n'est donc pas à elle qu'il faut
s'en prendre si sa vie n'est pas ce qu'il conviendrait qu'elle soit.

Elle ajoute qu'il n'y a point là de quoi
troubler le monde, car elle n'y cause aucun
scandale. Elle ne dissipe pas les jeunes gens
et ne ruine pas les familles. Quant à la
vente des remèdes, elle dit que la nécessité
qu'il y a de vivre est la seule raison qui l'en
a fait entreprendre le commerce. C'est de
même qu'elle a donné chez elle à jouer et
à boire. Elle eût sans doute préféré offrir
pour rien, à ceux qui voulaient bien lui faire
l'honneur de s'adresser à elle, ce qu'elle
leur faisait payer au plus juste prix, et
leur prêter sans intérêt l'argent qu'elle leur
fournissait à son grand regret, mais au taux
le plus raisonnable.

Il n'y a dans tout cela guère de sa faute,
et son tort vient de ce que la fortune a été
loin de lui être toujours favorable. Elle en
a même supporté parfois de si contraires,
qu'elle s'étonne d'avoir pu en surmonter les
rigueurs sans s'être laissée aller à employer
de ces moyens auxquels beaucoup n'hési-
tent pas à recourir et d'où elles tirent, non
seulement un avantage momentané, mais
l'établissement le plus durable et le plus
considéré. Où d'autres s'élèvent, elle n'a
cherché jamais qu'à se soutenir, et ne l'a
fait qu'à grand'peine et après les traverses
d'une vie errante et difficile en divers pays.
Elle comptait terminer dans le nôtre une
existence paisible et obscure, et elle se plaint
qu'on inquiète en elle une personne sage et
retirée. Sur tout le reste de sa conduite, elle
répond avec la même aisance et avec des
manières de bonne compagnie, qui feraient
croire assez bien ce qu'elle prétend de sa
qualité. Là-dessus, elle fait la discrète et
la réservée et laisse entendre qu'elle aurait
à dire. Elle s'excuse d'avoir fait la procureuse. Quant aux avortements, elle se vante
d'avoir contribué à trop de naissances pour
qu'on ne lui en passe quelques-uns. Tout
cela dit sur un ton de liberté et de plaisanterie qui confond, avec un accent italien et
du visage le plus naturel. Elle a un air d'assurance et de modération qui donne à penser.

*28 septembre* 1689. — On ne sait pas
encore exactement qui peut bien être cette
dame Lacour.

Elle a raconté elle-même qu'à Amsterdam elle fut la maîtresse d'un peintre nommé Van Brixer qui se faisait appeler Brixerius. Il l'entretenait et la peignit souvent

dans ses tableaux. Elle y est plus d'une fois représentée nue. Plusieurs de ces toiles ont été gravées et sont parvenues jusqu'ici. Les amateurs en font cas. J'en ai vu quelques-unes. On peut s'y rendre compte de la véritable beauté de la dame Lacour, quoique le peintre y ait sans doute mis du sien et ait peut-être ajouté au modèle, comme ils ont coutume de le faire. Dans l'une de ces peintures elle est assise, dans l'autre elle est debout et arrange une boucle de sa coiffure. Le visage est parfaitement reconnaissable. Aucune pudeur ne s'y montre d'être ainsi visible à tous en son corps.

Le Roi a ordonné qu'on sût d'elle qui elle est. Elle a promis de le dire demain.

*29 septembre* 1689. — Voilà qui dépasse tout ! Elle ne s'appelle ni Lacour, ni Landoni, mais Corlandoni ou Courlandon. Elle a été la seconde femme du sieur Pocancy, le père de celui d'aujourd'hui, qui se trouve avoir pour belle-mère une devineresse dont la turpitude est publique et étalée devant tous.

La gueuse a demandé à lui être confrontée et a prié aussi qu'on fît venir du Val-Notre-Dame, pour la reconnaître, mon oncle l'abbé de Chamissy qu'elle

a connu autrefois. Le Roi m'a fait dire
de ne point me chagriner là-dessus outre mesure.

30 *septembre* 1689. — Il faut voir les
Pocancy. Le ciel serait tombé sur eux qu'ils
n'en seraient pas plus écrasés et plus dé-
faits. Le coup est dur, en effet, de cette parenté honteuse et inattendue. La maréchale
de Manissart est venue exprès de Paris pour
la reprocher à Pocancy, qui n'y peut rien,
mais qui en a tout de même apporté le fardeau en cette famille. C'est demain qu'on
le doit mettre en présence de la Courlandon.

3 *octobre* 1689. — C'est avant-hier qu'a
eu lieu l'entrevue de M. de Pocancy et de
la Courlandon.

Elle l'a reçu avec une extrême civilité,
jusqu'à s'excuser du trouble qu'elle lui causait. Elle ajouta qu'on l'avait forcée à cette
démarche ; qu'elle eût été la dernière à se
vouloir parer d'une parenté dont elle n'eût
jamais songé à revendiquer l'honneur sans
les circonstances qui lui rendaient nécessaire
de s'en prévaloir pour sa défense.

Tout ce qu'elle dit à Pocancy de son
mariage se rapporte fort exactement à ce
qu'il en sait. Elle lui a rappelé maint détail qui la prouvent véridique. Elle est donc
bien ce qu'elle prétend être. Pocancy est
trop honnête homme pour le nier, quoiqu'il
en soit accablé. Il ne peut pourtant pas
la reconnaître, ne l'ayant vue que peu de
fois, et quand il n'avait encore que douze
ou treize ans. Elle compte sur l'abbé de
Chamissy pour achever d'établir qui elle est.
Il est en route.

La Courlandon, en se retirant, a remis
aux juges un papier qui contient, a-t-elle dit,
en bref, l'histoire de sa vie et ses principales aventures. Il en court déjà des co-
pies. En voici une :

### HISTOIRE DE LA BELLE COURLANDON
### QUI FUT MADAME DE POCANCY
### ÉCRITE PAR ELLE-MÊME

Je suis née, m'a-t-on dit, le neuvième
du mois de mai, en l'année 1643, dans une
île de la lagune de Venise, au couvent de
Sainte-Marie-des-Eaux. Ma mère, religieuse
fort jolie, me mit au monde dans sa cellule
en priant Dieu que je fusse belle. A peine
eut-elle le temps de me voir qu'on m'em-
porta dans une gondole qui attendait ma
venue. Des bonnes gens de la Giudecca

m'élevèrent le mieux qu'ils purent ; ils ne
perdaient rien à prendre soin de moi, car
mon oncle Ser Corlandoni, chaque fois qu'il
venait me visiter, leur donnait des sequins.

Lorsque je fus assez grande, c'est-à-dire
quand j'eus treize ans, j'entrai comme novice au cloître de Sainte-Marie-des-Eaux.
Mon bon oncle Corlandoni m'y conduisit
lui-même. Ce fut alors qu'il m'apprit que j'y
étais née et que ma mère y était morte après
m'avoir donné le jour. Je compris à ses larmes qu'elle lui avait été chère. La vie que
l'on menait n'avait rien qui me déplût. J'appris à chanter et à danser. La pharmacie du
couvent composait, pour les vendre au dehors, des fards, des cosmétiques et des onguents. On m'enseigna force recettes délicates et savantes, dont plus d'une par la
suite m'a servi. Mes compagnes m'aimaient.
Il venait là beaucoup de seigneurs acheter
des parfums et des sachets et nous parlions
avec eux familièrement. J'appris beaucoup
à leur entretien et ils semblaient se plaire
au mien.

Trois ans passèrent ainsi sans que je re-
visse mon bon oncle Corlandoni. Il voyageait. Un soir, il me demanda à la grille. Il
avait vieilli et ne paraissait point avoir fait
fortune, car son vêtement était fort délabré.
Il m'annonça qu'il allait m'emmener à Paris.
Je pleurai de quitter le cloître tranquille de
Sainte-Marie-des-Eaux, en compagnie d'un
vieillard misérable, quand tant de beaux
gentilshommes m'avaient proposé de les suivre en leurs gondoles dorées. Le fait est que
nous voyagions petitement, couchant en de
mauvaises auberges et mangeant des pâtes
bouillies, mais mon oncle Corlandoni me tenait en route des discours si raisonnables et
si utiles qu'ils abrégeaient la longueur du
chemin. Aussi, en arrivant à Paris, étais-je
résolue à ne point être ingrate
envers mon bon oncle, qui comptait sur ma
jeunesse pour adoucir son état et rendre à
sa vieillesse les secours que lui méritait sa
bonté pour moi.

Les premiers jours, je m'ennuyai fort
dans sa petite boutique obscure, bien qu'il
m'eût fait habiller à la turque. Un gentilhomme nommé M. de Pocancy nous visitait
souvent. Il était bien fait, quoique sur l'âge.
On le nommait le bel Anaxidomène. Il se
prit d'amour pour moi et m'épousa. Mon oncle Corlandoni partit pour un de ses nombreux voyages et ne revint plus jamais.
Quant à moi, M. de Pocancy, mon mari,
m'emmena dans un vieux château du pays
de Meuse. J'y passai trois ans à subir chaque soir des caresses renouvelées, à accou-
cher de deux fils en une fois et à me mor-
fondre d'ennui. Enfin, à bout de patience,
je me résolus à reprendre ma liberté. Un
jour que M. de Pocancy était absent, je
m'enfuis sans être vue. Je pensais, tout en
courant à travers champs, au moyen de me

mettre en sûreté, quand je me trouvai tout près d'un monastère appelé le Val-Notre-Dame. J'avais pénétré sans m'en douter dans les jardins de l'abbaye. J'étais à l'entrée d'une allée de charmilles. L'abbé s'y promenait justement. Il s'appelait M. de Chamissy. Je le connaissais de réputation sans le connaître de visage, car la jalousie de mon mari éloignait de moi quiconque eût pu me distraire de lui. Il voulait être à mes yeux la seule figure humaine.

M. de Chamissy m'apparut, sitôt que je le vis, comme un sauveur et je formai le projet de lui demander secours. La circonstance où je me trouvais avait de quoi émouvoir un galant homme. Je comptais que mon âge et ma beauté contribueraient à me le rendre favorable. Le soin que mon mari prenait de me cacher à tous me laissait penser que ma vue ne serait point indifférente à quelqu'un qui passait pour ne pas l'être à l'agrément des personnes de mon sexe. Cette rencontre inattendue ne lui fut pas désagréable, car il m'écouta avec bonté et me conduisit dans un petit oratoire rustique dont il avait la clé. J'y restai plusieurs mois à l'abri des recherches que M. de Pocancy faisait par tout le pays. Passé ce temps, M. de Chamissy me fournit les moyens de me retirer en Flandres. Je louai un logement à Bruxelles et je m'y débarrassai d'un fort beau petit garçon dont M. de Chamissy m'avait fait présent et que je lui ai rendu depuis, comme on verra tout à l'heure.

Cependant ma bourse commençait à s'épuiser et je me résolus à trouver des ressources pour la remplir. Du jour que j'en eus pris le parti, elles ne m'ont guère manqué. J'en ai gardé grande reconnaissance à ma mère, la religieuse, qui eut soin de me faire belle et à mon vieil oncle Corlandoni qui m'enseigna par les routes comment une femme doit user de sa beauté. Je ne raconterai pas ici le détail de mes aventures et n'y donnerai guère que l'itinéraire qu'elles suivirent.

A Bruxelles, dont je commençais à être lasse, car j'y demeurai près de deux ans, je fis connaissance d'un capitaine espagnol qui s'en retournait dans son pays. Il m'y conduisit avec lui et nous allâmes à Burgos, où je passai aux mains d'un grand d'Espagne. C'était un homme cérémonieux et dévot qui me céda à un archevêque en passe d'être cardinal, avec qui je gagnai Rome. J'y fis peu de séjour, mais à Florence je me liai avec un jeune Florentin dont je fus fort contente et que je regrettai quand je l'eus quitté pour un gentilhomme suisse. Il habitait une maison de bois sur le bord d'un lac et mourut pour avoir vidé, un soir qu'il était déjà ivre, ses deux bottes pleines, l'une de vin, l'autre de bière.

Je ne dirai rien de mon séjour en Autriche, car j'y fus malheureuse et réduite à remplacer la qualité de mes amants par leur nombre, mais je me relevai auprès de l'Electeur de Marxbourg. Il me tint à lui près de quatre ans, d'où je passai en Hollande, cela en 1673.

J'avais alors un peu plus de trente ans et j'étais toujours belle, comme on peut le voir aux tableaux du peintre Brixerius où je suis représentée nue, mais je me lassai d'être à quelqu'un et je voulus être à tous. J'achetai une fort belle maison à Amsterdam, sur l'Amstel. On y venait de loin et les étrangers de marque ne manquaient jamais de s'y rendre. Je les recevais de mon mieux. Je ne me souviens pas qu'il y ait jamais eu chez moi aucun désordre, sauf une fois où deux jeunes Français me voulurent payer de monnaies fausses. J'ai appris depuis que ces deux gentilshommes s'étaient échappés du siège de Dortmude, où ils servaient en volontaires sous les ordres de M. le maréchal de Manissart. Ils se sont embarqués ensuite sur un vaisseau qui partait pour l'Amérique. Je n'ai jamais su leurs noms. D'ailleurs ils n'ont rien eu de moi.

Cependant j'avais assez augmenté mon bien pour désirer quelque repos. Je me résolus à rentrer en France ; mais, comme l'oisiveté m'est contraire, je pensais m'y employer à des travaux qui occupent l'esprit sans fatiguer le corps. Paris est un lieu admirable où chacun trouve à bien faire : je m'y établis en 1679, libre de soucis et décidée à me rendre utile à ceux qui voudraient se confier aux lumières d'une déjà longue expérience. Elle n'avait pas détruit en moi les sentiments de la nature. J'étais bonne mère Si je ne m'inquiétais point des deux fils que j'avais eus jadis de mon mari, M. de Pocancy, c'est que je les savais en sûreté et sans besoin de moi. Il n'en était pas de même de celui que je devais à M. de Chamissy. Je n'ai pas cessé de veiller sur lui à Venise, où je l'envoyai pour être élevé dans les grâces de cette charmante ville. Il me sembla que je devais à sa naissance et à la mienne de le faire d'Eglise. Aussi, le temps venu, je l'adressai à l'abbé du Val-Notre-Dame. Je lui envoyai sa nouvelle ouaille avec un billet pour lui rappeler ce qu'il lui devait. J'étais persuadée que M. de Chamissy ferait bon accueil à ce jeune garçon doué des plus aimables qualités et de celle de chanter à la perfection. M. de Chamissy me fit répondre qu'il se chargeait de son avenir. Le mien ne m'inquiétait pas. Mon établissement à Paris me semblait durable et je ne souhaitais rien d'autre que d'y continuer en paix une existence que messieurs les magistrats sont venus troubler injustement et tirer d'une obscurité où elle se cachait et où je pensais la terminer. Si les ordres d'un grand roi en décident autrement, et si sa bonté ne permet point que j'achève de vivre en son royaume, j'en accepterai le bannissement avec soumission. Je retournerai à Venise, et celle qui fut la belle Courlandon et M^me de Pocancy ira finir ses jours où ils ont commencé, afin qu'elle entende, à l'heure de sa mort, du fond de la lagune, sonner dans l'air marin les cloches lointaines du couvent de Sainte-Marie-des-Eaux.

*7 octobre* 1689. — L'abbé de Chamissy, mon oncle, qui dînait hier chez moi et s'y est fort enivré malgré son grand âge, nous a parlé en détail et avec particularité de ce fils qu'il a eu de la Courlandon et qu'il a maintenant avec lui au Val-Notre-Dame.

C'est, à ce qu'il dit, un garçon bien fait, de figure heureuse et spirituelle. Il a une fort belle voix et chante au chœur. Sa vie est la plus régulière du monde et ses mœurs sont dignes d'éloges. Il n'a aucun autre goût que celui de la musique. Il en invente même de l'excellente et il a appris à quelques moines de l'abbaye à en exécuter les parties. Cela compose des concerts à ravir. Il y a dans son caractère je ne sais quoi de juste, de modéré et de pieux qui surprendra si l'on pense de qui il est né. M. de Chamissy lui-même n'en revient pas de voir, en quelqu'un qui lui tient d'aussi près, des vertus dont il n'a guère donné l'exemple.

L'abbé disait tout cela devant Le Vraut, premier valet de chambre du Roi, qui a été dans sa jeunesse à mes oncles Chamissy, ce qui nous a donné avec lui d'utiles liaisons. Ce Le Vraut est un homme de bonne compagnie et de belle humeur, qui peut beaucoup et n'a jamais cessé de nous servir en toutes occasions. J'ai su par lui bien des choses. Les plus importants de la Cour le ménagent et il a des amitiés qui étonneraient. Je l'ai fait connaître à M. de Pocancy, qui lui a dû de bons offices.

*9 octobre* 1689. — Le jugement contre la Courlandon a été rendu hier. Elle a été condamnée au bannissement. La femme de Corvisot, pour sa sotte plainte qui a mis toute l'affaire en branle, a été envoyée dans un couvent. Quant à Corvisot, il lui a été enjoint de cesser son commerce et de se vêtir convenablement sans parures ridicules. Il continue à faire le fou et l'imbécile.

*13 octobre* 1689. — M. et M^me de Pocancy ont quitté Versailles. Le Roi leur a fait dire de se retirer en leur terre d'Aspreval, ce qui était à prévoir après ce qui s'est passé. Le Vraut s'est en vain employé pour eux auprès du Roi. Il a fallu déguerpir et s'éloigner. Voilà donc la fin de ce grand désir qu'ils avaient l'un et l'autre

d'être distingués et de faire figure à la Cour, qui se termine par être montrés au doigt. Ils sont fort abattus et ne s'en relèveront pas. J'ai vu leur départ. Leur carrosse était attelé quand arriva justement celui de M. et M^me de Corville qui ignoraient l'événement et venaient leur souhaiter la fête, les mains pleines d'un présent de fruits et de grappes.

*25 octobre* 1689. — La vieille demoiselle de Manissart est retournée à Paris vivre auprès de M^me la maréchale qui ne sort plus de son lit. Berlestange lui sert de lecteur. Elle a une canne sous ses draps et l'en frappe lorsqu'il se reprend ou se ralentit.

*28 octobre* 1689. — Le Vraut m'a raconté que, quelques jours avant l'anéantissement des Pocancy, il reçut la visite de madame, qui le venait supplier de plaider pour eux auprès du Roi. Il la reçut du mieux qu'il put, car il avait toujours éprouvé pour elle un petit désir sans qu'il eût jamais osé lui en faire part, tant la vertu de M^me de Pocancy était établie pour être inattaquable. Quelle ne fut donc pas sa surprise quand, cette dame lui ayant exposé le besoin où elle était de son secours auprès du Roi, elle lui laissa comprendre qu'elle saurait reconnaître sance ! Tout cela moins dit que murmuré, avec mille détours et obscurément, le rouge aux joues, les yeux baissés et pleins de larmes prêtes à sortir, et comme une personne qui va succomber à sa honte.

Le Vraut, stupéfait, parla au Roi le lendemain ; mais Sa Majesté ne voulut rien entendre. Le Vraut en est fort chagrin. Il aime les femmes, mais il est homme de bien et il ne faut pas qu'on le soupçonne d'avoir profité d'une faveur qu'il n'eût point méritée. Le Vraut fait le plus grand éloge de cette conduite de M^me de Pocancy. Il trouve en tout cela l'effort d'une vertu qui vaut d'être admirée. Il prétend que cette petite Pocancy a donné là un exemple du point auquel elle est attachée à la fortune de son mari, puisque, pour y porter remède, elle n'hésitait point à ce qui lui devait paraître de plus bas et de plus honteux et qui à lui, Le Vraut, lui paraît le comble de l'amour conjugal.

*8 janvier* 1690. — Le Vraut parle admirablement du Roi. L'autre soir, il s'étendait sur la mémoire singulière que Sa Majesté a des visages. Elle n'oublie plus jamais ceux qu'elle a vus une fois. C'est de cette perfection à se souvenir que vint, suivant Le Vraut, la prévention de Sa Majesté contre ce pauvre Pocancy, prévention que la bonne conduite de Pocancy ne put jamais vaincre et qui finit par le ruiner où un autre aurait pu se sauver.

« Lorsque M. de Pocancy, après son mariage, parut à Versailles, le Roi me dit à son coucher qu'il avait vu cette figure-là quelque part. Je lui assurai, dit Le Vraut, que M. de Pocancy n'avait quitté sa province que pour aller à Dortmüde avec le maréchal de Manissart, qui le ramena ici. Cela remit Sa Majesté sur la campagne de 1677. Elle en parla quelques instants et je lui rappelai, je ne sais à propos de quoi, son passage de nuit à Vircourt. Ce nom fut un éclair. Sa Majesté me raconta alors qu'en passant à travers la ville qui l'acclamait, Elle avait levé les yeux vers un balcon où se penchait une femme à demi nue auprès d'un homme qui était sûrement ce même M. de Pocancy. Le Roi me dit de m'en informer. Je sus en effet que le château qu'habitait en ce temps M. de Pocancy était proche de Vircourt, et que M. de Pocancy pouvait fort bien s'y être trouvé sur le chemin de Sa Majesté. Le Roi fit une figure que je lui connus et qui est dangereuse à ceux qui l'encourent, car elle marque pour eux le début de l'un de ces éloignements sur lesquels tout échoue à le faire revenir. Dès lors je jugeai M. de Pocancy perdu sans retour. Vous savez, ajouta Le Vraut, que le Roi, à cette époque, était sujet à de brusques désirs de femmes et qu'il les lui fallait satisfaire sur le champ. Nul doute qu'il n'en ait ressenti un de cette sorte pour la dame du balcon de Vircourt ; il n'a pu le contenter, car il n'y avait pas moyen de faire arrêter le carrosse en pleine rue et

d'éteindre les flambeaux. Il lui fallut à toute force passer outre et cette contrainte, mêlée à une humeur de jalousie contre le rival heureux qui était à la même fenêtre que l'inconnue, a été la cause, n'en doutez pas, de la rancune qu'a soufferte, sans s'en douter, le pauvre Pocancy dont le Roi n'avait point oublié la figure, car il n'en oublie aucune, et qu'il a reconnue en celle d'un homme, qui, tout désireux qu'il fût de lui plaire, lui avait déplu aussitôt. Tant, en toutes choses, conclut Le Vraut, nous dépendons de circonstances, petites en elles mêmes, mais considérables par les conséquences qu'elles ont pour nous. »

Tel fut le récit de Le Vraut ; je le donne comme il me l'a fait. Puis il me parla encore avec regret de M^me de Pocancy et de n'avoir rien pu pour la continuer ici.

*Novembre* 1707. — On a su la mort de M. le comte de Pocancy. Il était oublié, à ne point se souvenir qu'il eût épousé la fille de feu M. le maréchal de Manissart.

Ils avaient quitté la Cour après l'affaire désastreuse de la Courlandon. On n'entendait plus parler d'eux. Ils avaient là-bas une sorte de masure gothique qu'ils firent mettre à bas et reconstruire magnifiquement. M. Le Leur, l'architecte, en a fourni les plans, et La Baudelière en a dessiné les jardins. On dit que sa femme et lui passaient leur temps en vis à vis, vêtus de beaux habits et dans l'étiquette la plus étroite et la plus ridicule pour des gens qui ne sont plus rien et n'ont jamais été grand'chose, sinon de bonnes gens, mais peu faits pour la Cour d'où ils avaient gardé pourtant une habiture qui leur faisait conserver, jusque dans leur solitude, un air d'ici. Il est mort sans laisser d'enfants. Sa femme avait été jolie, quoique contrefaite. Elle vit encore.

# NOTE

Le château d'Aspreval, canton de Vircourt-sur-Meuse, département des Ardennes, est aujourd'hui la propriété de M. Guéron-Jonville, ancien député à l'Assemblée nationale, ancien ministre des Cultes, qui l'a restauré et remis en état. Il l'acquit en 1867 des héritiers de M. le baron Bourtu, colonel des grenadiers de la Garde, qui l'avait acheté en 1817 et l'habita jusqu'en 1829, faisant monter à ses chevaux les marches de l'escalier et transformant les salons en écurie et en tabagie. Le colonel était un enfant de Vircourt. Aussi est-il resté fameux dans le pays par ses exploits de cavalier. Son portrait nous le montre trapu et rougeaud, avec des favoris et une large balafre. Le château, entre ses mains, demeura fort délabré : il fallut toute l'intelligente activité de M. Guéron Jonville pour lui rendre son ancien caractère. C'est maintenant un des beaux spécimens de l'architecture française au XVII<sup>e</sup> siècle. L'escalier monumental, du plus noble effet, est orné de curieuses peintures qui ont pour sujet le passage de Louis XIV à Vircourt en 1677. On y voit aussi plusieurs tableaux des conquêtes du Roi, dont l'un de Van der Meulen, et qui représente le siège de Dorimüde.

# MODERN - BIBLIOTHÈQUE

PRIX DU VOLUME { Broché........ 0 fr. 95 / Cartonné...... 1 fr. 50

*Pour paraître le 1er Juillet 1908*

# Lettres à Françoise

## Par Marcel PRÉVOST

### ILLUSTRATIONS DE LAPIERRE

## DANS LA MÊME COLLECTION ONT PARU :

**Cruelle Enigme,** par Paul Bourget, de l'Académie Française. (Illustrations de A. Calbet.)

**Flirt,** par Paul Hervieu, de l'Académie Française. (Illustrations de F. Bellenger.)

**La Maison des Deux Barbeaux,** par André Theuriet, de l'Académie Française. (Illustrations de Huard.)

**L'Abbé Jules,** par Octave Mirbeau. (Illustrations de Hermann-Paul.)

**Les Transatlantiques,** par Abel Hermant. (Illustrations de Hermann-Paul.)

**André Cornélis,** par Paul Bourget, de l'Académie Française. (Illustrations de Starace.)

**La Glu,** par Jean Richepin, de l'Académie Française. (Illustrations de Laurent-Desrousseaux.)

**Sire,** par Henri Lavedan, de l'Académie Française. (Illustrations de Conrad.)

**L'inconnu,** par Paul Hervieu, de l'Académie Française. (Illustrations de H. Morin.)

**Les Diaboliques,** par Barbey d'Aurevilly. (Illustrations de Marodon.)

**Céleste Prudhomat,** par Gustave Guiches. (Illustrations de René Lelong.)

**Souvenirs du Vicomte de Courpière,** par Abel Hermant. (Illustrations de A. Calbet.)

**Monsieur de Courpière marié,** par Abel Hermant. (Illustrations de A. Calbet.)

**L'Armature,** par Paul Hervieu, de l'Académie Française. (Illustrations de Laurent-Desrousseaux.)

**Les Deux Etreintes,** par Léon Daudet. (Illustrations de Darat.)

**Mémoires d'un jeune homme rangé,** par Tristan Bernard. (Illustrations de Hermann-Paul.)

**Renée Mauperin,** par Edmond et Jules de Goncourt. (Illustrations de Henri Morin.)

**Le Cœur de Pierrette,** par Gyp. (Illustration de Marcel Capy.)

**L'Avril,** par Paul Margueritte. (Illustrations de Laurent-Desrousseaux.)

**Le Nouveau Jeu,** par Henri Lavedan, de l'Académie Française (Illustrations de Manuel Orazi.)

**L'Automne d'une Femme,** par Marcel Prévost. (Illustrations de Laurent-Desrousseaux.)

**L'Aventure,** par Pierre Veber (Illustrations de René Lelong.)

**La Danseuse de Pompéï,** par Jean Bertheroy. (Illustrations de Manuel Orazi.)

**Cousine Laura,** par Marcel Prévost. (Illustrations de Conrad.)

**L'Evangéliste,** par Alphonse Daudet. (Illustrations de Marodon.)

**Florise Bonheur,** par Adolphe Brisson. (Illustrations de Tofani.)

**Chonchette,** par Marcel Prévost. (Illustrations de René Lelong.)

**Péché Mortel,** par André Theuriet, de l'Académie Française. (Illustrations de Laurent-Desrousseaux.)

**La Carrière,** par Abel Hermant. (Illustrations de Dutriac.)

**Lettres de Femmes,** par Marcel Prévost. (Illustrations de Macchiati et Scoppetta.)

**Aphrodite,** par Pierre Louys. (Illustrations de de Manuel Orazi.)

**L'institutrice de province,** par L. Frapié. (Illustrations de Steinlen.)

**Leurs Sœurs,** par Henri Lavedan, de l'Académie Française. (Illustrations de Conrad.)

**Le Jardin Secret,** par Marcel Prévost. (Illustrations de Louise Abbéma.)

**Les Rois en exil,** par Alphonse Daudet. (Illustrations de A. Calbet.)

**L'Autre Amour,** par Claude Ferval. (Illustrations de E. Bouard.)

**Mademoiselle Jaufre,** par Marcel Prévost. (Illustrations de Laurent-Desrousseaux.)

**Le Jardin de Bérénice,** par Maurice Barrès. (Illustrations de A. Calbet.)

**La vie privée de Michel Teissier,** par Edouard Rod. (Illustrations de Troncet.)

**Les Demi-Vierges,** par Marcel Prévost. (Illustrations de Henry Morin.)

**La Légende de l'Aigle,** par G. d'Esparbès. (Illustrations d'Eugène Chaperon.)

**Peints par eux-mêmes,** par Paul Hervieu, de l'Académie Française. (Illustrations de René Lelong.)

**La Confession d'un amant,** par Marcel Prévost. (Illustrations de Georges Conrad.)

**La Bonne Galette,** par Gyp. (Illustrations de Starace et Tofani.)

**Dialogues d'amour,** par Michel Provins. (Illustrations de Tofani, Marodon, etc.)

**L'Heureux Ménage,** par Marcel Prévost. (Illustrations de Lapierre.)

**Les Débuts de César Borgia,** par Jean Richepin, de l'Académie Française. (Illustrations de Calbet.)

**La Carrière d'André Tourette,** par Lucien Muhlfeld. (Illustrations de Cappiello.)

**Nouvelles Lettres de Femmes,** par Marcel Prévost. (Illustrations de Cazenove.)

**Les Aventures du Roi Pausole,** par P. Louys. (Illustrations de Carlègle.)

**Amants,** par Paul Margueritte. (Illustrations de G. Conrad.)

**Le Mariage de Julienne,** par Marcel Prévost. (Illustrations de Macchiati.)

**La Leçon d'amour dans un parc,** par René Boylesve. (Illustrations en couleurs de A. Calbet.)

**Les Yeux verts et les Yeux bleus,** par Paul Hervieu, de l'Académie Française. (Illustrations de Maurice Lalau.)

**Les Chants du Soldat,** par Paul Déroulède. (Illustrations de Eugène Chaperon et Charles Morel.)

Il paraît un volume au commencement de chaque mois

Société Anon. des
Imp. WELLHOFF et
ROCHE, 55, rue Fro-
ment, Levallois-
Perret Tél. 518-15.
ANCEAU, Directeur.